Der Scharfschütze von Stalingrad

Wolfgang Wallenda

Der Scharfschütze von Stalingrad

Impressum:

©2017 Wolfgang Wallenda

Umschlaggestaltung, Herstellung und Verlag:

BoD- Books on Demand, Norderstedt

ISBN: 978-3-7448-9455-5

Titelbild:

Bestand:	*Bild 101 I - Propagandakompanien der Wehrmacht - Heer und Luftwaffe*
Signatur:	*Bild 101I-218-0517-24*
Archivtitel:	*Sowjetunion-Süd (Don-Stalingrad).- Schlacht um Stalingrad.- Deutscher Soldat (Scharfschütze) beim Zielen mit Gewehr mit Zielfernrohr; PK 694*
Datierung:	*September 1942*
Fotograf:	*Dieck*
Quelle:	*Bundesarchiv*

„Der durchschnittliche deutsche Soldat im Zweiten Weltkrieg ... kämpfte normalerweise nicht im Glauben an die nationalsozialistische Ideologie - tatsächlich kam in vielen Fällen wohl eher das Gegenteil der Wahrheit näher."

Dr. van Creveld, Professor für Geschichte
an der Hebrew Universität in Jerusalem
in seinem Buch "Kampfkraft"

„Erschüttert steht unser Volk vor dem Untergang der Männer von Stalingrad."

Kurt Huber, (1893-1943)
deutscher Professor für Musikwissenschaften und Psychologie, Volksliedforscher
und Mitglied der Widerstandsgruppe „Weiße Rose"
über die Schlacht von Stalingrad,
im letzten, VI. Flugblatt der „Weißen Rose"

Zum Geleit

Wenn man etwas über das Thema „Stalingrad" und „Scharfschützen" liest, denkt man unweigerlich an eine legendenhafte Erzählung; nämlich an das Duell zwischen dem russischen Scharfschützen *Wassili Grigorjewitsch Saizew* und der wohl erdachten Figur des deutschen Offiziers *Major König*.

Diese Legende wird in diesem Buch allerdings nicht weiter hinterfragt oder in einer neuen Version dargestellt. Um dennoch „*das Duell*" nicht zu übergehen, sorgt der nachfolgende Artikel für etwas Aufklärung.

Wassili Grigorjewitsch Saizew

Wassili Grigorjewitsch Saizew *(russisch Василий Григорьевич Зайцев, wiss. Transliteration Vasilij Grigor'evič Zajcev; * 23. März 1915 in Jeleninskoje, Gouvernement Orenburg; † 15. Dezember 1991 in Kiew)* war ein sowjetischer Scharfschütze während des Zweiten Weltkrieges. Er zeichnete sich besonders während der Schlacht von Stalingrad aus und war Vorlage für einige Bücher, Filme und Computerspiele.

Leben

Saizew wuchs als Sohn eines Hirten im Ural auf. Dort lernte er bereits in frühen Jahren während der Jagd den Umgang mit dem Gewehr. Nach dem Beginn des deutschen Angriffs auf die Sowjetunion gelangte Saizew zur sowjetischen Marine, wo er in der Verwaltung eingesetzt wurde.

Im Spätsommer 1942 meldete er sich freiwillig zum Dienst an der Front, woraufhin er in das 1047. Schützenregiment der 284. Schützendivision versetzt wurde. Diese war im Rahmen der 62. Armee in Stalingrad eingesetzt. Während der Schlacht von Stalingrad soll Saizew nach sowjetischen Angaben als Scharfschütze zwischen dem 10. November und dem 17. Dezember 1942 insgesamt 225 deutsche Soldaten getötet haben.

Nach Saizews eigenen Angaben sollen bis zum Januar 1943 noch 27 weitere dazugekommen sein.

Sowjetische Kriegsberichterstatter berichteten, dass Saizew innerhalb der ersten zehn Tage nach der Landung seiner Einheit am westlichen Wolgaufer 40 Deutsche mit Präzisionsschüssen tötete.[1] Außerdem leitete er in den Ruinen der Chemiefabrik „Lazur" eine Scharfschützenschule[2], in der er 28 Soldaten ausbildete, die ihrerseits angeblich 3000 deutsche Soldaten töteten.[3]

Saizew wurde durch eine Landmine verwundet. Für seine Leistungen ernannte man ihn am 22. Februar 1943 zum Helden der Sowjetunion.

Nach seiner Genesung diente Saizew weiterhin an der Front. Dabei erreichte er bis 1945 den Rang eines Hauptmanns und wurde zusätzlich mit dem Leninorden, dem Rotbannerorden, dem Orden des Vaterländischen Krieges (1. Klasse), der Medaille „Für die Verteidigung Stalingrads" und der Medaille „Sieg über Deutschland" ausgezeichnet. Nach dem Krieg leitete er eine Fabrik in Kiew, bis er am 15. Dezember 1991 im Alter von 76 Jahren starb.

Zitat

Saizews berühmtes Zitat zur Lage der sowjetischen Verteidiger in Stalingrad:

„Es gibt kein Land für uns hinter der Wolga.[4]"

Fälschlicherweise wird dieser Ausspruch in einigen Quellen dem Kommandeur der 13. Gardeschützen-Division Alexander Iljitsch Rodimzew zugeordnet.

Rezeption

Bereits während des Krieges wurde Saizew von der sowjetischen Propaganda gefeiert. Ein Zusammenstoß in Stalingrad mit einem unbekannten, aber „sehr fähigen Scharfschützen", wie Saizew in seiner Biographie vermerkte, wurde von der damaligen sowjetischen Propaganda zu einem mehrtägigen Duell verklärt.

Demnach sei ein gewisser Major König, Leiter einer deutschen Scharfschützenschule in Zossen, auf obersten Befehl nach Stalingrad entsandt worden, um Saizew aufzuspüren und zu liquidieren. Oberst Batjuk, Kommandeur der 284. Schützen-Division, habe daraufhin Saizew persönlich den Befehl erteilt, Arbeitsweise, Tarnung und Schießgewohnheiten von Major König zu studieren, um ihn gezielt zu bekämpfen.[2] Das angebliche Duell zwischen Saizew und Major König wurde als eine Art personalisierte Einzelkriegsführung inmitten der Massenschlacht von Stalingrad hingestellt. Mit Feldstechern und Teleskopen hätten Saizew, sein Beobachter und Gruppenscharfschütze Nikolai Kulikow sowie der Agitprop-Politkommissar Danilow tagelang das Gefechtsfeld auf Spuren und etwaige Geländeveränderungen von Major König abgesucht.

Erst als Danilow sich aus seiner Deckung bewegt habe und von einem gegnerischen Schützen an der Schulter verwundet worden sei, soll sich Major König enttarnt haben. Saizew habe König entweder in einem Unterstand mit abgeklebten Sehschlitzen, einem Stück Eisenblech oder einem Haufen Ziegelsteinen vermutet. Kulikow habe einen Blindschuss abgegeben, um König dazu zu bewegen, seine Position zu verraten. Zur Täuschung habe Kulikow seinen Stahlhelm aus der Grabenstellung gehoben und nach Königs Schuss einen Schmerzensschrei imitiert. Major König habe sich dann aus seinem Versteck erhoben und sei von Saizew mit einem Kopfschuss getötet worden.[5]

Erwähnt wurde dieses Duell nur von sowjetischen Quellen.[6] In den Unterlagen der deutschen Wehrmacht findet sich kein Major Erwin König. Außerdem galt die Tätigkeit als Scharfschütze in der deutschen Armee als eines Offiziers „unwürdig" und wurde in der Regel von Mannschaftsdienstgraden ausgeübt. So kamen selbst die erfolgreichsten und höchstdekorierten Scharfschützen der Wehrmacht, Matthäus Hetzenauer und Friedrich Pein, nie über den Dienstgrad eines Gefreiten bzw. Oberjägers hinaus.

Schon 1973 veröffentlichte der Autor William Craig (1929–1997) in seinem Buch Enemy at the Gates – The battle for Stalingrad auch im Westen eine Beschreibung des Scharfschützenduells. Saizew selbst veröffentlichte seine Memoiren schließlich im Jahre 1981.[7] Nachdem Saizews Geschichte erstmals auch in einem Film Ангелы Смерти (dt. Todesengel)[8] dargestellt wurde, griffen westliche Medien das Thema wieder vermehrt auf. Im Jahre 1998 kam der Autor Antony Beevor in seinem Buch Stalingrad zu dem Schluss, dass die Geschichte trotz einiger realer Anleihen im Wesentlichen Fiktion sei.[9] Trotzdem erschien nur ein Jahr darauf der Roman War of the Rats von David L. Robbins, in dem das Duell wieder ein zentrales Motiv darstellte.[10] Dieser bildete wiederum die Grundlage zu dem Film Duell – Enemy at the Gates von Jean-Jacques Annaud aus dem Jahre 2001, in dem Saizews Rolle von Jude Law verkörpert wurde.[11]

Im Jahre 2006 wurden die sterblichen Überreste Saizews umgebettet und gemäß seinem letzten Willen auf dem Mamajew-Hügel neben der Stalingrad-Gedenkstätte in Wolgograd beigesetzt. In einem dort befindlichen staatlichen Museum ist auch sein mit einer patriotischen Inschrift versehenes Mosin-Nagant-Gewehr ausgestellt.

Einzelnachweise

1. Major John Plaster: The Ultimate Sniper, in www.snipersparadise.com/history/vasili.htm
2. William E. Craig: Die Schlacht um Stalingrad, Tatsachenbericht. 8. Auflage. Heyne, München 1991 (Originaltitel: Enemy at the gates, The Battle for Stalingrad, übersetzt von Ursula Gmelin und Heinrich Graf von Einsiedel), ISBN 3-453-00787-5, S. 114.
3. http://www.spiritus-temporis.com/vasily-grigoryevich-zaitsev/

4. Nikolai Krylow: Stalingrad. Die entscheidende Schlacht des Zweiten Weltkriegs, Paul Rugenstein Verlag, Köln 1981, ISBN 3-7609-0624-9,S. 174.
5. William E. Craig: Die Schlacht um Stalingrad. Tatsachenbericht, 8. Auflage. Heyne, München 1991 (Originaltitel: Enemy at the gates, The Battle for Stalingrad, übersetzt von Ursula Gmelin und Heinrich Graf von Einsiedel), ISBN 3-453-00787-5, S. 119–122.
6. http://www.russian-mosin-nagant.com/
7. В. Г. Зайцев: За Волгой земли для нас не было – Записки снайпера, Современник, Москва 1981.
8. Ангелы Смерти, Russland/ Frankreich 1993, Regie: Juri Ozerow
9. Antony Beevor: Stalingrad, Penguin Books, London 1998. ISBN 0-14-024985-0.
10. David L. Robbins: War of the Rats, Bantam Books, 1999. ISBN 0-553-58135-X.
11. Duell – Enemy at the Gates, USA/ UK/ BRD/ Irland/ Polen 2001, Regie: Jean-Jacques Annaud.

Vorwort

Das Scharfschützenwesen der Wehrmacht und der Waffen-SS habe ich in meinen Büchern: *„Scharfschützen der Waffen-SS an der Ostfront"* und *„Scharfschützeneinsatz in Woronesch"* bereits stichpunktartig vorgestellt.

Um Lesern, die meine beiden anderen Bücher nicht kennen, dennoch themenbezogene Hintergrundinformationen zu geben, habe ich am Ende dieses Buches ein paar Auszüge angefügt.

Anmerkung:

Dies ist eine fiktive Geschichte, eingebettet in Überlieferungen aus verschiedenen Quellen. Tatsächliche Einzelschicksale wurden in diesem Buch eingeflochten und somit die Nähe zur Realität gewahrt.

Der Protagonist ist frei erfunden. Dessen, aus vielen realen Erlebnissen zusammengefügte Geschichte, hätte sich aber genauso zutragen können.

Bis auf historische Persönlichkeiten sind alle Namen frei erfunden. Jegliche Ähnlichkeiten mit realen Personen wären rein zufällig.

Der Scharfschütze von Stalingrad

Schwarze Rauchschwaden hingen über der Stadt und vermengten sich mit der gemächlich einbrechenden Dunkelheit. Beißender Geruch kroch durch die Straßen. Mal undurchsichtig dick, mal aufgelockert wie dünne, dunkelschwarze Nebelschleier. Es war ein Gemisch aus Pulverschmauch und dem Qualm der Schwelbrände. Erwischte man zu viel davon, kratze es im Hals und stach in der Lunge.

Wir hörten pausenlos das Grollen der Artillerie. Hin und wieder rumste es. Wenn schwere Granaten in unserer Nähe detonierten, rieselte etwas Kalk und Staub von der Kellerdecke.

„Das ist der Russe."

„Nee, das sind unsere eigenen dicken Koffer. Ich schätze, sie schlagen drüben am Mamai-Hügel ein."

„Es hieß schon vor drei Wochen, dass Stalingrad schnell fallen würde. Jetzt schicken die Russen immer noch eine Division nach der anderen über die Wolga. Mir gefällt das alles nicht. Scheint ein verfluchtes Nest zu sein, dieses Stalingrad."

Ich hörte dem Gespräch zwischen Oberjäger Kremer und dem Obergefreiten Zerberich, den alle nur *Zerbi* nannten, aufmerksam zu. Sie sprachen mit gedämpften Stimmen, die eigenartig rau und trocken klangen.

Es ging weder vorwärts noch durften wir uns zurückziehen. Wir saßen seit fast 24 Stunden fest. Als Unterschlupf diente uns der Keller eines halbwegs unzerstörten Hauses.

„Hier waren schon mal welche gesessen", stellten wir fest, da wir außer einer funktionstüchtigen Karbollampe noch jede Menge Abfall vorgefunden hatten. Vornehmlich leere Konservendosen und Zigarettenkippen der Marken *Oberst* und *Juno*.

Unsere Gruppe bestand aus sieben Mann. Vor einer halben Stunde waren wir noch zu neunt. Der Tod kommt in Stalingrad schnell und schlägt erbarmungslos zu. Unsere Situation war fatal. Die Feldflaschen waren leer. Durst plagte uns.

Ich fragte mich, wie wir in diese Situation geraten konnten und warum es so lange dauerte, bis das Gros der Kompanie nachzog und wir den gesamten Straßenzug wieder vom Russen befreien und ihn endlich komplett über die Wolga drängen würden. Gedanken rasten durch meinen Kopf. Der Auftrag lautete, die Arbeitersiedlung einzunehmen und den Russen über die Wolga zu drängen.

Verdammt, das kann doch nicht so schwer sein. Wir sind die stärkste Armee der Welt. Warum kämpfen die russischen Soldaten so verbissen um jedes Haus? Wie konnte es nur so weit kommen? Der Angriff war doch anfangs gut verlaufen.

„Stellung halten!", war schließlich ausgegeben worden.

Genau das machten wir. Unser Zug bzw. das was davon übrig war, hatte das vorderste Haus des Straßenzuges besetzt. Wir im Keller, eine Gruppe irgendwo in den oberen Stockwerken. Dort war auch unser Leutnant mit dem Rest des Zugtrupps. Im Nachbaranwesen befanden sich zwei MG-Nester und kontrollierten die Straße. In einem der benachbarten Häuser hockten zudem ein paar Pioniere. Wo genau, konnte ich nicht sagen. Hin und wieder krepierten beim Russen drüben die Granaten einer unserer Panzerabwehrkanonen, die ebenfalls in unserer Nähe in Stellung gegangen war. Entweder hatten die Pioniere oder aber die Bedienmannschaft der Pak gestern zwei T 34 abgeschossen. Die Wracks der beiden Panzer blockierten die Straße und machten jegliches Vorrücken anderer Fahrzeuge unmöglich.

„Um sie zu entfernen, braucht man schweres Gerät", hatte Oberjäger Kremer gesagt.

Zwischen den braununiformierten Russen und uns war eine Patt-Situation entstanden. Wir hockten hier, schräg gegenüber der Iwan. Das Fatale an unserer Lage war, dass wir wie die Spitze einer Lanze in das von Russen besetzte Gebiet ragten. Lediglich ein schmaler Streifen, der jedoch vom Feind eingesehen werden konnte, verband uns mit der Kompanie.

Mehrfach hatte der Iwan versucht vorzurücken, doch jeder Angriff wurde durch heftiges Feuer unserer beiden MG 42 und ein paar Granaten von der Pak sofort blutig gestoppt. Zudem hatten die Pioniere nachts ein paar Sprengfallen ausgelegt, in die der Russe prompt hineingelaufen war. Es lagen immer noch fünf oder sechs Leichen auf der Straße und zwischen den Trümmern der Hausruinen.

Als ich Meier heute Morgen fragte, warum die Russen keinen Parlamentär mit weißer Fahne schickten, um die Gefallenen zu bergen, lachte er nur kurz und flüsterte mir zu: „Seit den Massakern von Feodosia gibt es keine Gnade mehr! Der Krieg an der Ostfront ist hart und kalt

13

geworden. Wir töten die Russen, die Russen rächen sich und töten uns. Dann rächen wir uns wieder. Alles schaukelt sich auf. Die Menschlichkeit ist längst gestorben. In diesem Krieg geht es nur noch ums nackte Überleben. Ich habe beim Vormarsch Dinge gesehen, die hätte ich niemals sehen dürfen."

„Was denn?"

Meier hatte sich vorsichtig umgesehen, keiner der Kameraden hörte uns zu. Er kam ein Stück näher und hauchte die Worte beinahe in mein Ohr.

„Wir sind nicht nur Soldaten, wir sind auch das Werkzeug des Teufels. Tausende wurden hingerichtet. Ich habe es auf dem Vormarsch mit eigenen Augen gesehen und ich glaube nicht, dass alle Partisanen waren, die vor den Läufen unserer Maschinengewehre standen. Da waren Frauen und Kinder dabei! Kamerad, wir kämpfen nicht mehr darum eine gerechtete Welt zu schaffen, wir kämpfen darum, dass der Feind nicht heim ins Reich kommt und das gleiche mit unserer Zivilbevölkerung anstellt."

Ich war geschockt. Meiers Worte waren hart. Er war ein vernünftiger und rechtschaffener Mann. Ich wusste, dass er nicht log und das brachte mich zum Nachdenken.

Meier hatte sich freiwillig gemeldet, als Kremer fragte, wer die Feldflaschen nimmt, nach hinten geht und Wasser holt. „… mit etwas Glück bringst du ja die Essensträger oder Verstärkung mit", hatte der Gruppenführer ihn verabschiedet.

Minuten später passierte es. Ein einziger Schuss krachte. In einer Schlacht um eine Stadt, in einem Krieg des Gemetzels, ist das an und für sich nichts Besonderes und dennoch verbreitete dieser Knall mehr Angst und Schrecken als tausende von Schüssen, die während des Kampfes um diesen Straßenzug gefallen waren. Dieser eine Schuss beendete das Leben des Gefreiten Herbert Meier.

„Scharfschütze", hatte Weinberger mehr ausgepustet als ausgesprochen.

Gänsehaut überzog meinen Körper. Angst und Trauer legten sich wie ein dunkler Schatten über mich. Ich war sehr betroffen. Mit Meier verlor ich nicht nur einen Kameraden, ich verlor zum ersten Mal in diesem Krieg einen Freund. Ich kannte das Foto seiner Frau. Voller Stolz in den Augen präsentierte er es, um danach sofort das Bild seiner Tochter daneben zu halten. „Und wenn ich Weihnachten Urlaub bekomme, werden wir für einen Stammhalter sorgen", lachte er, als er sie mir gestern Nacht im Schein der Karbollampe zum letzten Mal gezeigt hatte.

Jetzt lag er zwischen den Trümmern der sterbenden russischen Stadt, deren Name noch zum Synonym für Angst, Schrecken, höllische Qualen und dem Tod werden würde.

Stalingrad.

„Das muss nicht unbedingt ein Scharfschütze gewesen sein. Vielleicht war es ein ganz normaler Iwan, dem Meier vor die Flinte gelaufen ist", beschwichtigte Zerbi, um uns zu beruhigen.

Kremer übernahm sofort das Wort. „Ohne Wasser werden wir in zwei Tagen verdurstet sein. Leutnant Hübner hat angeordnet, dass ein Mann von uns Wasser holen soll, und das werden wir."

Schweigen.

„Wer möchte es jetzt versuchen? Meldet sich noch jemand freiwillig?"

„Ich gehe", hob Richard die Hand.

Ich kannte Richard Wagner nicht näher. Er war ziemlich introvertiert, schottete sich regelmäßig ab. Ohne sich noch einmal umzudrehen, kroch Wagner aus dem Kellerloch, robbte ein paar Meter hinter einem Geröllhaufen entlang und verharrte kurz. Dann sprang er auf und hastete im Zickzack zwischen den Trümmern durch. Geschickt nutzte der Landser jede Deckungsmöglichkeit, die sich ihm bot. Wie alle anderen auch, beobachtete ich gebannt das Schauspiel.

„Er ist gut. Er schafft das", murmelte Oberjäger Kremer in seinen Stoppelbart.

Es lag wohl mehr Hoffnung als Glaube in diesem Satz, denn kaum hatte der Soldat ihn ausgesprochen, drehte er sich zu mir um, betrachtete mich eine Weile und schüttelte schließlich mit dem Kopf.

Ich konnte diese Geste anfangs nicht deuten, dann wusste ich es. Kremer wartete auf den nächsten Schuss.

Wasser holen ist ein Himmelfahrtskommando, durchströmte es mich.

„Er hat es bis zu Meier geschafft", flüsterte Weinberger.

Es wäre nicht nötig gewesen uns das mitzuteilen, denn bis auf Kremer beobachteten immer noch alle die Szene, die sich vor unseren Augen abspielte.

Kremer hatte sich eine Zigarette gedreht. Ein Streichholz flammte auf. Tabak begann zu glimmen. Mit dem ersten kräftigen Lungenzug wurde das Gesicht des Oberjägers orangerot angeleuchtet.

15

„Er schafft es", murmelte er erneut und blies den Rauch aus.

Im fahlen Licht der Karbidfunzel erkannte man, wie sich eine kleine wabernde Wolke aus bläulichem Dunst bildete und sich langsam Richtung Kellerfenster bewegte.

Eine Leuchtkugel zischte nach oben. Flackernd erhellte das künstliche Magnesiumlicht die Trümmer des zerstörten Stalingrads.

Zarizyn, so hieß die Stadt, die sich ca. 40 Kilometer an der mächtigen Wolga entlang zog, bis 1925. Nach dem russischen Bürgerkrieg wurde sie zu Ehren von *Josef Stalin* in Stalingrad umbenannt.

Im Norden befanden sich die Arbeitersiedlungen, die an das mächtige Industrieviertel mit seinen Großfabriken grenzten. Im Westen bildete eine Hügelkette, im Osten die Wolga eine natürliche Grenze. Zahlreiche Balkas, tiefe Erosionsschluchten, zogen sich von der Steppe durch Stalingrad bis hin zur Wolga.

Seit jeher war die Stadt, aufgrund ihrer Lage zwischen Don und Wolga, ein wichtiger Knotenpunkt für den Handel.

Jetzt war sie auf groteske Art und Weise zum Mittelpunkt des *Deutsch-Sowjetischen Krieges* geworden. Hitler wollte sie mit Gewalt einnehmen, Stalin unter allen Umständen halten. Wir saßen mittendrin.

Am 23. August 1942 erlebte Stalingrad den schwersten Luftangriff in der Geschichte der Sowjetunion. Der Himmel färbte sich beinahe dunkel, als die deutsche Luftwaffe mit ihren *He 111* und *Ju 88* Bombern, begleitet von Stukas, Messerschmidt und Focke-Wulff-Jägern über sie hinwegrauschten. Das Brummen der schweren Propellermotoren kündigte das Inferno an. Tonnen von Bomben wurden abgeladen. Ein Bombenteppich wurde an den nächsten gereiht. Die Sirenen der Sturzkampfbomber sorgten zusätzlich für unvergesslichen Psychoterror unter der Zivilbevölkerung.

Rauchsäulen schossen nach oben. Fabrik- und Wohngebäude stürzten ein. Tod und Zerstörung kamen über die Stadt an der Wolga. Selbst das Krankenhaus wurde von mehreren Bomben getroffen. Brennendes Öl floss in die Wolga. Brandbomben lösten zusätzlich eine Feuersbrunst aus. Die Zivilbevölkerung glaubte sich in der Hölle wiederzufinden, dennoch war dies alles nur der bittere Vorgeschmack zur wahren Hölle. Der Hölle Stalingrad. Geschätzte 40.000 Bewohner fanden bei den tagelangen Bombenangriffen den Tod. Sie wurden zerfetzt, von Trümmern erschlagen, verbrannten qualvoll oder erstickten im Rauch der Feuersbrünste.

Zeitgleich rollte die Spitze der 6. Armee, geführt von General Paulus, auf die Stadt an der Wolga zu. Siegessicher strahlten die jungen Männer in die Kameras ihrer Kameraden oder denen der Wehrmachts-Propaganda. Blonde Haare wehten im Wind der Don-Steppe. Panzer durchpflügten das Land, zogen ewig lange Staubwolken nach sich. Infanteristen marschierten scheinbar bestens gelaunt auf Stalingrad zu, der Stadt, die ihr grausames Schicksal werden sollte. Die Hölle machte keine Ausnahmen. Sie quälte Russen und Deutsche, Zivilisten und Soldaten gleichermaßen.

Der Landser, in den wir all unsere Hoffnung auf Wasser gelegt hatten, warf sich augenblicklich zu Boden.

„Ich habe gesehen, dass er alle Feldflaschen bei Meier mitgenommen hat", stieß Weinberger als nächstes aus.

„Meier war ein braver Kerl", tönte der Oberjäger. „Es erwischt immer die Guten."

„Der russische Scharfschütze hat sich bestimmt verkrochen. Er hätte doch sonst schon längst auf Wagner geschossen", meinte Hofer.

Hofer war der Jüngste von uns. Er war gemeinsam mit mir bei der Truppe angekommen.

Ein Maschinengewehr ratterte los. Leuchtspurmunition zeigte die Flugbahn der Projektile an. Sie schmetterten gegen das Haus, in dem der russische Scharfschütze vermutet wurde.

„Scheinbar hat er noch mehr Kameraden verärgert."

„Weinberger, du bist ein Arschloch. Er hat niemand verärgert, er hat schlichtweg unseren Kameraden Meier erschossen", zischte ich wütend aus.

„Ruhe!", mahnte unser Oberjäger.

„Wenn er uns nur ärgert, wieso gehst dann nicht *du* und holst Wasser?", schob ich nach und betonte dabei das *du* besonders. „*Du* hättest dich ja auch freiwillig melden können."

„Was soll das heißen?"

„Ruhe, verdammt noch Mal!", kam die zweite Mahnung von Kremer.

Weinberger rutschte vom Eingang weg und baute sich vor mir auf. „Sag schon, du Dreitage-Soldat! Was soll das heißen? Ich bin vom ersten Tag an dabei, und du? Du bist gerade mal vier oder fünf Wochen hier draußen und riskierst schon ´ne dicke Lippe!"

„Verdammt nochmal! Ich sagte, ihr beide sollt ruhig sein!", brüllte Kremer.

Weinberger wich einen Schritt zurück. Er starrte mich an, war sichtlich wütend. „Dieser Rekrut braucht mich nicht so dumm von der Seite anzuquatschen, Robert. Das muss ich mir nicht gefallen lassen."

Ich überlegte, ob ich darauf etwas erwidern sollte, entschied mich aber zu schweigen.

„In diesem Kellerloch werden wir noch alle verrückt. Wir brauchen Wasser und wenn es unser Mann wieder nicht schafft, muss einer von euch beiden gehen!"

Weinberger zuckte zusammen. Ich schnaufte tief ein und langsam wieder aus. Ein schneller Blick nach draußen folgte. Das Magnesiumlicht der Leuchtkugel lag in den letzten Zügen. Gleich würde es erlöschen.

„Warum haben wir keine Scharfschützen hier?", fragte ich. „Sie könnten den Russen ausschalten."

„Siehst du, wie schlau er daher redet?", schimpfte Weinberger.

In diesem Moment fällte ich eine Entscheidung. Ich wollte mein Schicksal selbst in die Hand nehmen. Mit dem Gewehr konnte ich schon immer gut umgehen. Seit ich vier Jahre alt war, verbrachte ich die Sommermonate bei meinem Großvater im Alpenvorland. Er war dort Jäger, lehrte mich Fallen zu legen und auf Spuren zu achten. Später, als ich zehn Jahre alt war, brachte er mir das Schießen bei. Mit seiner alten Flinte durfte ich später allein auf Kaninchenjagd gehen oder mit ihm gemeinsam Rot- und Niederwild schießen. Ich konnte stundenlang auf der Pirsch sein und durch den Wald streifen. Gefühlte Ewigkeiten verbrachte ich mucksmäuschenstill auf dem Hochstand. Dort fühlte ich mich frei.

Als ich 17 Jahre alt war, starb Großvater. Nach meiner Lehre als Schlosser meldete ich mich freiwillig zur Wehrmacht. Ich kam zum Reichsarbeitsdienst und wartete auf meine Einberufung. Schließlich kam ich zu den Gebirgsjägern.

Mein Vater war Veteran des Ersten Weltkrieges und glühender Verehrer von Adolf Hitler. Während meine Mutter große Bedenken hatte, war Vater stolz auf mich. Er dachte, ich würde meinen Beitrag für das Vaterland leisten und später von großen Heldentaten berichten. „Du trittst deinen Dienst als einfacher Jäger an und wirst bald als Oberjäger oder sogar Feldwebel zurückkehren. Das verspreche ich dir, mein Junge", hatte er gesagt und mir auf die Schulter geklopft, als ich mich verabschiedete und am Hauptbahnhof Graz in den Zug stieg.

Der wahre Grund für mein Handeln war jedoch viel banaler. Es war verschmähte Liebe. Meine Edeltraud hatte sich für einen anderen jungen Mann entschieden. Ich wollte nur noch weg von zu Hause, hielt es nicht mehr aus. So wurde ich Soldat. Eigentlich dachte ich, dass ich als Gebirgsjäger viel in der Natur sein würde, doch stattdessen hatte das Schicksal meine Division nach Stalingrad geführt.

Der Marschbefehl traf am 21. September 1942 im Stab der *100. Jäger-Division* ein. Wir sollten die im Stadtzentrum kämpfenden deutschen Divisionen unterstützen. Mein Regiment erreichte am 26. September den Stalingrader Kriegsschauplatz. Das, was wir vorfanden, glich keiner Stadtlandschaft mehr. Wir befanden uns in einem riesigen Trümmerfeld.

Die Antwort auf die Frage, wie es soweit kommen konnte, wurde uns ebenfalls sofort gegeben. Kaum hatten wir unsere Ausgangsstellungen erreicht, ging es sofort los. Russische Luftwaffe und Artillerie hämmerten seit unserer Ankunft pausenlos auf uns ein. Überall zischte, heulte und rumste es. Unsere Verluste waren enorm.

So wollte ich nicht verrecken. Weder durch die Splitter einer Granate noch durch die herabfallende Kellerdecke des Gebäudes, in dem wir uns verkrochen hatten, sollte es durch einen Volltreffer zusammenbrechen. Und schon gar nicht wollte ich das Opfer eines russischen Heckenschützen werden.

„Robert, kann ich dein Fernglas haben?", fragte ich Oberjäger Kremer.

Dieser griff zur Seite und reichte es mir. Ich prüfte meinen Karabiner 98. Ein gutes Gewehr. Das Visier war richtig eingestellt und ich hatte nach dem letzten Reinigen einen frischen Ladestreifen eingesetzt.

„Was hast du vor?", wollte Kremer wissen.

„Handeln", antwortete ich und kroch ins Freie.

Schon nach ein paar Metern fand ich einen geeigneten Platz. Ich hob den Feldstecher an die Augen und suchte Wagner. Der erfahrene Landser verharrte immer noch an der Stelle, an der er sich hingeworfen hatte, als die Leuchtkugel nach oben gezischt war.

Er geht sehr besonnen vor. Was würde Großvater jetzt tun? Das Lockfutter ist ausgelegt, von wo betritt der hungrige Eber das freie Feld, um die leckeren Eicheln zu fressen?

Ich stellte mir einfach vor, ich wäre auf Wildschweinjagd. Wagner war das Lockmittel, der Russe mein Ziel. Ich schwenkte das Fernglas herum und beobachtete geduldig das Haus, in dem der Scharfschütze vermutet wurde.

Nichts! Verdammter Mist!

Ich konnte mich noch so anstrengen, es war absolut nichts zu erkennen.

„Jetzt läuft er weiter", hörte ich von hinten.

Mein Herz begann schneller zu pochen.

„Zickzack. Jetzt hat er sich abgeduckt."

Es war die Stimme von Oberjäger Kremer. Er wusste, was ich vor hatte und informierte mich darüber, was Wagner machte.

Er muss auf jeden Fall in einem der höheren Stockwerke sitzen, da er von unten zu wenig Sicht hat. Die Leuchtspurgarben der Maschinengewehre sind vorhin ganz oben eingeschlagen. Vielleicht sitzt er nicht ganz so weit oben. So muss es sein. Er hat seine Position geändert. Deshalb hat er Wagner noch nicht entdeckt bzw. noch nicht im Visier gehabt.

Ich konzentrierte mich auf das mittlere Stockwerk. Im fahlen Licht des abnehmenden Mondes hatte ich immer noch einigermaßen gute Sicht. Im Mauerwerk befand sich ein größeres Loch.

Würde ich mich dort platzieren? Gutes Schussfeld. Perfekte Position, fiel mir sofort ein und ich verharrte für einen Moment an dieser Stelle.

Nein! Dort würde sich garantiert kein Jäger hinlegen, denn dort wird der Jäger vermutet.

Ich entdeckte ein kleines Fenster.

Dahinter würde ich mich auf Lauer legen!

Ich brachte meinen K 98 in Anschlag und visierte das kleine Fenster an. Mein Atem war flach. Gedanklich befand ich mich wieder bei meinem Großvater. Ich sah mich auf dem Hochstand und visierte mit der Büchse den Eber an.

„Wagner läuft weiter!"

Ein Schuss knallte. Ich sah einen Mündungsblitz. Ausatmen, Luft anhalten, im Ziel bleiben und abdrücken war ein auf der Jagd oft geübtes Zusammenspiel. Nur Sekundenbruchteile nachdem der Russe geschossen hatte, drückte auch ich ab. Der Kolben stieß gegen die Schulter. Im Automatismus eines Soldaten repetierte ich und bugsierte so die nächste Patrone in die Kammer.

„Verdammte Scheiße! Er hat Wagner erwischt!"

Ich hörte die Worte anfangs gar nicht. Ich war wie benommen.

Seit ich die Truppe erreichte, hat sich mein Leben beinahe täglich verändert. Ich kam als Soldat, der sich aus Liebeskummer heldenhaft an der Front in den Tod stürzen wollte. Mein Ziel war es, meine große Liebe ein letztes Mal zu beeindrucken. Stattdessen lernte ich etwas anderes kennen.

Kameraden, die aus verschiedensten Gründen den Weg zur Wehrmacht wählten bzw. unfreiwillig einberufen worden waren. Männer, die zusammenhielten und für einander ihr Leben riskierten.

Läuse, die sich verbreiteten, egal wie gut man selbst für Körperhygiene sorgte.

Gehorsam und Genügsamkeit lernte ich ebenfalls kennen. Man freute sich über ein Stück Kommissbrot und eine Tasse heißen Kaffee mehr als früher auf die Schulferien. Alles, was zu Hause als selbstverständlich betrachtet wurde, war hier an der Front etwas Besonderes.

Ich lernte binnen kürzester Zeit zu schlafen, wenn es die Gelegenheit dazu gab und wach zu bleiben, wenn es die Situation erforderte.

Und ich lernte den Krieg kennen. Ich sah meine erste Leiche, lange bevor ich an der Front ankam.

Es war an einem Güterbahnhof, wir hatten eine Stunde Aufenthalt und vertraten unsere Beine. Die Ortschaft war nicht gerade groß und wir verließen in Gruppenstärke das Bahnhofsgelände, um im Ort etwas Lohnenswertes einzukaufen. Manche Kameraden wollten Wein oder Schnaps, ich suchte nach Obst. Auf dem Dorfplatz standen Galgen. Zwei Männer und eine Frau waren aufgehängt worden. Der unangenehm penetrant süßliche Geruch von verwesendem Fleisch kroch in meine Nase. Schwärme von Fliegen hatten sich bei den Erhängten versammelt, setzten sich, krabbelten herum und flogen wieder weg. Am Galgen war ein Schild angenagelt.

„Banditen"

Man hatte es sowohl in deutscher Sprache als auch in kyrillischen Buchstaben darauf geschrieben. Zumindest vermutete ich, dass das kyrillisch geschriebene Wort die gleiche Bedeutung hatte.

Als ich die Toten hängen sah, wurde mir augenblicklich schlecht. Die Körper waren aufgedunsen, hingen dementsprechend schon eine Weile da. Einem vorbeikommenden Feldgendarm war aufgefallen, wie schockiert wir auf die Leichen starrten.

„Partisanen. So geht es allen, die sich gegen uns stellen", kommentierte er und zeigte mit einer leichten Kopfbewegung in Richtung Galgen.

„Warum beerdigt man sie nicht", fragte Hofer nach.

„Zur Abschreckung, Kamerad. Zur Abschreckung. Die Bolschewisten sollen wissen was ihnen blüht, wenn sie sich gegen uns stellen. Diese Drecksäcke haben einem unserer Männer die Kehle durchgeschnitten. Dann sind sie in ein Lager eingebrochen und wollten Fressalien stehlen. Ihr Pech war, dass der Wachwechsel aufgrund eines Rhythmuswechsels früher als üblich durchgeführt wurde und sie erwischt wurden."

Als ich das Grinsen im Gesicht des Kettenhundes registrierte, während er erzählte, überkam mich ein Gefühl des Ekels. Ich kehrte damals um und ging zurück zum Waggon. Mir war in diesem Augenblick klar geworden, dass Krieg nicht das heroische Kämpfen und Sterben war, das uns in der Schule und in der Hitlerjugend gelehrt wurde. Krieg war grauenvoll und ich befand mich auf dem Weg dahin, ein Teil davon zu werden. Es war eine Straße ohne Wendemöglichkeit.

Später, in Stalingrad, gewöhnte ich mich an den Anblick von Toten. Ich sah erschossene Soldaten, verbrannte Körper, zerfetzte Menschen. Die meisten trugen Uniform. Ich sah aber auch tote Kinder und Frauen. Opfer von Bomben und Granaten, Opfer von Querschlägern und Schrapnells.

Man stumpft schneller ab als man denkt.

„Wagner hat es erwischt. Dieser russische Scharfschütze hat wieder zugeschlagen", donnerte Weinberger.

Ich war wie in Trance, als ich aufstand und mein Gewehr schulterte. Dann stülpte ich den Lederriemen des Fernglases um den Hals und ließ es vor meiner Brust baumeln. „Ich habe ihn sicherlich erwischt", stieß ich im Unterbewusstsein aus und marschierte los. „Ich hole Wasser", schob ich nach und wankte ein wenig. Meine Knie waren weich. Ich hatte vermutlich soeben zum ersten Mal in meinem Leben bewusst auf einen Menschen geschossen und ihn verwundet oder getötet. Ich spürte weder Befriedigung noch Wehmut. Ich war leer. Meine Gedankenwelt ließ es nicht zu, dass sich ein Bild abzeichnete.

„Bleib stehen!", hörte ich, kümmerte mich aber nicht um den Befehl.

Als ich auf der Höhe von Meier war, kniete ich mich hin.

Kopfschuss!

Ich öffnete die Feldbluse und brach die untere Hälfte der Erkennungsmarke ab. Danach stand ich auf und ging weiter zu Wagner. Auch hier kniete ich mich hin, stellte einen Kopftreffer fest, zog an der dünnen Kette die Erkennungsmarke hervor, brach sie ab und schob sie zu der anderen in die Brusttasche meiner Feldbluse. Als nächstes griff ich nach den Feldflaschen, umklammerte die Lederriemen und rannte los.

Hinter mir jagten unsere beiden MG-Besatzungen ein paar Salven aus ihren Waffen. Vermutlich wollten sie eine Art Sperrfeuer schießen, um mir zumindest eine kleine Überlebenschance einzuräumen.

Ohne es in diesem Moment zu begreifen, hatte ich mich auf einen Wettlauf mit dem Tod eingelassen. Geduckt hetzte ich durch die Trümmerlandschaft. Meine Knobelbecher suchten sicheren Halt im Gewirr aus Steinen, Holzbalken und Eisenteilen. Aufkommendes kurzes Gewehrfeuer verstummte wieder. Ich huschte in die nächste Seitenstraße, hielt an und lehnte mich gegen die Hauswand. Mein Brustkorb hob und senkte sich rasend schnell. Ich rang nach Sauerstoff. Gleichzeitig breitete sich ein leichtes Gefühl von Euphorie aus.

Ich habe es geschafft! Ich kann Wasser für meine Kameraden holen.

Nach einer kurzen Pause lief ich die Straße entlang. Ich erkannte das ausgebombte Geschäftshaus. Hier waren wir beim Vorrücken ebenfalls vorbeigekommen. Ich wusste nun, dass ich die richtige Richtung eingeschlagen hatte. Nach etwa zehn ewigen Minuten erreichte ich die halb zerfallene Mauer, die ich mir beim Vormarsch eingeprägt hatte. Niemand hatte mehr auf mich geschossen. Ich fühlte mich sicher. Plötzlich ein Ruf. Wie aus dem Nichts knallte mir ein: „Halt!", entgegen.

Ich erschrak beinahe zu Tode und blieb wie angewurzelt stehen.

„Wer bist du, gib dich zu erkennen!"

Der Rufer sprach mit österreichischen Dialekt.

Meine Leute!

Ich war froh, mich nicht rüber zur Nachbardivision verlaufen zu haben.

„Nicht schießen! Ich bin´s. Jäger Müller von der Gruppe Kremer."

Gemurmel. Schließlich ein: „Komm langsam her."

Ich machte ein paar Schritte nach vorn, versuchte zu erspähen, wo der Kamerad in Stellung lag, doch ich konnte nichts erkennen. Dann bewegte sich etwas. Zwei Stahlhelme hoben sich zwischen Geröll und Schutt nach oben. Die Karabiner der Landser waren immer noch auf mich gerichtet. Erst als sie mich als einen der Ihren erkannten, senkten sich die Gewehrläufe.

„Du hast vielleicht Nerven! Rennst da mitten in der Nacht auf uns zu. Was ist los?"

Ich erklärte mit ein paar Sätzen die Situation. Während einer der beiden Landser interessiert zuhörte, drehte sich der andere eine Zigarette.

„Kamerad, mich wundert es nicht, dass ihr in dieser Lage seid und sich nichts rührt. Der Iwan hat uns ganz schön zugesetzt."

Derjenige, der sich die Zigarette gedreht hatte, zündete sie an und mischte sich danach ins Gespräch ein. Rauch quoll aus seinem Mund, als er sprach. „Aber den Weg hättest du dir fast sparen können, ich weiß aus sicherer Quelle, dass wir morgen Unterstützung bekommen und den Russen endgültig über die Wolga jagen!"

„Bis dahin sind wir verdurstet", antwortete ich und deutete auf die Feldflaschen.

„Falls sich in den letzten paar Stunden nichts geändert haben sollte, findest du Feldküche, Versorgungstross und Kompaniegefechtsstand an einem Fleck."

Der andere übernahm das Wort. „An deiner Stelle würde ich dem Alten eine kurze Lagemeldung schildern, bevor du die Flaschen auffüllst."

„Es ist mitten in der Nacht", entgegnete ich.

Der Raucher nickte. „Geh trotzdem zum Kompaniegefechtsstand. Irgendeiner von denen, die was zu sagen haben, ist immer da! Wenn du es nicht machst, bekommst du garantiert von Wohlleben einen mordsmäßigen Einlauf!"

Oberfeldwebel Wohlleben war unser Spieß, ein alter Haudegen und sehr launisch. Er konnte einem das Leben erleichtern oder unheimlich schwer machen.

„Könnt ihr mir sagen, wo ich ihn finde?"

Eine Leuchtkugel zischte nach oben. Die beiden Helme senkten sich. Ich ging ebenfalls in Deckung. Schüsse krachten. Zwei Minuten später war es wieder ruhig.

„Verfluchter Iwan, der Russe braucht wohl nie Schlaf!", motzte der Raucher und begann mir den Weg zu erklären. Dann reichte er mir seine Feldflasche. „Trink!"

Gierig setzte ich sie an. Ich war so aufgeregt, dass ich erst jetzt merkte, wie trocken meine Kehle und wie spröde meine Lippen waren. Nachdem ich mindestens die halbe Flasche geleert hatte, gab ich sie zurück. „Vielen Dank."

„Schon gut", antwortete er und hob zum Abschied die Hand zum Gruß.

Es war gottseidank nicht mehr allzu weit und eine weitere Viertelstunde später erreichte ich den Kompaniegefechtsstand, der in einem
halbwegs intakten Haus untergebracht war. Die Fenster waren mit Decken verhängt. Am Rand schimmerte etwas Licht durch.

Trotz der späten Stunde herrschte einiger Trubel. Einige Essensträger kreuzten meinen Weg. Sie trugen volle Kochgeschirre und Kommiss-
brote in den Händen. Zwei von ihnen hatten die großen Aluminium-
Essensbehälter auf den Rücken geschnallt.

Dort muss ich nachher unbedingt hin, dachte ich mir.

Ich betrat das Haus und machte sofort einen Schritt zur Seite. Ein
Melder rannte mir entgegen, quetschte sich vorbei und hastete in das
dunkle Trümmergewirr. Als ich mich wieder umdrehte, stand Oberjäger
Maracek vor mir. Er gehörte zum Kompanietrupp.

„Wo kommst du denn her?", fragte er mich schroff. Die dunklen
Ringe unter seinen Augen sprachen für sich. Statt des bequemen Käppis
trug er seinen Stahlhelm.

Auch hier erklärte ich mit wenigen Worten unsere Situation.

Maracek grübelte. „Komm mit. Bevor du alles dreimal erzählst,
sagst du es am besten gleich Hauptmann Greiner."

Greiner war der Kompanie-Chef. Wir mochten ihn, denn er hatte
eine väterliche Art an sich, was vielleicht daran lag, dass er im Zivilleben
Lehrer war.

Maracek führte mich in einen größeren Raum. Hauptmann Greiner
stand mit zwei weiteren Offizieren und einem Oberfeldwebel an einem
Tisch. Vor ihnen lag eine große Karte. Ich erkannte, dass es sich um einen Stadtplan von Stalingrad handelte.

In einer Ecke hockte der Spieß. Er hatte eine Namensliste vor sich
liegen und machte mit einem Bleistift hin und wieder Haken hinter diversen Namen. Auf dem zweiten Blick erkannte ich, dass vor ihm die
abgebrochenen Teile von Erkennungsmarken lagen. Instinktiv griff ich
in meine Feldbluse, packte die Marken meiner beiden erschossenen Kameraden, ging zum Schreibtisch von Oberfeldwebel Wohlleben und legte
die Erkennungsmarken vor ihm auf den Tisch.

Der Spieß sah erst mich an, dann die Erkennungsmarken, dann wieder mich. Er kniff seine Augen zusammen. Ich kannte diesen Blick und
erwartete einen Anschiss.

„Jäger Wagner und Gefreiter Herbert Meier aus meiner Gruppe.
Leutnant Hübner hat mich zum Wasserholen hergeschickt. Beide Kameraden wurden von einem russischen Scharfschützen erschossen. Er hatte

den Weg von unserer Stellung nach hinten unter Kontrolle. Ich habe ihn erschossen", haspelte ich wirr aus und merkte nicht, dass sich auch die Offiziere am Kartentisch nicht mehr unterhielten. Ich sprach einfach weiter und berichtete, was sich zugetragen hatte und in welcher Lage wir uns befanden. Wohllebens Gesichtszüge entspannten sich etwas. Er nahm die beiden abgebrochenen Erkennungsmarken und legte sie zu den anderen dazu.

„Bleib ruhig, Junge", kam es erstaunlich gelassen.

„Wer sind Sie?", hörte ich die Stimme des Kompanie-Chefs.

Ich drehte mich um. Greiner und die anderen sahen mich an. Ich schluckte. Mein Adamsapfel wanderte hoch und runter. „Jäger Alfred Müller", sagte ich und knallte kasernenhofmäßig die Hacken zusammen.

„Stehen Sie bequem und erzählen Sie noch einmal in Ruhe, was sich zugetragen hat und in welcher Lage sich ihr Zug befindet. Kommen Sie her. Zeigen Sie uns auf der Karte, wo sich Leutnant Hübner befindet."

Ich machte ein paar Schritte nach vorn, betrachtete die Karte und fand mich schnell zurecht. Mein Finger wanderte zwischen den gezeichneten Straßen herum und blieb schließlich an dem Haus stehen, in dem meine Leute im Keller lagen. „Hier haben wir uns eingenistet; dort die Pioniere. Wo sich die Pak befindet, kann ich leider nicht sagen. Der Russe sitzt jedenfalls hier, dort und da", sagte ich und zeigte auf die jeweiligen Stellen. Dann erzählte ich von den beiden Panzerwracks, die die Straße blockierten. Am Ende meiner Ausführungen sollte ich noch einmal von dem russischen Scharfschützen berichten und wie ich vorgegangen war, um ihn auszuschalten.

Greiner, die Offiziere, Oberjäger Maracek und unser Spieß hatten die ganze Zeit aufmerksam zugehört. Der Hauptmann räusperte sich. „Wohlleben, haben wir noch Kaffee?"

„Jawohl", antwortete der Spieß, stand auf, ging in einen Nebenraum und kam mit einer Tasse in der Hand zurück, aus der es dampfte. Er reichte sie mir. „Trink Junge, das wird dir gut tun!"

Ich nahm dankend die Tasse, nahm einen ersten kleinen Schluck. Es tat tatsächlich gut.

Greiner notierte eine Nachricht auf einen Zettel, faltete ihn und gab ihn mir. „Das geben Sie Leutnant Hübner."

„Verstanden", antwortete ich.

„Sie gehen jetzt zur Feldküche. Sagen Sie dem Koch, er soll ihnen einen großen Essensbehälter füllen und zusätzlich Kaltverpflegung für ihre Gruppe aushändigen."

Der Kompanieführer wendete sich nun Oberjäger Maracek zu. „Der Sanitäter und zwei Männer aus dem Kompanietrupp begleiten diesen Jäger."

Maracek nickte.

Dann drehte sich Greiner um und beugte sich wieder über die Karte. „Meine Herren, kommen wir zum Ende unserer Planung."

Der Küchenbulle schraubte den Behälter zu. „Fertig! Ihr könnt losmarschieren!"

Bepackt mit vollen Feldflaschen, einem großen Essensbehälter, fünf Kommissbroten, ausreichend Kaltverpflegung, die in eine Zeltbahn eingerollt worden war und sechs gefüllten Kochgeschirren, die der Küchenbulle auf Reserve *gebunkert* hatte, marschierten wir los.

Ich ging mit der Zeltbahn, die ich wie einen Sack Kohle geschultert trug, vorneweg. Hinter mir befand sich der Sanitäter, der sich die Feldflaschen umgehängt hatte, dann folgten zwei Landser, die den Essensbehälter, je einen Brotbeutel und die Kochgeschirre trugen.

Vor uns lag wieder eine Welt aus Schutthalden, Gesteinsbrocken und Granattrichtern.

„Da hast du uns ganz schön was eingebrockt", moserte der Landser, der den großen Essensbehälter auf den Rücken geschnallt hatte.

„Halts Maul, Rudi!", meckerte dessen Hintermann.

Der Sani sagte gar nichts. Ich wollte erst etwas erwidern, doch dann entschloss auch ich mich dazu, nicht auf den Kommentar einzugehen.

Eigentlich hat er den Nagel auf den Kopf getroffen. Ohne mich könnte er jetzt in seinem Kellerloch liegen und dösen.

Wir erreichten die beiden Landser, die mir zuvor den Weg gezeigt hatten, bewegten uns an der Mauer entlang und kamen schließlich ohne Zwischenfall in die kleine Seitenstraße, an der ich mich zum ersten Mal ausgeruht hatte.

„Wenn wir hier um die Hausecke gehen, können uns die Russen sehen", warnte ich.

„Scheiße!", kam es von hinten.

„Müssen wir laufen?"

„Ich weiß es nicht. Der Iwan wird ja auch nicht die ganze Nacht wach liegen."

Der Sani drehte sich zu seinen beiden Kameraden um. „Wenn wir langsam gehen, sind wir leiser als wenn wir laufen. Wir sollten es riskieren."

„Damit uns der Iwan auf den Pelz rückt? Nein! Wir sollten so schnell wie möglich losrennen!"

Der dritte Mann drängte sich vor zu mir. „Wie weit ist es von hier bis zu eurem Keller?"

Ich überlegte. „Schwer zu sagen. Vielleicht 500 Meter. Könnten aber auch 800 Meter sein."

„Das ist zu weit zum Rennen, Leute. So vollgepackt, wie wir sind, schaffen wir höchsten drei- bis vierhundert Meter. Wir müssen uns langsam vortasten, so gut wie möglich schleichen und dann lospreschen, wenn es heiß wird", sagte der Landser mit den Kochgeschirren.

„So machen wir es", beschloss der Sanitäter. Er hatte den Rang eines Oberjägers, was wohl der Grund war, dass die Entscheidung widerspruchslos akzeptiert wurde.

„Bereit?", fragte ich.

Der Oberjäger klopfte mir auf die Schulter. Ich huschte um das Eck herum. Vor mir der übliche Anblick. Trümmer, Krater und Schutthalden mit herausstehenden Eisenteilen. So tief geduckt wie möglich ging ich los. Es war still. Beinahe zu ruhig.

Ob der Russe schläft?

Obwohl ich es näher in Erinnerung hatte, musste ich feststellen, dass die Entfernung bis zu unserem Keller wohl doch 800 Meter betrug.

Das Auftreten der genagelten Knobelbecher war gut zu hören. Es knirschte und knackste. Von Schleichen konnte man wirklich nicht sprechen. Mich überfiel ein mulmiges Gefühl. Angst kroch vom Nacken bis in die Zehenspitzen. Die Lethargie, die mich am Anfang der Nacht diesen Weg zurücklegen ließ, war weg. Jetzt lagen meine Nerven blank. Die Hände begannen feucht zu werden, Schweiß rann von der Stirn. Unsere Konturen waren im Mondlicht zu erkennen, dessen war ich mir ganz sicher.

Ich bewegte mich so schnell wie möglich durch das Gewirr von Steinen, Mauer- und Hauswandbruchteilen. Mit einer Hand hielt ich die Zeltbahn fest, mit der anderen den Karabiner.

Wir hatten das erste Drittel des Weges zum Kellerunterstand beinahe geschafft, als es losging. Ein einzelner Schuss eröffnete den Höllentanz. Es folgten Maschinengewehrsalven, deren Projektile knapp über mich hinwegpfiffen, um sich anschließend im Trümmerfeld zu verlieren oder als gefährliche Abpraller erneut zur Gefahr wurden.

„Runter!", plärrte der letzte Mann.

Dann schoss eine Leuchtkugel nach oben. Mir stockte der Atem. Sofort suchten wir Deckung, sprangen zur Seite und duckten uns hinter einem größeren Schutthaufen ab. Ich lag am Rand eines Trichters. Übler Geruch stieg nach oben. Ich war sofort an die erhängten Plünderer erinnert. Ein Blick in den Trichter bestätigte meine Ahnung. Der aufgedunsene Körper eines verwesenden Gefallenen war zu erkennen. Mir wurde augenblicklich schlecht und ich musste mich übergeben.

„Verdammt, wir sitzen fest", brüllte der Sanitätsoberjäger und presste sich dicht gegen die Wand aus Geröll.

Der Landser, der den Essenbehälter am Rücken getragen hatte, bugsierte diesen gerade nach vorn. „Scheißglump vareckts!", schimpfte er.

Pling

Ein Querschläger krachte gegen eine der Eisenstangen und fetzte dem meckernden Landser über die Wange.

„Verdammte Kacke!", fuhr er erschrocken zusammen. Seine Hand wanderte gegen die Wunde. Blut rann in den Kragen.

Der Sanitäter öffnete Augenblicklich seine Tasche. „Halb so wild. Komm her, ich werde die Wunde gleich verarzten."

Der Landser erhob sich und sackte sofort wieder zusammen.

„Erwiiiin, bleib unten!", plärrte der zweite Landser zeitgleich, doch seine Warnung kam zu spät.

Die Garbe eines russischen Maschinengewehrs hatte den Kopf des deutschen Soldaten regelrecht zerfetzt.

Der Schusswechsel verstärkte sich. Eine Granate detonierte auf der russisch besetzten Seite.

„Das sind unsere Jungs", rutschte mir beinahe freudig heraus. Im Augenwinkel erkannte ich, dass der Sanitäter und der andere Landser neben dem Gefallenen lagen, die Taschen leerten und die Erkennungsmarke abbrachen.

Als sie fertig waren, krochen beide bäuchlings über das Geröll zu mir.

„Erwin hat zwar immer geschimpft, war aber ´ne gute Haut! Wir werden das Zeug hier seiner Witwe schicken."

Sie zeigten mir die Geldbörse mit Fotos und eine Armbanduhr.

Mein Magen wollte erneut rebellieren, doch ich unterdrückte den Brechreiz. „Wir … wir müssen weiter. Unsere Leute schießen Sperrfeuer!", stieß ich aus.

„Wie weit noch?"

„Vielleicht 500 Meter!"

„Nimm mir die Feldflaschen ab. Ich schnalle mir den Alu-Behälter um."

Wortlos kam ich der Aufforderung nach.

Mit ein paar gekonnten Griffen hatte sich der Sanitäter den Essens-behälter auf den Rücken geschnallt. „Wann immer du bereit bist, rennen wir los!"

Ich nickte zustimmend und wartete auf eine Feuerpause der Russen. Als das Zischen und Sirren der sowjetischen MG-Garben für einen Moment verebbte, stemmte ich mich nach oben und hastete los.

Die Angst hatte mich nun vollends gepackt. Das Gefühl, das mich antrieb, war unbeschreiblich. Es war, als ob sich eine unsichtbare Hand nach mir ausstreckt und die Fingerspitzen gleich den Nacken berühren. Ich rannte so schnell ich nur konnte. Meine Lungenflügel drohten zu platzen. Seitenstechen stellte sich ein.

Die beiden Maschinengewehrbesatzungen jagten eine Salve nach der anderen aus ihren Waffen. Die Pak hieb zusätzlich Sprenggranaten in Richtung der Russen. Ich erreichte die Stelle, an der Meier erschossen wurde. Er lag immer noch da. Meine Beine waren schwer geworden. Ich warf mich in Deckung. Kurz darauf plumpsten der Oberjäger und der Landser mit den Kochgeschirren neben mir zu Boden. Der Oberjäger war schweißgebadet. Er keuchte wie ein Pferd.

Das Feuer verstummte nun ganz.

Als sich der Oberjäger einigermaßen erholt hatte, fragte er: „Ist das einer von denen du erzählt hast?"

„Ja", kam es knapp.

„Was ist, wenn der Iwan einen neuen Scharfschützen dort postiert hat?"

Ich atmete zwischenzeitlich wieder normal. „Dann wird es wohl mindestens einen von uns erwischen", sagte ich trocken. Ich dachte wieder an meine Edeltraud.

Ein komischer Moment jetzt an seine Geliebte zu denken, durchfuhr es mich.

Aber der Gedanke an *sie* ließ mich wieder in die Nähe der gewohnten Lebens-Lethargie kommen. Ich schätze, der Iwan hat nicht gesehen, wo wir jetzt liegen. Wir laufen bei drei los! Sollte ein Scharfschütze dort drüben sitzen, wird er höchstens einen von uns erwischen. Dann muss er in Deckung gehen, weil die MG-Besatzungen reagieren und ihn unter Beschuss nehmen werden.

„Deinen Humor möchte ich mal haben", wetterte der Landser mit den Kochgeschirren.

„Wir können nicht ewig hier bleiben."

„Ruf doch zu deinen Leuten rüber, dass wir jetzt loslaufen. Dann können sie nochmal Sperrfeuer schießen."

„Und der Russe weiß, dass wir hier sitzen!"

Der Oberjäger stimmte mir zu. „Er hat Recht. Wenn der Iwan nicht mitbekommen hat, wie weit wir es geschafft haben, dann bringt uns das einen Zeitvorteil. Wir müssen es riskieren."

Der Landser murrte. „Und was ist mit dem Scharfschützen?"

„Ich gehe zuerst. Wenn einer drüben hockt, wird er mich erschießen", sagte ich, sprang hoch und lief los.

Ich begriff mich selbst nicht mehr. Vor einem Moment zitterte und bangte ich um mein Leben und jetzt war es mir egal. Es fiel kein Schuss. Stattdessen begannen unsere beiden Maschinengewehre wieder damit, die Sowjets zu beharken. Ich hörte schnelle Schritte und schweres Schnaufen hinter mir.

Sie folgen mir!

Stimmen wurden laut. Meine Kameraden im Keller feuerten uns an. „Alfred! Lauf, Junge! Prima!"

Ich sah den Kellerzugang und rutschte mehr hinunter als ich lief. Hinter mir erreichten der Oberjäger und auch der Landser unbehelligt das Ziel.

„Du Teufelskerl hast es geschafft!", jubilierte Oberjäger Kremer.

Erst wurden die Feldflaschen, dann das Essen ausgeteilt.

„Hofer, lauf zu Leutnant Hübner und sage ihm, dass Alfred zurück ist."

„Ach ja", fügte ich hinzu. „Ich habe vom Alten noch eine Meldung für Hübner mitbekommen". Ich kramte den Zettel hervor und gab ihn Hofer.

Oberjäger Kremer grinste. „Und sie sollen ihre Kochgeschirre mitbringen. Das Essen reicht für alle", fügte er hinzu.

Leutnant Hübner wischte sein Kochgeschirr mit dem letzten Stück Brot aus. „Männer, das war eine hervorragende Leistung von Jäger Müller. Wir haben Essen und Trinken erhalten. Da kann man wieder einmal sehen, dass man gewisse Dinge nicht planen kann. Normalerweise hätten wir den Iwan schon längst über die Wolga drängen müssen, doch diesmal wehrt er sich heftig. Das ist aber bald vorbei", erklärte er und packte das Kochgeschirr zusammen, während er redete. Dann stand er auf. „Zwei Mann sind immer auf Wache. Die anderen schlafen. Im Moment werden weitere Kräfte in unseren Frontabschnitt verlegt. Morgen Vormittag um 8.00 Uhr greifen wir an."

Mehr als zwei Stunden Schlaf waren mir nicht vergönnt. Um 6.00 Uhr morgens hämmerte unsere Artillerie los. Der Schwerpunkt des Granatenhagels lag zwar am Mamai-Hügel, doch auch in unserem Frontabschnitt wurde der Russe gut eingedeckt.

Huiit – Wumm

Das Pfeifen, dröhnen und donnern wuchs an.

Ich kroch unter meiner Zeltbahn hervor. Weinberger schnarchte, Hofer hatte seine Zeltbahn über den Kopf gezogen und Oberjäger Kremer lag regungslos zwischen einer leeren Munitionskiste und seinen Waffen.

Zerberich saß am Kellerzugang und beobachtete die russische Häuserseite. Seine Zeltbahn war fein säuberlich zusammengerollt. Der Obergefreite bemerkte, dass ich aufstand. „Jetzt sind die dicken Koffer dran. Danach werden die Acht-Acht ein Stück weiter vorne krepieren und wenn heute keine Luftwaffe kommt, sind wir als nächstes dran."

Ich schlug meine Zeltbahn einmal der Länge nach zusammen und begann damit sie einzurollen. „Zerbi, hast du gar nicht geschlafen?", fragte ich verwundert.

„Einer muss ja aufpassen. Ihr ward nach dem Essen alle sofort weg, im Land der Träume", kam es stoisch ruhig.

Ich ging vor zu Zerbi und zeigte nach draußen. „Ich muss mal ´n Spatengang machen", sagte ich. „Ist es ruhig beim Iwan?"

„Kannst getrost zur Latrine huschen. Die Russen sind genauso platt wie wir", antwortete der Obergefreite und ließ eine kleine Röhre mit Tabletten in seiner Feldbluse verschwinden.

Das ist also sein Geheimnis, durchfuhr es mich, *er schluckt Pervitin.*

Ich hasste diese Wunderpille. Sie hält dich wach und weckt ungeahnte Kräfte, doch wenn die Wirkung nachlässt, zieht es dich in ein Loch, aus dem du nicht mehr so schnell rauskommst.

Es war seit geraumer Zeit gar nicht mehr so einfach, an diese von vielen Landsern begehrten Tabletten heran zu kommen. Die Ausgabe wurde seit einiger Zeit enorm eingeschränkt.

Nun, Zerbi hat sicher seine Quellen, dachte ich und ging nach draußen.

Als ich ein paar Minuten später erleichtert zurückkehrte, waren alle aufgestanden.

„Esst und trinkt, Männer. Kümmert euch um eure Waffen", brummte Kremer.

Beinahe wortlos kamen die Landser der Aufforderung nach. Nervosität war zu spüren. Wir packten zusammen. Ich kontrollierte meinen Karabiner und lud nach.

Wumm wumm

Das Geräusch der über uns hinwegwirbelnden Granaten hatte sich geändert. Zerbis Vermutung schien sich zu bewahrheiten. Das Pfeifen der schweren Sprengkörper blieb aus, dafür donnerten die Geschosse unserer 88 mm Geschütze dem Feind entgegen.

„Wer hat noch Handgranaten?"

Hofer meldete sich als einziger. „Zwei Stück."

„Gib mir eine", wurde er von Zerberich aufgefordert.

Kremer ließ das Magazin in seine Maschinenpistole einrasten, dann setzte er den Stahlhelm auf und zurrte den Lederriemen unter dem Kinn fest. „Wir bleiben so dicht wie möglich zusammen. Wenn wir in die Häuser gehen, müsst ihr auf Sprengfallen aufpassen!"

„Der Chef kommt", unterbrach Zerberich.

Kaum hatte er ausgesprochen, hörten wir von draußen ein lautes: „Raus! Fertigmachen zum Angriff!"

Mein Herz begann wieder zu trommeln. Die Hände wurden feucht und in der Magengegend breitete sich ein unbehagliches Gefühl aus. Wir verließen den Keller. Kremer ging direkt zu unserem Zugführer. Ich verstand nur ein paar Wortfetzen, aber es war klar, dass wir auf die andere Seite stürmen und die Russen aus den Häusern drängen würden.

„Nahkampf", flüsterte Zerberich. „Ich hoffe, du hast Spaten und Bajonett geschliffen!"

Mir grauste es bei dem Gedanken an Nahkampf. Die Knie schlotterten. Diverse Gedanken rasten unkontrollierbar durch meinen Kopf. Ich wusste nicht, ob ich den russischen Scharfschützen gestern getötet oder nur verwundet hatte. Ich versuchte das Bild aus meinem Kopf zu werfen und mich auf den bevorstehenden Kampf zu konzentrieren.

Aus den Nebenstraßen strömen Soldaten. Erste Maschinengewehrgarben flackern auf.

„Der Russe ist aufgestanden", murmelte Zerberich. Die Augen des Obergefreiten wirkten groß. Die Pupillen waren enorm geweitet. Das *Pervitin* zeigte seine Wirkung.

Ich blicke auf die Armbanduhr. *Zwei Minuten vor acht!*

Plopp – Wumm

Rrrrrt rrrrrt

Granatwerfer und Maschinengewehrsalven leiteten unseren Angriff ein.

„Vorwääääärts!", tönte Leutnant Hübners Stimme.

Wir rannten los.

„Hurraaa!", erklang es aus hunderten von Kehlen.

Landser erhoben sich schier aus allen Löchern, Trümmerhaufen, Ruinen und Straßen. Ich war verblüfft wie, von mir völlig unbemerkt, so viele Kameraden an die HKL marschiert waren.

Knobelbecher erklommen Steinhaufen. Gegenfeuer keimte auf und wurde sofort durch massives Sperrfeuer unserer MG-Stellungen und von den Granatwerfer-Trupps bekämpft.

Ich glaubte schon an ein kleines Wunder, als wir uns beinahe ohne Verluste den zu erstürmenden Gebäuden näherten, bis es krachte und donnerte.

Wumm

Granaten fetzten zwischen uns.

Wumm

Schreie.

Wumm

Soldaten warfen sich in Deckung. Splitter surrten umher.

Wumm

Ich warf mich hinter einen großen Betonblock und drückte mich an den kalten Stein.

Wumm

Etwas klatsche neben mir auf das Geröll. Ich erkannte die Überreste einer Hand. Die vier Finger waren etwas blutig, aber unversehrt. Ab dem Daumen abwärts befand sich eine einzige breiige Masse. Ich drehte mich zur Seite und übergab mich.

„Vorwääääärts!"

Zerberich war von hinten gekommen, packte mich an der Schulter und zog mich hoch. „Lauf! Hier verreckst du sonst", brüllte er in mein Ohr und ich folgte dem Obergefreiten.

Wumm

Rrrrrt rrrrt

Überall blitzte und krachte es. Projektile zischten nur knapp über unsere Köpfe. Einmal scharrte ein Splitter über meinen Stahlhelm.

„Runter!"

Ich verstand nicht, was Zerbi mir zurief, doch ich folgte seinem Beispiel und warf mich zu Boden. Ich zog mir beim Landen eine Schürfwunde an der linken Hand zu. Zerberich bugsierte den Lauf seiner MP 38 über den Geröllhaufen und drückte ab.

Hinter uns kamen Weinberger, Kremer und Hofer angelaufen. Ich schob den Karabiner nach vorn und feuerte ebenfalls. Ich erkannte nicht einmal auf was ich schoss, aber das Schießen beruhigte mich.

Nach fünf Schuss wechselte ich das Magazin.

„Hoch! Lauf!", schmetterte Kremer aus.

Im Augenwinkel erkannte ich, wie Kremers Nebenmann sich an die Brust griff und zusammensank. Der Oberjäger feuerte während des Laufens aus der Hüfte. Sein Mund war weit aufgerissen. Ich erkannte anhand der Lippenbewegung, was er rief und ich stimmte mit ein.

„Hurraaaaa!"

Ich plärrte mit diesem Ruf meine Angst hinaus. Ich stürmte nach vorn. Schritt für Schritt.

„Hurraaa!"

Die Rufe nach Sanitätern wurden laut. Handgranaten detonierten. Ich sah aus einem Fenster den Lauf eines Gewehres. Erkannte Mündungsfeuer, blieb stehen, hob meinen Karabiner, zielte und schoss. Der Gewehrlauf wurde zurückgezogen. Ich lief weiter.

Endlich hatten wir das Ziel erreicht und klebten an der Hauswand. Dort wo sich einst die Eingangstür befand, klaffte ein breites Loch.

Granatenvolltreffer!

Wir waren zu sechst. Zerberich, Kremer, Weinberger, Hofer, der schweigsame Zötter und ich.

Also hat es den Salzburger erwischt. Friedel Fuchs.

Wir haben ihn immer damit aufgezogen, dass er alles aus dem *FF* weiß. Für einen Sekundenbruchteil schossen Bilder durch meinen Kopf. Fuchs lachte viel und spielte für sein Leben gern Karten. Er hatte drei jüngere Brüder, die noch zur Schule gingen. Friedel erzählte, wie stolz sie auf ihn waren. Jetzt lag er in den Trümmern von Stalingrad. Gefallen für Führer, Volk und Vaterland. Der Brief mit dem schwarzen Rand wird demnächst bei der Familie eintreffen und ihr Leben aus den Fugen werfen.

Ein: „Jetzt!", riss mich aus den Gedanken.

Zerberich zog die Sicherungsschnur der Stielhandgranate und warf sie in den Hauseingang.

Wumm

„Rein!"

Wir rannten in das Haus. Pulverschmauch und durch die Detonation aufgewirbelter Staub lagen in der Luft und kratzten beim Einatmen im Hals. Die beiden Wohnungstüren im Parterre standen offen.

„Zwei links, zwei rechts", deutete Kremer an.

Ich folgte Zerbi, der sich blitzschnell von Raum zu Raum bewegte. Mit geübten Blick erkannte der Obergefreite, dass die Wohnung menschenleer war. Wortlos eilte er wieder in den Hausflur. Sein Blick schweifte durchs Treppenhaus. „Rauf!", sagte er trocken.

Wir stürmten die Treppe nach oben. Mündungsfeuerblitze im zweiten Stock. Wir wurden beschossen.

Peng pling

Die Projektile bohrten sich in die Wand, ein oder zwei Querschläger prallten ab, fetzten wild herum, verletzten aber niemanden. Kremer und Zerberich rissen die Läufe ihrer Maschinenpistolen nach oben und gaben jeweils mehrere Feuerstöße ab.

Ein Rotarmist wurde tödlich getroffen und stürzte die Treppen hinunter. Er blieb in unnatürlicher Haltung liegen. Ein zweiter Russe erhielt zwei Treffer in den Bauch. Er ließ augenblicklich seine Waffe fallen, fasste an die stark blutenden Wunden und begann, aufgrund der extremen Schmerzen, laut zu schreien.

„Rauf! Schnell! Los ... los ... los!", zischte Kremer hastig und stürmte voraus.

„Hofer! Her mit der Handgranate! Wir müssen zuerst die beiden Wohnungen auf diesem Stockwerk kontrollieren!"

Der junge Landser griff ans Koppel, zog etwas umständlich die dort eingeschobene Handgranate heraus und reichte sie mit leicht zittrigen Händen Zerbi.

Dieser machte einen Ausfallschritt nach hinten, holte mit dem rechten Bein aus und trat mit voller Wucht gegen die Tür der Wohnung, die sich im ersten Stockwerk auf der rechten Seite befand. Rund um das Schloss splitterte das Holz. Die Tür sprang nach innen auf. Gleichzeitig schleuderte der Obergefreite die Handgranate in die Wohnung und brachte sich seitwärts des Eingangs in Sicherheit. Wir drückten uns ebenfalls gegen die Wand.

Wumm

Die Explosion dröhnte noch immer in meinen Ohren, als Zerbi und Kerner schon in die Wohnung stürmten.

„Zwei Mann in die andere Wohnung, der Rest nach oben, den anderen nach!", rief er uns noch zu.

Hofer und ich blieben im ersten Stock. Wir stellten uns an die Tür der gegenüber befindlichen Wohnung.

Das Rattern von Maschinenpistolen war hinter uns zu hören. Schreie. Wortfetzen in russischer Sprache. Ich versuchte die Geräuschkulisse zu ignorieren und konzentrierte mich auf unsere Wohnung. Mein Herz trommelte vor Aufregung wie wild.

Ich machte es Zerbi nach und trat gegen die Tür. Auch hier splitterte das Holz am Türschloss, doch die Tür sprang nicht auf. Ein zweiter Tritt war notwendig. Mit angelegten Karabinern, bereit sofort zu schießen, betraten wir den Flur. Die Wohnung war extrem staubig und wirkte beim ersten Anblick leicht verwüstet und unbewohnt.

„Das Zimmer links ist komplett leer", flüsterte Hofer.

„Du gehst geradeaus, ich nehme mir das Zimmer rechts vor."

Langsam bewegten wir uns nach vorn. Mein Puls raste immer wilder. Ich hatte Angst. Todesangst. Der Raum, in den ich blickte, sah zerstört aus, es schien, als wäre eine Sprenggranate der Pak hier detoniert. Dann entdeckte ich etwas und blieb wie angewurzelt stehen.

Beine! Das sind Soldatenstiefel, raste es durch meinen Kopf.

Leblos ragten sie hinter einem umgefallenen Möbelstück hervor.

„Rucki werch!", brüllte ich erschrocken. „Hände hoch!"

Nichts rührte sich. Der Rotarmist bewegte sich keinen Millimeter.

Er ist tot, war mein nächster Gedanke.

Hinter mir hörte ich schnelle Schritte.

„Drüben ist niemand. Was ist bei dir los?", keuchte Hofer.

Ich zielte auf die Beine. Hofers Blick folgte dem Lauf meines Karabiners.

„Der rührt sich nicht. Ich glaube, er ist tot!"

„Dann müssen wir das kontrollieren!"

„Pass aber auf! Ich habe gehört, dass sie, wenn sie nur verwundet sind, Pistolen oder Handgranaten bereithalten, um noch einen von uns mitzunehmen!"

„Willst du schauen?"

„Nein! Du hast ihn gefunden. Schau du nach!"

Im Stockwerk kam es ebenfalls zu einem kurzen Feuergefecht, dann war nichts mehr zu hören.

„Gut", sagte ich und machte erst zwei Schritte nach vorn, dann ging ich um den Schrank herum und als ich erkannte, dass der Russe definitiv tot war, senkte ich den Lauf meines Karabiners. Überall waren Blutspritzer. Kleinere und größere Flecken bzw. Lachen. Es war bereits getrocknet und schwarz verfärbt. Der Rotarmist war in den Hals getroffen worden. Seine Hände lagen immer noch an der Wunde. Ein Blick aus dem Fenster sowie ein zweiter auf den gefallenen Russen, trieb mir Gänsehaut über den Rücken. Neben dem Soldaten lag ein Mosin Nagant mit Zielfernrohr. Als ich aus dem Fenster sah, wusste ich sofort, dass dieser Russe von hier aus beste Sicht auf die Stelle hatte, an der Wagner und Meier erschossen worden waren. Bei diesem Toten handelte es sich mit sehr hoher Wahrscheinlichkeit um den Scharfschützen, auf den ich geschossen hatte.

Ich habe diesen Menschen getötet!

Meine Knie wurden weich, meine Hände begannen zu zittern. Ich schloss für einen Moment die Augen.

„Was ist los?", fragte Hofer.

Ich deutete auf den toten Russen. „Das ist der Scharfschütze."

„Der, den du ausgeschaltet hast?"

Ausgeschaltet! Was für ein Wort. Da liegt ein toter Mensch und ich habe ihn erschossen. Halsschuss. Ich habe einen Menschen getötet! Bin ich jetzt ein Mörder?

Fragen rasten durch mein Gehirn. Ich musste mich setzen.

Nein! Mörder bin ich keiner. Er hätte noch mehr von unseren Leuten umgelegt. Ich habe mit dieser Tat viele Leben unserer Kameraden und auch mein eigenes damit gerettet.

Mit dieser Vorstellung ging es mir besser. Ich erholte mich ein wenig.

Poltern. Jemand rannte in die Wohnung. „Wo bleibt ihr?"

Es war Zerberich. „Oben waren fünf Iwans. Das Haus ist jetzt frei!"

Der Obergefreite kam in den Raum und erkannte sofort die Situation. „Das ist der Drecksack! Guter Schuss, Alfred. Schnapp dir die Flinte von diesem Iwan, nimm die ganze Munition mit und dann raus hier!"

„Warum soll ich sein Gewehr mitnehmen?"

„Weil du ein verdammt guter Schütze bist und ich mich sicherer fühle, wenn du künftig in ähnlichen Situationen ein Gewehr mit Zielfernrohr hast. Diese russischen Knarren sind nicht übel. Robust und funktionieren immer. Die sind letzten Winter nicht eingefroren!"

„Aber das Gewehr muss er doch beim Waffen-Unteroffizier abliefern", meinte Hofer.

Zerberich kniete sich neben dem toten Scharfschützen ab und durchsuchte die Taschen. Schließlich packte er sämtliche aufgefundene Munition, einen kleinen Beutel mit Werkzeug sowie das Gewehr und reichte mir alles. „Das mit dieser Knarre hier, das klären wir später. Vorerst nimmst du sie an dich!"

Ohne Widerspruch nahm ich das Gewehr und hängte es mir um. Die Patronen schob ich in meine Tasche. Den Werkzeugbeutel verstaute ich ebenfalls.

Ich werde bestimmt kein Scharfschütze. Wenn ich durch das Zielfernrohr die Gesichter der Männer erkenne, die ich erschießen soll, dann ist das zu viel für mich.

Mein Entschluss stand fest, dann sah ich etwas Unfassbares. Wir hatten uns zwei Straßenzüge vorgekämpft und saßen fest. Die ganze Kompanie hatte sich eingenistet und lieferte sich ein stetiges Feuergefecht mit den Russen. Nachdem eine unserer Granatwerfergruppen in Stellung gegangen war und ihre Sprengkörper beim Gegner krepierten, öffnete sich eine Haustür und ein paar Zivilisten strömten heraus. Es waren drei oder vier Frauen und etwa doppelt so viele Kinder. Sie waren mit ein paar Habseligkeiten bepackt, winkten heftig und liefen auf die deutschen Stellungen zu. Rotarmisten begannen in diesem Moment auf die Zivilisten zu feuern. Eine der Frauen lief in eine MG-Garbe. Schreiend und plärrend rannte die Gruppe daraufhin wieder zurück in das Haus.

„Das kann nicht sein", stieß ich aus. „Das sind Frauen und Kinder!"

„Das sind Russinnen", entgegnete Weinberger.

„Na und?"

„Denen kann man nicht trauen! Die laufen zu uns und zünden Handgranaten!"

„Du bist und bleibst ein Arschloch! Wenn das so wäre, dann hätten die Iwans nicht auf ihre eigenen Leute geschossen!"

„Alfred, du kannst im Krieg nichts schönreden! Weißt du, was heute Vormittag passiert ist? In der Wohnung, in die Zerbi eine Handgranate geworfen hat?"

Ich sah Weinberger an. „Was?"

„Er hat ein altes Ehepaar in den Himmel geschickt."

„Wie? Was? Ich verstehe nicht."

„Die Wohnung war nicht leer. Da haben Oma und Opa drin gewohnt. Das ist der Krieg. Wach auf!"

Ich suchte Zerbi, sah ihn und kroch rüber. „Das ist das letzte Magazin", sagte er und ließ es einrasten.

„Zerbi, stimmt das, was Weinberger gerade erzählt hat? Du hast ein altes Ehepaar getötet?"

Der Obergefreite sah mich an. „Ein Unfall! Aber das, was du dort drüben beim Russen gerade gesehen hast, war kein Unfall. Sie schlachten ihre eigenen Leute ab. Das müssen wir verhindern!"

Zerberichs Worte waren kalt. Seine Augen flackerten. Mich kotzte die Heimat an. Wie sehr wurde der Krieg verherrlicht? Wie hat man uns als Pimpfe in der Hitlerjugend vom heldenhaften Soldaten vorgeschwärmt? Und hier an der Front, hier wird man von der Realität eingeholt und überrollt. Der Krieg ist das Ende der Menschheit. Im Krieg wird der Mensch zur Bestie.

Stalingrad ist der Vorort zur Hölle!

Das war mir in diesem Augenblick bewusst geworden. Es war auch dieser Moment, in dem ich eine Entscheidung traf, die mein weiteres Leben völlig verändern sollte. Ich wollte Scharfschütze werden. Ich wollte all diejenigen, die hinter ihren Waffen saßen und Menschen töteten, selbst töten. Ich bildete mir ein, dass ich das Unheil aufhalten könnte. Ich wollte aufspringen und davonlaufen. Ich war innerlich zerrissen und zerfetzt, aber meine Entscheidung stand fest.

Der Tag ging zu Ende. Abgekämpft und illusionslos hockten wir in einem der eroberten Arbeiterhäuser und warteten auf Verpflegung und Munitionsnachschub.

Unsere Kompanie war auf die Kampfkraft von einem verstärkten Zug zusammengeschmolzen. Das Kommando für den Zug war Leutnant Hübner übertragen worden. Hauptmann Greiner hatte den Kompaniegefechtsstand auf ein Mindestmaß reduziert.

Am gesamten Frontabschnitt hatten schwerste Gefechte stattgefunden. Die Verluste waren so hoch, dass die Sanitäter immer noch am Bergen von Verwundeten und den Gefallenen waren. Lastwagenweise wurden sie zu den Soldatenfriedhöfen vor der Stadt gekarrt, um später von Hiwis begraben zu werden.

Während wir sehnlichst auf das Essen warteten, ging einer der Sanitäter durch die Reihen und versorgte kleinere Blessuren. Auch meine Schürfwunde wurde verarztet.

„Zeig mal her."

„Ist nicht wild."

„Es ist eine offene Wunde und da muss zumindest Jod drauf. Wenn du hier eine Blutvergiftung bekommst, sieht es mit schneller ärztlicher Versorgung schlecht aus. Der Frontverlauf wechselt stetig. Neulich waren die Iwans nur 800 Meter vom Hauptverbandsplatz entfernt."

„Wenn du meinst, dann pinsle doch was drüber", sagte ich und streckte meine Hand aus.

Der Sani säuberte die Wunde und schmierte anschließend etwas Jodsalbe über die aufgeschürften Stellen. „Fertig!"

Die Bilanz der heftigen Kämpfe war für beide Seiten ernüchternd. Der Gipfel des strategisch wichtigen Mamai-Hügels war zeitweise von Kräften der Wehrmacht, dann wieder von der Roten Armee besetzt. Am Ende des Tages war es Niemandsland.

Die Rote Armee hatte somit zumindest ein Teilziel erreicht, denn vom Mamai-Hügel aus hätte die deutsche Artillerie den Norden der Stadt und die wichtigen Übergänge an der Wolga gezielt unter Beschuss nehmen können.

Die Verluste waren auf beiden Seiten enorm hoch und der russische Oberbefehlshaber wurde davon in Kenntnis gesetzt, dass der deutsche Angriff dermaßen heftig war, dass im Wiederholungsfall die Rote Armee unweigerlich über die Wolga getrieben werden würde.

Durchhalteparolen und ein Angriff am Folgetag im Norden von Stalingrad sollten hier Entlastung bringen. Zudem wurden immer weitere Truppen nach Stalingrad beordert.

Seit ihrem Eintreffen an der Front in Stalingrad stand die 100. Jäger-Division permanent unter Beschuss. Die Verluste waren enorm hoch. Zusätzlich zehrten der Häuserkampf und der damit verbundene Nahkampf erheblich an den Nerven der Landser.

Mit Einbruch der Dunkelheit verebbten auch die größeren Feuergefechte. Lediglich hin und wieder krachte es irgendwo, wenn beim Angriff überrannte Rotarmisten versuchten, sich zu den eigenen Linien durchzuschlagen und dabei auf deutsche Spähtrupps stießen, die die Ruinenlandschaft durchstöberten.

Leichter Ostwind trieb den Qualm von glimmenden Schwelbränden durch die Trümmerlandschaft und sorgte in unregelmäßigen Abständen für beißende Luft, die beim Einatmen in den Lungen kratzte.

Ich hatte mich in eine Ecke verdrückt und beschäftigte mich mit dem *Mosin Nagant 91/30*. Bislang hatte noch niemand Notiz davon genommen, dass ich ein Scharfschützengewehr besaß. Erst jetzt, als ich es zerlegte und reinigte, wurde ich mit den ersten Fragen konfrontiert.

„Wo hast du denn diese Flinte her?"

„Bist du jetzt unter die Scharfschützen gegangen?"

Ich murmelte jeweils immer nur kurze Antwortsätze. Diese Muffigkeit reichte, um mir Ruhe zu verschaffen. Nach einer Stunde hatte ich alles zu meiner Zufriedenheit gereinigt und die Waffe wieder zusammenmontiert. Beim Zielfernrohr handelte es sich um ein Modell PU mit 3,5-fach-Vergrößerung. Ich freundete mich insgeheim mit der Waffe des russischen Scharfschützen an.

„Endlich! Die Essensträger kommen."

Sepp Schneider, ein Gefreiter, dessen gesamte Gruppe beim Artillerieangriff der Sowjets an unserem ersten Tag gefallen war, sprang auf. „Was gibt's denn? Ich habe einen Bärenhunger!"

„Eintopf mit ordentlich Fleischeinlage", keuchte einer der Träger und schnallte den großen Aluminiumbehälter ab.

In allen Ecken rührte sich etwas. Kochgeschirr klapperte. Gemurmel. Obwohl ich seit dem Frühstück nichts mehr gegessen hatte, war ich appetitlos. Entsprechend langsam hatte ich mein Kochgeschirr herausgekramt. Als Letzter hielt ich es zum Füllen hin. Ich rechnete damit, dass kaum mehr etwas in dem Behälter war, doch satt einer erwarteten halben Portion, wurde mein Kochgeschirr bis zum Rand voll.

„Glück gehabt, Kamerad. Da habe ich wohl bei der Verteilung anfangs gespart", grinste mich der Essensausgeber an.

„Danke."

Wie alle anderen auch, stellte ich das Kochgeschirr auf meinen Esbitkocher und erwärmte die Mahlzeit. Binnen kürzester Zeit roch es wie aus einer Küche und mein Hunger kehrte zurück. Jetzt war ich um die große Portion froh.

Nach dem Essen erhielten wir Munition. Anschließend mussten wir Stielhandgranaten 24 zusammensetzen und sie wurffertig machen. Eine

Karbidlampe und ein paar Hindenburglichter sorgten für ausreichend Helligkeit.

Die Arbeitsschritte waren einfach. Zuerst wurde die Abreißvorrichtung eingeführt, dann musste der Knoten der Abreißschlaufe in die Drahtschleife des Zünders eingeführt werden. Als nächstes musste man die Abreißschnur mit dem Abreißknopf in den Stiel einlegen. Danach wurden schon die Sicherungskappe und der Topf mit Zünder und Sprengkapsel aufgeschraubt.

Wir hatten zwei Kästen bekommen. In jedem von ihnen befanden sich 15 Handgranaten. Unsere Gruppe war wieder zehn Mann stark, so dass jeder drei Handgranaten zugeteilt bekam.

„Morgen werden wir den Iwan in die Wolga schicken", dröhnte Kremer. Der Oberjäger hatte aus seinem Rucksack eine Flasche Schnaps gezaubert und nahm einen kräftigen Schluck. Mit einem lauten: „Ahhh!", setzte er ab und reichte die Flasche weiter. „Lasst sie einmal herumgehen. Jeder darf mal, aber seid bitte nicht zu gierig. Es soll für alle reichen."

„Das ist mal ´ne Überraschung."

„Robert, du bist einfach ein Prachtkerl!"

Die Landser freuten sich über die kleine Überraschung. Als ich an der Reihe war, nippte ich nur kurz und gab die Flasche meinem Nebenmann, der schon gierig drauf lauerte.

Während meine Kameraden rauchend zusammen saßen und über das gute Essen sprachen, zog ich mich in eine Ecke zurück, machte es mir einigermaßen bequem und rollte mich in die Zeltbahn ein. Es war merklich kühler geworden. Ich wollte schlafen, um ausgeruht in den Kampf ziehen zu können, doch ein nicht enden wollendes Gedankenkarussell hielt mich wach. Erst kamen mir die Bilder meiner großen Liebe in den Sinn. Als ich sie verdrängen wollte, schob sich immer wieder der Anblick des von mir getöteten russischen Scharfschützen in den Fokus meiner Gedankenwelt. Irgendwann schlief ich ein.

Obwohl die Rote Armee weiterhin im Norden Stalingrads an der Donfront angriff, wurde hierdurch die Front in der Stadt selbst nicht entlastet. Sowohl die 60. Infanterie-Division als auch die 16. Panzer-Division stemmten sich in einem harten Abwehrkampf erfolgreich gegen die zahlenmäßig überlegenen Sowjet-Truppen.

In Stalingrad stießen die 100. Jäger-Division, die 389. Infanterie-Division und die 24. Panzer-Division zu den Fabriken „Roter Oktober" und „Barrikady" vor.

Die Stadtlandschaft und die großen Fabrikgebäude waren weitgehend zerstört. Ruinen und Trümmer! Pausenlos hieb die sowjetische Artillerie ihre Granaten zwischen die Reihen der sich vorkämpfenden deutschen Infanteristen und Panzer. Die Verluste waren hoch.

Um den Angriff zu forcieren, wurden zusätzlich die 94. Infanterie-Division und die 14. Panzer-Division, die beide im südlichen Stalingrad eingesetzt waren, ebenfalls ins Kampfgebiet beordert.

Verteidigt wurde das Industriegebiet von der 62. Armee. Aufgrund der enorm hohen Verluste wurde die Einheit eiligst von der 39. Garde-Schützen-Division und der 308. Schützen-Division verstärkt.

Um die Fabriken und deren Umfeld wurde erbittert gerungen. Teils saßen die Gegner, nur von einer Hauswand getrennt, im gleichen Gebäude oder ein Stockwerk höher bzw. tiefer.

Die Verluste auf beiden Seiten stiegen enorm an. Kompanien schmolzen binnen kürzester Zeit auf eine Stärke von etwa 30 Männern zusammen, eingesetzte Divisionen verfügten nach vier Wochen nur noch über eine Kampfkraft von rund 25 Prozent.

Das Donnern der Geschütze und das Heulen, Pfeifen und Jaulen der Granaten war fürchterlich. Noch schrecklicher und zermürbender waren jedoch die Angriffe der Sturzkampfflugzeuge. Wenn die Piloten der Ju-87 die Nasen ihrer Jagdbomber nach unten senkten, sorgte das Geheule, der bei den älteren Maschinen angebrachten Lärmgeräte, für eine regelrechte psychologische Demoralisierung beim Feind.

An unserer rechten Flanke preschten Sturmgeschütze nach vorn, links von uns hörten wir das gellende „Hurra" unserer Kameraden, als sie im Sturmlauf über den großen Platz vor den Fabrikhallen liefen. Sie rannten gegen die Backsteinmauern, als wäre es eine mittelalterliche Festung. Die Mauern hatten den Artillerie- und Luftwaffenangriffen teils standgehalten. Fenster und Dächer hingegen waren kaum mehr vorhanden.

Wir lagen schwitzend und keuchend in unseren Ausgangsstellungen und warteten auf das Angriffssignal.

Wumm

Obwohl unsere Artillerie durch massiven Beschuss einen Durchgang in den sowjetischen Minengürtel gesprengt hatte, krachte es laufend. Eines der Sturmgeschütze war mit Kettenschaden liegen geblieben. Als einer der Besatzungsmitglieder aussteigen wollte, brach er sofort ge-

troffen zusammen. Das gleiche Schicksal passierte einem zweiten Landser. Zerbi, der neben mir lag, zeigte mit dem Finger zu dem betreffenden
Sturmgeschütz und bellte in mein Ohr: „Da hockt ein verfluchter Scharfschütze in den Trümmern und nimmt sich die liegengebliebenen Sturmgeschütze vor!"

Obwohl ich aufgrund des Gefechtslärms nur die Hälfte verstand,
wusste ich, was er meinte. Ich hielt meinen Karabiner 98 in den Händen
und hatte das russische Scharfschützengewehr umgehängt. „Was willst
du mir damit sagen?"

Zerbi reagierte nicht. Seine Aufmerksamkeit lag bei den sMG-Besatzungen, die in Stellung gingen. In Windeseile wurden die Maschinengewehre auf die Lafetten gesetzt, Gurte eingelegt und Feuerbereitschaft
signalisiert.

Das Kommando kam: „Feuer!"

Rrrrt rrrrrt

Mündungsfeuer blitzte auf. Ich wusste, dass dies unser Sperrfeuer
war. Die Maschinengewehre sollten den Gegner in Deckung halten. Wir
waren an der Reihe.

„Angriiiiiffff!"

Wir erhoben uns aus den Trümmern und hetzten nach vorn. So wie
unsere Nachbarn auch, schmetterten wir unser „Hurra" aus den Kehlen.
Wir brüllten damit unsere Ängste hinaus.

Wumm

Granaten detonierten zwischen uns.

Wumm

Splitter und Steine wurden herumgewirbelt. Männer fielen zu Boden. Blut spritzte. Schreie der Verwundeten vermengten sich mit dem
Kampflärm. Zwei unserer Sturmgeschütze waren weit nach vorn gefahren und wüteten beim Russen. Dann blitzte und donnerte es. Als ich
abermals kurz in ihre Richtung blickte, stand einer der Stahlkolosse in
Flammen.

„Hurraaaaa!"

Neben mir fiel ein Mann zu Boden. Ich achtete nicht darauf, wer es
war. Ich hatte nur ein Ziel vor Augen. Ein umgestürzter Mast. Stahlkon-
struktion mit Betonsockel. Dieser war aus der Erde gerissen und bot gute
Deckung. Ich hastete über den Platz. Überall lagen Steine und Trümmer,
über die ich hinwegspringen musste, um nicht zu stolpern. Die russischen Granaten waren wie Wellen aus Stahl, die über uns hinweg
schwappten und zig Opfer forderten. Keuchend und vollkommen außer

Atem erreichte ich mein Ziel. Gleich hinter mir hastete Leutnant Hübner in Deckung, neben mir kamen Zerbi und Oberjäger Kremer zum Liegen.

Ich presste mich gegen den kalten Beton. Schweiß rann von meiner Stirn. Ich wischte über die Augenbrauen. Etwas von der salzigen Körperflüssigkeit geriet in mein linkes Auge und brannte leicht.

Als sich plötzlich aus dem Loch, in dem einst der Betonsockel in die Erde zementiert war, eine blutige Hand erhob und nach mir Griff, erschrak ich beinahe zu Tode.

Zwei Finger fehlten, einer hing mit ein paar Sehnen und Hautfetzen noch an der Hand. „Hilf mir", stöhnte der Verwundete und krallte sich in den Ärmel meiner Uniform.

Ich schluckte meinen Ekel hinunter und riskierte einen Blick in die kleine Grube. Der Landser war ein junger Bursche in meinem Alter. Seine Uniform war blutbesudelt. Man konnte nicht erkennen, ob er außer der schwer verletzten Hand auch noch andere Wunden hatte, aber es war zu vermuten.

„Saniiiii...", plärrte ich instinktiv. „Sanitäääääter!"

Zerbi schob mich beiseite. „Wir müssen ihn verbinden. Raus mit den Verbandspäckchen. Die arme Sau verblutet sonst.

Um uns herum hieben ständig Granaten ein. Splitter surrten lebensgefährlich umher und bohrten sich in die Leiber der vorwärts stürmenden Landser.

Auf der russischen Seite hielten die Salven unserer Artillerie die Rotarmisten in ihren Deckungen. Zusätzlich sorgte das Sperrfeuer der sMG-Besatzungen dafür, dass nur spärlich Gewehrfeuer entgegenschlug. Dennoch, der Angriff geriet ins Stocken. Die erste Welle wurde blutig abgeschlagen, unsere Männer zogen sich zurück oder gingen in Deckung, wo sie welche fanden.

Obergefreiter Zerberich hatte sich zu dem Verwundeten in das Loch gezwängt und begann damit, die blutige Masse der Hand einzubinden.

Leutnant Hübner sah sich um, entdeckte jedoch keinen Sanitäter. „Verflucht! Wir müssen weiter! Wenn wir es nicht bis zum Fabrikgebäude schaffen, machen sie uns platt! Was ist denn nur los?"

Hauptmann Greiner schäumte vor Wut schier über, als er begriff, dass seine Kompanie ins Verderben rannte. Der Offizier plärrte seinen Funker an: „Wo bleibt die Luftunterstützung? Das kann doch nicht alles gewesen sein! Nehmen Sie sofort mit dem Regiment Verbindung auf!

Wir brauchen unbedingt Unterstützung von oben, sonst existiert die Kompanie in zwei Stunden nicht mehr!"

Der Befehl wurde sofort ausgeführt. Immer wieder versuchte der Nachrichtenmann Kontakt mit dem Regimentsgefechtsstand aufzunehmen.

Greiner wurde immer wütender. „Sammeln lassen und sofort erneut angreifen. Diesmal führe ich persönlich. Ich kann die Leute nicht dort raus schicken und zusehen, wie sie verrecken, während wir nur dumm herumsitzen! Wir führen von vorn!", sagte er entschlossen zu seinem Kompanietruppführer. „Alle Mann machen sich gefechtsfertig! Alle!", schob er nach.

„Zu Befehl", antwortete Oberjäger Maracek.

Der Nachrichter drehte und kurbelte an den kleinen Schrauben. Immer wieder plärrte er ins Mikrofon. Die Sendeimpulse jagten durch die Windungen, Spulen und Röhren. Sie erreichten die Antenne und fanden schließlich ihren Weg zum Empfänger.

„Ich habe sie erwischt! Ich bekomme Antwort", rief der Mann am Funkgerät und setzte zweimal wiederholend das ab, was ihm Hauptmann Greiner aufgetragen hatte.

Die zerfetzte Hand war nicht die einzige Verletzung des Landsers. Ein Splitter hatte sich in die rechte Schulter gebohrt, einer steckte im Oberarm und einer war, durch ein Zigarettenetui, in den Brustkorb eingedrungen.

„Das Etui hat ihm das Leben gerettet", sagte Zerbi, der damit beschäftigt war, Verbände anzulegen. „Ich brauche noch ein Päckchen. Verdammt, ist kein Sanitäter in Sicht?"

Wumm

Wieder detonierte eine Granatensalve auf dem Vorplatz. Von dem brennenden Sturmgeschütz zog beißender Qualm herüber. Die Schreie der Verwundeten häuften sich. Ich presste mich noch dichter an den Betonklotz. Zerberich hatte sich während den Einschlägen über den Verwundeten gelegt. Als er sich wieder aufrichtete, war seine Feldbluse voller Blut. Er erkannte meinen besorgten Blick.

„Das Blut ist nicht von mir, Junge. Keine Sorge, es ist alles in Ordnung."

Die Feuerkraft in unserem Rücken erhöhte sich. Zu den sMG haben sich zwei Pak und eine Granatwerfergruppe gesellt. Das Sperrfeuer wurde erhöht. Nur kurz darauf plumpste ein Sanitäter hinter uns auf den

Asphalt. „Verdammte Scheiße, mein Knie", fluchte er und rieb sich mit der Hand darüber. Dann kroch er sofort zu Zerbi und dem Verwundeten. Der Obergefreite verließ das Loch, der Sani nahm dessen Platz ein und betrachtete die Wunden bzw. die Verbände. Zwei Träger kamen angelaufen. Geduckt hasteten sie über die Trümmerlandschaft. Ihre Armbinden mit dem Roten Kreuz mochten sie vielleicht vor barmherzigen Scharfschützen, sofern es welche gab, und den Gewehrkugeln von Infanteristen schützen, aber die Splitter und Schrapnells machten auch vor ihnen nicht halt.

„Hier, schluck das runter", sagte er zu dem Verwundeten, der immer noch tapfer gegen den Schmerz ankämpfte. „Das hilft dir. Gleich wirst du weniger Schmerzen haben."

Er schob ihm eine Tablette in den Mund, schraubte seine Feldflasche auf und gab ihm zu trinken. Der Landser brauchte drei Anläufe, bevor er die Tablette hinunterschlucken konnte.

„Die Verbände sehen gut aus. Bringt ihn zum Verwundetennest und von dort soll er schnellstmöglich weiter zum Truppenverbandsplatz transportiert werden!"

Der Sani packte zu und hob den Oberkörper des Verwundeten an, während einer der Träger die Beine umfasste. Mit einem Ruck, gefolgt von einem schmerzhaften Schrei, hievten sie ihn aus dem Loch und legten ihn auf die Trage. Die Träger hoben die Bahre an und gingen los. Ihr einziger Schutz war das weiße Ärmelband mit dem roten Kreuz. Ich bewunderte ihren Mut. Um das Leben der Kameraden zu retten, riskierten die Sanitäter und deren Helfer ihr eigenes, und zwar in allen Armeen der Welt.

Der Sanitätsunteroffizier kroch aus dem Loch, Zerbi wieder hinein. „Bei euch sonst alles klar?"

Wir nickten.

„Ich muss weiter."

Geduckt hastete er zu den nächsten, verzweifelt winkenden Landsern.

Wir lagen noch eine ganze Weile in Deckung und zogen die Köpfe ein. Der Feind hatte uns festgenagelt. Wir kamen weder vorwärts noch konnten wir uns zurückziehen. Ich befürchtete, es könnte sich bis in die Nacht hinziehen. Zeit wurde surreal. Tausend Gedanken kreisten durch den Kopf. Ich konnte nicht abschätzen, wie lange wir ausharrten, als plötzlich brummen und surren anschwoll und schließlich die Geräuschkulisse von Flugzeugmotoren übertönt wurde. Blicke huschten nach oben. Schatten schwebten über uns hinweg.

„Stukas!", rief Zerbi und deutete nach oben.

„Endlich", stöhnte Leutnant Hübner.

„Hurraaaaa!", erklang es von allen Seiten.

Die erste Rotte hatte die russischen Granatwerferstellungen ausgemacht und griff diese an. Bomben wurden ausgeklinkt.

Wumm

Explosionen folgten reihenweise.

Das ist die Pforte zur Hölle!

Eine andere Rotte der Stukas griff im Sturzflug russische Stellungen und von Sowjets besetzte Häuser an. Das Heulen der Sirenen ließ einem das Blut in den Adern gefrieren. Die Bordkanonen wurden abgefeuert.

Tak tak tak

Mündungsfeuer, dröhnende Motoren, Sirenenheulen, Detonationen und das ständige Rattern der Bordkanonen rissen uns aus der ängstlichen Lethargie.

Augenblicklich ließ der Beschuss seitens der Sowjets nach. Aufatmen. Ich wagte sogar meinen Kopf anzuheben und riskierte einen Blick über die Deckung.

Leutnant Hübner prüfte das Magazin seiner Maschinenpistole, dann sprang er auf. „Angriiiieeeef!"

Aus dem Gewirr von Steinen, Schutt und Geröll erhoben sich die Landser und stürmten mit einem lauten „Hurraaaaa!" los.

Von hinten kam eine zweite Welle Infanteristen angelaufen, unterstützt von mehreren Sturmgeschützen. Wir wurden regelrecht mitgerissen.

Der Mensch wird im Kampf zur Maschine. Gedankenlose Reaktionen. Überleben ist das oberste Ziel. Menschlichkeit gibt es keine mehr. Die Soldaten mutieren zu unbarmherzigen, schlachtenden Wesen.

Auch ich verließ meine Deckung, riss den Mund auf und brüllte aus Leibeskräften: „Hurraaaaa!"

Der Feind war jedoch nicht besiegt. Er wehrte sich nach wie vor. Wie aus Gräbern tauchten die Läufe ihrer Waffen auf, verrieten Mündungsblitze ihre Stellungen. Das Gegenfeuer schlug wie eine eiserne Faust zu und riss Leben für Leben aus unseren Reihen. Doch es gab für uns kein Zurück mehr. Es ging vorwärts.

„Hurraaaaa!!!"

Erste Landser erreichten die Halle. Handgranaten wurden geschleudert. Dumpfen Detonationen folgten Schreie, Brüllen, Wimmern.

Ich setzte Fuß vor Fuß und hielt mich dicht an dem vor mir laufenden Zerbi. Als wir an der Fabrikhalle ankamen, waren die ersten unserer Kameraden bereits in das riesige Gebäude eingedrungen.

Leutnant Hübner wartete, bis wir auf die Stärke von etwa zwei Gruppen angewachsen waren. Dann hob er die rechte Hand, zeigte nach vorn und brüllte, um den Kampflärm zu übertönen: „Wir müssen bis zum Ende des Gebäudes und dort rein! Mir nach!"

Kremer wischte sich Schweißtropfen aus dem Gesicht. Er blickte durch die Reihe und stellte erleichtert fest, dass unsere Gruppe vollständig war. „Bereit!", signalisierte er.

„Vorwärts!"

Gebückt hasteten wir an der Gebäudemauer entlang. Unsere Gruppe befand sich hinten, ich war Vorletzter.

Patsch

Einer der Männer, die direkt hinter unserem Zugführer liefen, fiel tödlich getroffen zu Boden. Der Hintermann hielt an, bückte sich, schüttelte kurz mit dem Kopf, riss die Erkennungsmarke ab und reihte sich wieder ein.

Patsch

In dem Moment, als er wieder in der Reihe war, fiel auch er getroffen zu Boden. Er hatte einen Treffer in der Nierengegend abbekommen. Der Schmerzschrei war der Schlimmste und Grellste, den ich seit meinen Fronteinsätzen jemals gehört hatte.

„Ahhhh …"

Zwei Mann kümmerten sich sofort um den Verwundeten.

Patsch

Einer von ihnen kippte mit einem Kopftreffer nach hinten weg. Der andere warf sich flach auf den Boden. Sein Ruf trieb Angstschauer über unsere Rücken: „Scharfschütze!"

Leutnant Hübner rannte mit der vorderen Teilgruppe weiter, während Oberjäger Kremer die Hand hob und sofort: „Volle Deckung!", brüllte.

„Müller!", plärrte Kremer. „Müller, verdammt, such` diesen Hurensohn und knall ihn ab!"

Patsch - Zing

Nachdem Kremer mir diesen Satz zugerufen hatte, machte er eine kleine Seitwärtsbewegung. Diese rettete sein Leben. Das Projektil des russischen Scharfschützen streifte den Stahlhelm des Soldaten. Kreidebleich presste sich der Oberjäger hinter einen Geröllhaufen.

Ich versuchte den Schusswinkel nachzuverfolgen, konnte aber nichts erkennen. Meine Gedanken kreisten wie ein Karussell um diesen Scharfschützen.

Hinter uns kann er nicht sein, weil sich da unsere eigenen Stellungen befinden. Geradeaus und in der Fabrikhalle kann er sich ebenfalls nicht versteckt haben. Keine Möglichkeit!

Es blieb ein überschaubarer Radius. Als ich kurz meinen Kopf hob, um mir einen Überblick zu verschaffen, schrien mir gleich drei Kameraden zu: „Runter!"

Sofort zog ich den Kopf wieder ein.

Mein Gott, wie fahrlässig. Ich muss mich besser konzentrieren!

Eine Gruppe Pioniere rannte an der Mauer entlang. Die Männer wollten zu Leutnant Hübner aufschließen.

Geführt wurden sie von einem älteren Oberjäger. Als ich sie bemerkte, begann ich wild zu winken und brüllte: „Vorsicht! Scharfschütze!"

Patsch

Der Oberjäger griff sich an die Brust und blieb augenblicklich stehen.

Ich drehte meinen Kopf herum, rutschte nach oben und lugte über die Steinbrocken.

Patsch

Ohne hinzusehen wusste ich, dass der zweite Schuss den sicheren Tod für den Oberjäger bedeutet hatte. Allerdings verriet er mir auch die Stellung des Russen. Ich hatte ihn entdeckt.

Jetzt gehörst du mir, schoss es mir durch den Kopf.

Der Jagdinstinkt, gepaart mit jeder Menge Wut im Bauch, hatte mich gepackt.

Nicht übermütig reagieren, forderte ich mich auf. Meine Position war nicht gut. Ich zog mich etwas zurück und kroch, flach auf den Boden gepresst, über Geröll und Steine zur Seite weg. Der Russe lag etwas mehr als hundert Meter entfernt von uns mitten in einem größeren Schutthaufen. Er musste sich von der uns abgewandten Seite einen Zugang verschafft haben, denn der Mündungsblitz war mittig im Geröll zu sehen gewesen.

Bei den Pionieren herrschte die gleiche Panik, wie zuvor bei uns. Leutnant Hübner hatte allerdings reagiert und die bei ihm befindlichen

MG-Schützen jagten ein paar Salven in das Trümmerfeld. Das verschaffte den Pionieren Zeit sich zu orientieren.

„Aufrücken!", plärrte indessen Hübner.

„Verfluchtes Stalingrad", schimpfte Kremer und rappelte sich hoch. Der Ausdruck in seinen Augen veränderte sich, drückte Entschlossenheit aus. Er umklammerte seine Maschinenpistole so fest, dass man das Weiße an den Knöcheln der Hände sah. „Männer, vorwärts!"

Keiner der Landser rührte sich. Das MG ratterte immer noch.

„Müller! Du holst dir diesen Russen! Alle anderen mir nach. Sprung auf! Marsch, marsch!"

Kremer schnellte nach oben und lief los. Wie Marionetten erhoben sich meine Kameraden und folgten unserem Gruppenführer. Auch die Pioniere standen auf und rannten los.

Ich legte an, schob den Lauf des russischen Scharfschützengewehrs über die vor mir liegenden Steine. Der Schaft des Mosin Nagant fühlte sich an meiner Wange im ersten Moment kalt an. Der Kampflärm um mich herum schien im Nichts zu ersticken. Alles wurde ausgeblendet. Meine Gedanken galten einzig und allein dem russischen Scharfschützen. Ich blickte durch die Optik. Da ich bisher ausschließlich ohne Zielfernrohr geschossen hatte, war diese Erfahrung neu für mich. Alles war plötzlich zum Greifen nah. Ich suchte die Stelle, an der ich den Mündungsblitz wahrgenommen hatte. Der Trümmerhaufen war ein ideales Versteck. Hätte ich mir nicht den lang herausstehenden Eisendraht, an dessen Ende ein Stück Stofffetzen flatterte, gemerkt, hätte ich die Stelle wohl nicht mehr wiedergefunden.

Einen Meter nach links, dann einen halben Meter nach oben.

Ich hatte ihn. An der besagten Stelle konnte ich ein kleines Loch erkennen. Vielleicht 50 x 50 cm groß. Es erinnerte mich an die Schießscharte in einer Festungsanlage. In regelmäßigen Abständen schlugen die Salven des Maschinengewehrs. Einmal zog sich die Spur der ins Geröll fetzenden Projektile sogar ziemlich nah an dem Loch vorbei.

Geduldig wartete ich.

Warum macht er eine Pause? Hat er sich zurückgezogen? Wurde es ihm zu gefährlich? Muss er nachladen?

Es mögen wohl nur Sekunden vergangen sein. Wohl nicht mal eine Viertelminute, doch mir kam es wie eine Ewigkeit vor.

Du jagst einen Menschen, Alfred. Kannst du das?

Ich schüttelte die aufkommenden Gedanken aus meinem Kopf. Dachte an ein kühles Bier, an ein Volksfest und an zünftige Musik. Es funktionierte. Die aufkeimenden Zweifel an meinem Vorhaben verflüchtigten sich.

Mein rechter Zeigefinger lag am Abzugshebel und hatte den Druckpunkt erreicht. Mein Atem war flach. Das Gewehr lag auf. Ich konnte den Schuss nicht *verzittern.* Ich fühlte meinen Puls, jeden Herzschlag und bekam weiche Knie. Meine Hände waren indessen erstaunlich ruhig, mein Blick klar, mein Entschluss gefasst und unumstößlich.

Der Gewehrlauf, der durch die Öffnung geschoben wurde, war mit Stoff umwickelt und nur schwer erkennbar. Trotz des Zielfernrohrs war der Kopf des russischen Scharfschützen nur schemenhaft wahrzunehmen. Ich zögerte keine Sekunde. Er war geübt und er würde nur Sekunden benötigen, um ein Ziel zu erfassen, abzudrücken und es auch zu treffen.

Ich atmete ein und beim Ausatmen hielt ich kurz die Luft an. Ich war im Ziel und drückte ab. Noch bevor ich den Rückstoß an der Schulter spürte, kippte der Gewehrlauf des Russen nach vorn und blieb liegen.

Getroffen! Ich habe ihn getroffen!

Ich konnte es kaum fassen. Ich habe den Russen, der vier, fünf oder sechs meiner Kameraden erschossen hatte, erledigt.

Ich schnaufte einmal kräftig durch und wartete auf eine innere Benommenheit, doch sie blieb aus. Es trat eher das Gegenteil ein. Ich fühlte mich leicht euphorisch statt niedergeschlagen. Ich verharrte noch eine Weile, dann zog ich mich kriechend zurück, stand ein paar Meter weiter hinten auf und rannte zu meinen Kameraden, die gerade dabei waren in das Fabrikgebäude einzudringen.

Kremer nickte mir zu, als ich mich schnaufend neben ihm an die Backsteinmauer presste und meldete: „Ich habe ihn erwischt!"

„Müller, du bist ein Teufelskerl. Wir werden dich und dein Gewehr in diesem Nest noch sehr oft brauchen. Pass auf dich auf!"

Das hatte er ernst gemeint. Er hatte mich tatsächlich *Teufelskerl* genannt. Ich war in diesem Moment voller Stolz und fühlte mich sekundenlang wie ein Sieger. Erst mit dem nächsten Kommando kehrte ich in die reale Welt zurück.

„Nachrücken!"

Wir sickerten in die Fabrikhalle ein. Der Anblick im Inneren schockierte mich. In der riesigen Halle, die in weitere Räume überging, war nichts mehr geordnet. Die Decke war teils eingestürzt. Alles glich einem Trümmerfeld, wie draußen auf dem Vorplatz. Stahl und Eisenstangen ragten aus Betonbrocken. Maschinen und beindicke Kabelstränge waren zu undefinierbaren Knäuel zusammengepresst. Hinter einem großen, turbinenähnlichen Stahlkonstrukt lag Leutnant Hübner und feuerte. An der Mündung seiner Maschinenpistole blitzte es. Patronenhülsen wurden aus der Waffe katapultiert.

Kremer stieg über einen gefallenen Kameraden hinweg, hob mit einer kleinen Bewegung den Lauf seiner Maschinenpistole und schoss in die gleiche Richtung. Ich konnte nichts erkennen, hielt mich immer noch dicht hinter Zerbi und nahm schließlich hinter einer der Maschinen Deckung.

Hübner hatte das Magazin leer geschossen, duckte sich ab und schob ein neues Stangenmagazin in seine Waffe. Querschläger pfiffen umher. Einer von ihnen bohrte sich in Weinbergers linke Wange, durchschlug sie und trat an der rechten Seite wieder aus. Binnen Sekunden waren Gesicht und Uniform über und über mit Blut besudelt. Der Gefreite zuckte erschrocken zusammen. Geschockt ließ er seinen Karabiner fallen und griff mit beiden Händen an seine Wangen. Er spürte das warme Blut und betrachtete die rot verschmierten Handinnenflächen. Gleichzeitig begann er leise zu wimmern. Zwei Kameraden, die neben Weinberger lagen, kümmerten sich sofort um ihn. Einer redete auf ihn ein, während der andere nervös ein Taschentuch auf eine der Wangen drückte. Der Sanitäter wurde gerufen. Hektisch, laut und beinah hilflos. „Saniii … Sani … tääääter!"

Pling – Zing

Immer wieder fetzten verirrte Projektile durch die Fabrikhalle und surrten um uns herum. Einer der beiden Helfer erhielt einen Streifschuss an der Schulter. Kreidebleich betrachtete er die kleine Wunde.

Ich hielt immer noch das Scharfschützengewehr in den Händen, war jedoch unfähig zu handeln. Eine unheimliche Angst lähmte mich, hielt mich im Griff. Ob es nur Sekunden oder gar Minuten waren, wusste ich nicht. Meine Reaktionsfähigkeit kehrte erst zurück, als Zerbi mir auf die Schulter klopfte und brüllte: „Der Iwan sitzt oben und vorne. Wir kommen nicht weiter."

Einer der Pioniere kroch zeitgleich zu uns herüber. „Wo ist der Leutnant? Wir müssen hier raus! Der Iwan ist zu stark. Von hier aus kommen wir keinen Meter weiter!"

Handgranaten detonierten. Der Lärm war höllisch. Staub, kleine Steinbrocken und Splitter wirbelten umher. Die Druckwelle war beklemmend nah zu spüren. Ich drehte mich instinktiv schützend zur Seite.

„Vorwärts! Hoch mit euch!", plärrte Leutnant Hübner.

Als ich mich wieder umdrehte, lag der Pionier blutüberströmt vor Zerbi. Splitter hatten ihn übel zugerichtet. Der Blick des jungen Landsers war gebrochen, die Augen starrten ins Leere, die Gesichtsfarbe war aschfahl.

„Hol dir die Russen, die dort oben hocken!", brüllte mir Zerbi zu, sprang auf und hetzte geduckt zu Leutnant Hübner.

Ich suchte den Feind, atmete flach. Mündungsblitze und kleine Schmauchwölkchen verrieten zumindest zwei Rotarmisten. Ich legte an, zielte und drückte ab. Repetieren und erneutes Zielen waren ein Vorgang. Ich war im Ziel. Durchatmen. Der Zeigefinger bewegte sich leicht nach hinten, der Druckpunkt wurde überwunden. Der Schuss brach, der Kolben stieß gegen meine Schulter.

„Jetzt!", hörte ich die gewaltige Stimme unseres Zugführers.

Die Männer standen auf und hetzten zur nächsten Deckung. Zwei oder drei fielen sofort getroffen wieder zu Boden. Der Kampflärm schwoll an. Aus einem Seitenraum stürmten plötzlich drei Rotarmisten nach draußen und feuerten in den Rücken meiner Kameraden. Ich erschoss einen von ihnen. Noch während ich repetierte, befanden sich die beiden anderen Russen im Nahkampf mit den nachrückenden Landsern. Einer der Russen ging sofort zu Boden. Der andere feuerte mit seiner PPSch 41 Maschinenpistole aus der Hüfte. Zwei deutsche Soldaten wurden getroffen, bevor ein Pionier dem Russen erst in den Rücken schoss und dann mit dem Kolben seines Karabiners den Schädel zertrümmerte. Ich schluckte, schloss die Augen. Die Kälte des Krieges hatte uns erfasst. Keiner war davor gefeit. Fragte ich mich in einer Zehntelsekunde noch, woher der Pionier die Eiseskälte nahm, einem Menschen die Schädeldecke zu zertrümmern, kam mir sofort in den Sinn, dass ich in den letzten 24 Stunden mindestens vier, fünf oder sechs Menschen getötet hatte. Ich löste mich von der Wand, stand auf und brüllte: „Hurraaaaa!"

Ich schrie meine Angst regelrecht aus der Lunge und stürmte los. Mit ganzer Kraft und so schnell ich konnte, wollte ich die nächste Deckung erreichen. Ich blickte stur nach oben, suchte Rotarmisten. Dann passierte es. Alles ging blitzschnell. Ich blieb mit dem rechten Bein an einer Eisenstange hängen, stolperte und stürzte. Da ich krampfhaft das Scharfschützengewehr umklammerte, konnte ich den Sturz nicht mit den Händen abfangen. Mit voller Wucht knallte ich mit Kopf und Gesicht gegen die Kurbelwelle einer zerstörten Maschine. Mit der Schmerzwelle des Aufpralls umhüllte mich augenblicklich Dunkelheit. Ich hatte das

Gefühl, mein Schädel wäre gespalten. Dann war ich weg, verlor das Bewusstsein.

Jemand schlug mir gegen die Wangen. Ich öffnete die Augen. Alles war verschwommen. Kampflärm tobte.

„Er lebt!", war zu verstehen.

Ich versuchte mich aufzurichten. Alles drehte sich. Mir wurde schlecht. Ich spuckte.

„Raus mit ihm!"

Sie packten mich und hoben mich auf eine Bahre. Ich versuchte mich wohl dagegen zu wehren, denn einer der Helfer sagte: „Bleib ruhig!"

Eine tiefere Stimme meinte: „Gebt ihm eine Morphium-Tablette!"

Ich versuchte das Mosin Nagant zu greifen.

„Nein, ich glaube, er will das Gewehr!"

„Gib es ihm und dann raus!"

Sie legten das Scharfschützengewehr zu mir auf die Bahre. Ich nahm es in die Hände und klammerte mich daran fest, als ob es ein Rettungsring wäre, von dem mein Leben nach einem Schiffsunglück abhing. Sie gingen los. Das Wackeln und schütteln auf der Trage schmerzte. In meinem Kopf schienen Hufschmiede zu sitzen, die immer schneller mit ihren schweren Hämmern gegen mein Gehirn schlugen. Alles pochte. Ich schloss die Augen. Erlösende Dunkelheit umgab mich.

Als die Träger die Fabrikhalle verlassen hatten, hörte ich die Ketten der Panzer. Die Kolosse schoben sich über die Schutthaufen und feuerten ihre Kanonen ab. Der Russe antwortete mit Salven aus den Rohren eingegrabener Geschütze.

Wumm

In unserer Nähe war einer der Panzer über eine Mine gerollt und beschädigt liegen geblieben. Sofort wurde er von einem Geschütz gezielt beschossen.

Wumm

Das Schicksal schlug zu. Ein Volltreffer zerriss den Stahlkoloss. Splitter und scharfkantige Metallteile schwirrten explosionsartig umher und zwangen die beiden Sanitäter, die mich trugen, in Deckung. Ich fiel von der Trage, knallte auf den Boden und brüllte vor Schmerzen, als mein Kopf abermals hart aufschlug.

Überall krachte und knallte es. Flammen schossen in den Himmel. Die Schreie der Verwundeten vermengten sich zusehends mit dem „*Hurra*" der deutschen Soldaten, die sich gegen den Gegenangriff und damit auch gegen das gebrüllte „*Urähh*" der Rotarmisten stemmten. Waffen klapperten, Bajonette blitzten auf. Körper prallten aufeinander. Harter Stahl bohrte sich in weiche Haut. Kolben und geschliffenen Spatenkanten zerschmetterten Knochen. Erbitterter Nahkampf tobte.

„Los! Weiter!"

Die Stimme des Sanitäters klang dumpfer als zuvor. Nach wie vor umklammerte ich das Scharfschützengewehr. Ich wollte es partout nicht loslassen. Es war, als hinge mein Leben davon ab. Als ich abermals auf die Bahre gehievt wurde, verlor ich endgültig das Bewusstsein.

Der Kampf um die Fabriken im Norden Stalingrad wurde von beiden Seiten mit äußerster Heftigkeit geführt. Die Verluste waren enorm. Auf der einen Seite war der Oberbefehlshaber deutscher Truppen *General Friedrich Paulus* dem enormen Druck des Führerhauptquartiers ausgesetzt, da die zügige Einnahme von Stalingrad gefordert wurde, auf der anderen Seite stand der russische Oberbefehlshaber *General Wassili Iwanowitsch Tschuikow* unter dem Druck Josef Stalins, der die Anweisung ausgab, die Stadt unter allen Umständen zu halten.

Pausenlos wurden Truppen und Material über die Wolga gebracht, um sich gegen den deutschen Großangriff zu stemmen.

Die Kampfkraft von ganzen Divisionen beider Kontrahenten sank zeitweise auf ca. 500 Soldaten.

Der sowjetische Nachrichtendienst hatte Kenntnis davon erlangt, dass das Hauptziel des deutschen Angriffs das Traktorenwerk war und reagierte entsprechend. So stellte *General Tschuikow* seine *84. Panzerbrigade* gegen die angreifende deutsche *14. Panzer-Division*.

Die deutschen Truppen stießen auf erbitterten Widerstand. Immer wieder wurden russische Truppenteile überrollt, krochen aus Trümmern, Kellern oder Kanalisationsschächten und griffen die deutsche Übermacht an. Trotz dieses fanatischen Kampfgeistes der Sowjets wurde das Traktorenwerk am zweiten Tag der Offensive fast gänzlich eingenommen. Deutsche Teilkräfte stießen bis zur Wolga vor.

Pausenlos flog die deutsche Luftwaffe unterstützend Angriffe gegen Flussübergänge und Widerstandsstellungen. Letztere wurden vehement ausgebaut. Man zog enge Gräben, grub Höhlen in die Steilhänge an der Wolga und errichtete in Ruinen bunkerähnliche Räume.

Die nachts angelandeten Rotarmisten mussten über hunderte verwundeter Kameraden steigen, die auf den Rücktransport warteten. Die Schiffe, Boote und Flöße befanden sich unter ständigem Beschuss der deutschen MG-Nester oder Artillerie. Entsprechend hoch war die Verlustrate der Schiffsbesatzungen.

Jedoch gab es kein Zurück. Politkommissare trieben die Rotarmisten gnadenlos in die Schlacht. Wer sich weigerte, wurde unverzüglich wegen Feigheit erschossen.

Stalingrad war für beide Seiten vom Vorort der Hölle zur Hölle selbst geworden.

Stechende Kopfschmerzen holten mich in die reale Welt zurück. Mein Blick war verschwommen. Ich versuchte den Kopf anzuheben. Schwindel presste mich zurück in ein Kopfkissen. Nur langsam registrierte ich, dass ich in einem Bett lag. Stöhnen um mich herum. Es roch nach Karbol und etwas undefinierbar Ekelhaftem. Dieser unangenehme Geruch erinnerte mich an ein Schlachthaus.

Blut und Verwesung, kam es mir in den Sinn.

Ich hob die Hand und strich vorsichtig über meinen Kopf. Er war bandagiert. Langsam kehrte die Erinnerung zurück. Wir waren in diese Fabrikhalle eingedrungen. Der Sturz. Erneut versuchte ich mich aufzurichten. Diesmal gelang es mir etwas besser. Ich versuchte mich an den Schwindel zu gewöhnen. Der stechende Kopfschmerz blieb. Im Raum befanden sich mehrere Betten. Links neben mir schlief ein Mann, dessen rechter Arm amputiert worden war. Am verbliebenen Stumpf war am Verband getrocknetes Blut zu sehen. Instinktiv bewegte ich Hände und Füße, Finger und Zehen. Ich atmete auf. Alles war noch vorhanden.

„Aufgewacht?"

Ich drehte meinen Kopf nach rechts. Zwei Betten weiter saß ein Landser auf seinem Bett. Er war gerade im Begriff aufzustehen und benutzte dazu zwei Krücken. Mit einem leisen Stöhnen, gefolgt von einem massiven Fluch schaffte er es.

„Ahhh, Himmelherrgottsakrament, verflucht nochmal!"

Die ersten beiden Schritte wirkten etwas unbeholfen und ich befürchtete schon, er würde hinfallen.

„Der Iwan hat mir das linke Bein durchlöchert. Die Ärzte hier sind nicht schlecht. Der Stabsarzt ist ein Chirurg aus Wien. Toller Mann. Er hat mein Bein gerettet."

Der Landser humpelte zu meinem Bett und setzte sich an den Bettenrand. Dann streckte er seine Hand aus. „Ich bin der Franz."

„Alfred", antwortete ich und reichte ebenfalls die Hand zum Gruß.

„Du warst fast zwei Tage lang weggetreten. Hast ganz schön was auf die Mütze bekommen."

Bevor ich antworten konnte, betrat eine ältere Krankenschwester das Zimmer. „Herr Huber, jetzt laufen Sie schon wieder herum. Sie sollen doch die Krücken nur für den Toilettengang benutzen und ansonsten das Bein ruhig halten", sagte sie in einem scharfen, unmissverständlichen Ton.

„Ich war gerade auf dem Weg dorthin. Habe mich nur kurz bei diesem Kameraden vorgestellt."

„Soso", kam es kurz angebunden, dann sah sie mich an. „Der junge Mann weilt auch wieder unter uns. Wie fühlen Sie sich?"

„Nicht gut", antwortete ich mit leicht krächzender Stimme. Jetzt erst bemerkte ich, dass mein Mund trocken und die Lippen spröde waren.

„Ich bringe Ihnen gleich eine Tasse Tee."

„Danke. Was ... äh ... was ist passiert?", fragte ich.

„Sie sind knapp an einem Schädelbruch vorbeigerauscht. Das Nasenbein ist gebrochen und sie haben eine massive Gehirnerschütterung. Wir mussten eine 10 Zentimeter lange Platzwunde nähen."

„Wie lange muss ich hier bleiben?"

„Das wird der Arzt entscheiden. In zwei Stunden ist Visite."

Franz Huber stand wieder mit leichtem Stöhnen auf. Diesmal ließ er das Fluchen allerdings weg.

Die Krankenschwester ging von Bett zu Bett und verließ anschließend das Zimmer. Als Franz zurückkam, setzte er sich wieder zu mir ans Bett.

„Mit der Schwester ist nicht gut Kirschen essen. Die hat Haare auf den Zähnen", grinste er. „Aber da gibt es noch eine, die sieht richtig gut aus. Ich hoffe, dass ich mit ihr mal ausgehen kann."

„Wo sind meine Sachen?"

Franz sah mich erstaunt an. Er wunderte sich, dass ich nicht auf sein Gespräch mit den Krankenschwestern einging.

„Die Waffen sind beim Waffen-Unteroffizier, die Uniform müsste unter deinem Bett liegen."

„Haben wir die Fabrik eingenommen?"

„Man bekommt hier nur wenig mit, aber die Artillerie donnert unaufhörlich. Und die Stukas und Heinkel-Bomber fliegen auch jeden Tag. Ich kann es dir nicht genau sagen."

„Wo sind wir hier eigentlich?"

„Blöde Frage. Im Feldlazarett. Hier hast du mal Ruhe vom Iwan. Die Lazarettzüge rollen täglich ab. Ich warte nur noch auf das Kommando vom Oberfeldarzt und meinen Schein, dann sage ich mal Servus zu diesem gottverfluchten Nest."

Ich griff wieder an meinen Kopf. „Diese Schmerzen", jammerte ich. „Mir wird wieder schwindlig."

Die Schwester kam zurück und brachte Tee. Ich leerte die Tasse fast in einem Zug. „Haben Sie etwas gegen meine Schmerzen?", fragte ich.

Sie griff in ihre Tasche und reichte mir zwei Tabletten. Dann schenkte sie aus einer Kanne nochmals Tee nach.

Bei der Visite wurde mir vom Arzt noch einmal die Gehirnerschütterung bestätigt. „Sie werden diese Woche zur Beobachtung hier bleiben und dann ein oder zwei Wochen nur leichte Dienste übernehmen."

Die Zeit verging schnell. Ich freundete mich mit Franz an. Bereits am dritten Tag konnte ich aufstehen und etwas umhergehen. Am fünften Tag erhielt Franz die Nachricht, dass er mit dem Lazarettzug in die Heimat fahren würde. Einen Tag später packte er und verabschiedete sich von mir. Damals wussten wir noch nicht, welches Schicksal Franz erspart bleiben würde. Als er mir zum Abschied die Hand drückte, sagte er: „Und wenn ich nach meiner Genesung wieder komme, wird Stalingrad uns gehören und der Wiederaufbau beginnen. Was soll ich dir aus der Heimat mitbringen?"

Ich überlegte. „Vielleicht eine kleine Flasche Kürbiskernöl. Das vermisse ich schon."

„Typisch Steirer", lachte er. „Du wirst dein Kürbiskernöl bekommen!", antworte er und humpelte mit seinen Krücken davon.

Zwar genoss ich das warme Bett und das regelmäßige Essen, doch letztendlich war ich wieder froh, dass ich nach dieser Woche im Feldlazarett zur Truppe zurückkehrte.

Ich empfand es quälend, dem Stöhnen der Verwundeten zuhören zu müssen und deprimierend, wenn wieder einer der Kameraden ins Sterbezimmer verlegt wurde. Zwar war der Tod an der Front zum ständigen Begleiter geworden, doch man konnte sich nie richtig mit ihm anfreunden.

Der Ostwind trug eisige sibirische Kälte nach Stalingrad. Am 22. Oktober 1942 fiel erstmals Schnee.

Vorboten des Winters, dachte ich mir, als ich das Schreiben des Oberfeldarztes einschob. Meine Uniform war während meiner Zeit im Lazarett gesäubert worden. Nachdem mein Stahlhelm in der Fabrik zurück blieb, verließ ich ohne Kopfbedeckung und für die Witterung zu dünn angezogen, das provisorisch in einer Schule eingerichtete Krankenhaus. Bis zum Bataillonsgefechtsstand waren es rund zehn Kilometer. Ich schlug den Kragen des dünnen Sommermantels nach oben, steckte die Hände in die Tasche, zog den Kopf ein und wartete. Mein Ziel war es, mit einem der Sankas oder Lastwagen, die die Verwundeten herbrachten, mitzufahren.

Es dauerte nicht lange, da gesellte sich ein recht junger Obergefreiter zu mir. Er nickte, zog eine Packung Zigaretten aus der Feldbluse und bot mir eine an.

„Danke, ich rauche nicht", lehnte ich ab.

Wortlos nahm er eine Zigarette heraus, zündete sie mit seinem Sturmfeuerzeug an und ließ Packung und Feuerzeug wieder in der Feldbluse verschwinden. Blauer Dunst stieg nach oben.

„Wo musst du hin, Kamerad?"

Ich nannte mein Bataillon.

„Da hast du Glück. Kannst bei uns mitfahren. Ich warte hier auf mein Taxi."

„Taxi?"

Der Obergefreite lachte. „Meinen Kumpel Fritz. Er tuckert mit seinem Opel Blitz bis zu zehnmal am Tag vom Flugplatz zum Nachschublager, von dort zum Lazarett und dann zum Bataillon. Wir haben vereinbart, dass er mich mit der nächsten Fuhre mitnimmt."

„Prima."

„Dich hat´s ja böse erwischt", deutete er auf mein Gesicht. Die Schwellung an meiner Nase war recht gut zurückgegangen, der Bereich unter meinen Augen war regenbogenfarbig. Die frische Narbe war mit einem großen Pflaster bedeckt. „Splitter?", schob er nach.

„So was in der Art", entgegnete ich. Ich fand es nicht gerade heldenhaft zu sagen, dass ich zu dumm zum Laufen war und gestürzt bin, während andere durch Geschosse und Splitter getötet oder verletzt wurden.

„Und du?", schob ich neugierig nach, denn ich konnte keinen Verband entdecken.

Der Obergefreite lachte. „Ich habe nicht besonders gut auf meine Flinte aufgepasst."

Zuerst war ich wieder etwas begriffsstutzig, doch schnell dämmerte mir, was er meinte, zumal er zwischen seinen Schritt deutete.

„Eine von den Damen hat mich infiziert. Ich kann dir sagen, diese Behandlung war die Hölle. Zuerst bekam ich etwas in die Röhre gerammt, dann noch ´ne hammerscharfe Salbe verpasst. Du kannst mir glauben, Kamerad, lieber würde ich mir `ne Kugel einfangen, bevor ich diese Prozedur noch einmal mitmache."

Jetzt fing auch ich zu lachen an.

„Heinz", stellte er sich jetzt mit Namen vor, dann erzählte er weiter. „Das Schlimmste war, dass nicht der Arzt diese Behandlung vornahm, sondern so ´ne Art Oberschwester. Junge, die war alles andere als nett oder zimperlich. Und sie hat geschaut, als ob sie sich für alle zu Hause gebliebenen Ehefrauen rächen wollte."

Die nächste halbe Stunde verging wie im Flug. Heinz war ein begnadeter Unterhalter. Mehr als: „Hm …", oder „Ja …", konnte ich gar nicht sagen.

Das Brummen eines Lastwagenmotors war zu hören. Langsam schob sich der Opel Blitz um die Ecke und blieb direkt vor uns stehen. Der Fahrer winkte.

„Das ist er, ich werde gleich mal fragen, ob du mitfahren kannst."

Natürlich durfte ich mitfahren. Während Heinz im Führerhaus saß, zwängte ich mich auf die Ladefläche. Der Lastwagen fuhr langsam an. Mein Blick fiel auf die Gebäude der kleinen Ortschaft. Kleine, helle Häuser. Die meisten von ihnen mit Stroh gedeckt, umgeben von Gärten und Obstbäumen. Das Bild stand im Kontrast zum nur wenige Kilometer entfernten und in Trümmern liegenden Stalingrad mit seinen Ziegelbauten und ehemals rumorenden Fabriken.

Das Land war weit, kalt und dreckig. Der Regen hatte den Boden aufgeweicht. Der Ostwind war schneidend kalt, der Himmel grau und trüb. Mich fröstelte es, aber ich war froh, dass ich einen fahrbaren Untersatz erwischt hatte.

Während der zehn Kilometer zum Bataillonsgefechtsstand mussten wir zweimal zur Seite fahren. Einmal rollten Sturmgeschütze an uns vorbei und einmal mussten wir entgegen kommende Sanitätsfahrzeuge passieren lassen.

Als meine Gedanken in der Heimat weilten, gingen mir Bilder von meinen Eltern durch den Kopf. In zwei Monaten würde Vater losziehen und einen Weihnachtsbaum besorgen. Ich schloss die Augen und konnte förmlich den Duft von frisch gebackenen Plätzchen riechen. Vanillekipferl. Mutter buk Berge davon.

Das Grollen der Geschütze wurde lauter und brachte mich zwangsläufig zurück in die traurige Realität. Irgendwann hielt der Fahrer an und kurbelte sein Fenster herunter. „Du musst absteigen, Kamerad. Nach der nächsten Biegung steht ein Posten der Feldgendarmerie. Ich habe keine Lust, dass mich der Kettenhund blöd anquatscht, weil ich jemanden mitgenommen und dabei die Kolonne sozusagen *verloren* habe", rief er mir zu.

„Alles klar und vielen Dank, dass du mich mitgenommen hast."

„Keine Ursache."

Ich sprang von der Ladefläche. Der Lastwagen rollte an und fuhr weiter. Der Straße folgend, traf ich ein paar Minuten später tatsächlich auf einen Militärposten. Zwei Feldgendarmen standen an einer Kreuzung und unterhielten sich.

Ihre Blechschilder glänzen sogar bei trübem Wetter, schoss es mir durch den Kopf.

Neben ihrem Krad mit Beiwagen befand sich ein wahrer Schilderwald. Ich ging schnurstracks darauf zu und grüßte höflich, dann begann ich in dem Hinweis- und Warnschilderwirrwarr nach dem richtigen Weg zu suchen. Der größere der beiden Kettenhunde, ein Feldwebel mit eingefallenen Wangen, sprach mich mit erstem Ton und beinahe finsterer Miene an.

„Wo willst du hin und wo kommst du her? Zeig uns mal dein Soldbuch!"

Ich zog das Soldbuch aus der Feldbluse und zugleich das Schreiben des Oberfeldarztes und überreichte es. „Ich muss zur Schreibstube des Bataillons."

Der Feldwebel nahm die Papiere und prüfte sie. Etwas freundlicher fragte er: „Bist du den ganzen Weg zu Fuß gegangen?"

„Jawohl, Herr Feldwebel", antwortet ich zackig.

„Na, mal nicht so förmlich", kam es jetzt ziemlich entspannt. „Du musst hier entlang gehen", zeigte er nach rechts. „Ist nicht mehr weit. An den ersten Häusern vorbei, dann biegst du noch einmal links in eine Seitenstraße ab und gehst nur geradeaus."

Er gab mir die Papiere zurück, nickte und nahm die Unterhaltung mit dem anderen Feldgendarm wieder auf.

Eine gute Viertelstunde später stand ich vor der Schreibstube des Bataillons. Ein Melder rannte an mir vorbei, sprang auf seine DKW NZ 350, startete den Motor und brauste schlingernd davon. Zwei Kübelwagen fuhren die Straße entlang. Summende Motoren über mir ließen meinen Blick nach oben wandern. Eine Rotte Jagdflieger kehrte von einem Einsatz zurück. Eines der Flugzeuge zog einen leicht dunklen Schweif hinterher.

Hoffentlich schafft es der Pilot, dachte ich mir, betrat das Gebäude, zog sofort das Schreiben des Oberfeldarztes aus der Feldbluse und meldete mich beim Gefechtsstand des Bataillons.

Es war angenehm warm in dem Zimmer. In einer Ecke knisterte Feuer in einer Art Kanonenofen. In der Mitte des Raumes stand ein großer Tisch, auf dem eine Landkarte ausgebreitet war. Frontlinien waren eingezeichnet. Rechts daneben befand sich ein Schreibtisch, an dem ein älterer Oberfeldwebel inmitten eines Berges von Papieren saß. Links und rechts davon lagen jede Menge Aktenordner. Neben dem kleinen Fenster stand ein weiterer Tisch, auf dem eine Schreibmaschine stand.

„Wieder einer, der nur eingeschränkt verwendungsfähig ist. Saubande, elendige", knurrte der alte Schreibstubenhengst, als er meinen Begleitschein las.

Trotz der Strenge, die der Oberfeldwebel ausstrahlte, hatte er dennoch etwas Gütiges in den Augen. Er erinnerte mich an meinen Chef beim Reichsarbeitsdienst.

„Wir haben bereits zwei innendienstkranke Männer hier. Wo setzen wir dich am besten ein? Vielleicht als Melder …", grübelte er und fragte schließlich: „Hast du was gelernt?"

Die Aufgabe des Bataillonsgefechtsstandes war es in der Regel ein- und ausgehende Befehle bis zur vordersten Linie oder an die eingesetzten Nachbarkräfte weiterzuleiten, Lagekarten zu bearbeiten, Lagemeldungen an das Regiment zu erstellen und solche Dinge. Ich fragte mich bereits seit geraumer Zeit, weshalb man mich hierher beordert hatte.

„Wie meinen Sie das?"

„Rede ich undeutlich? Mein Gott, der Schlag auf deinen Kopf hat wohl mehr Gehirn zerstört als man im Lazarett angenommen hat", meckerte der alte Soldat und betrachtete das Pflaster an meiner Stirn.

„Nein, ich habe alles verstanden. Ich bin Schlosser-Geselle."

„Schlosser. Hm …", überlegte er. „Müller, Alfred …", es schien, als hätte es in seinem Kopf *klick* gemacht. „Müller, Alfred", wiederholte er. „Da war was. Warte mal!"

Der Oberfeldwebel stand auf und verließ die Schreibstube. Ich wartete mehr als zehn Minuten. Als er zurückkam, trug er ein Tablett. Darauf standen zwei Tassen und eine Kanne mit dampfendem Kaffee.

„Was stehst du so blöd rum? Setz dich hin!"

Verdutzt setzte ich mich auf den Holzstuhl, der vor seinem Schreibtisch stand. Der Oberfeldwebel stellte das Tablett ab, schenkte beide Tassen voll und setzte sich schließlich ebenfalls. Dann kramte er in einer der Schubladen herum und zog eine grüne Flasche hervor. Grinsend öffnete er sie. „Feinster Cognac! Den habe ich beim Kartenspielen gewonnen. Ich möchte nicht wissen, wie der Kamerad da dran gekommen ist, aber das ist mir auch egal. Hier …", sagte er und goss jeweils einen kräftigen Schluck in die Kaffeetassen.

„Wir haben dich hierher bestellen lassen, weil dein Kompanieführer unseren Chef hier sehr gut kennt. Hauptmann Staller ist ja auch bekannt als Adjutant der Vertreter des Kommandeurs."

Ich nickte. „Ja, das ist klar, aber ihr habt doch keine Verwendung für mich, oder?"

„Hier im Bataillonsgefechtsstand nicht, aber wir haben von deiner Kompanie gehört, dass du ein hervorragender Schütze bist und dich als Scharfschütze eignest. Hauptmann Staller wollte eigentlich persönlich mit dir sprechen, aber es geht dort draußen drunter und drüber. Er musste, gemeinsam mit Major Brenner, zum Regiment."

Ich nahm einen Schluck Kaffee und schmeckte die Stärke des Cognacs. Es tat gut. Heiß und kräftig rann es meine Kehle hinunter und wärmte doppelt. In meinem Gaumen breitete sich ein angenehmer Geschmack aus. Ich nahm gleich noch einen zweiten Schluck. „Köstlich!"

Der Oberfeldwebel trank ebenfalls, stellte die Tasse zurück und meinte: „Das ist echter Kaffee, kein Muckefuck. Schmeckt man sofort, und der kleine Braune …", er zeigte auf die Cognacflasche, „… ist auch von der guten Sorte."

Nun folgten allgemeine Fragen zu meiner Person. Mir war nicht klar, ob der Oberfeldwebel diese Fragen stellen musste, oder ob er nur neugierig war und die Zeit überbrücken wollte.

Ring … ring

Das an knirschende Zahnräder erinnernde Schrillen des Feldtelefons unterbrach ihn. Er hob den Bakelithörer ab und meldete sich mit

Einheit und Namen. Dann notierte er sich ein paar Sätze, nickte und brummte: „Jawohl … ja, ich sage es dem Hauptmann."

Ich leerte meine Tasse. Nebenbei bemerkte ich, dass der Oberfeldwebel blass geworden war. Die euphorische Gelassenheit, die er noch bei meinem Erscheinen in seiner Schreibstube ausgestrahlt hatte, schien völlig gewichen zu sein. Er legte den Hörer auf die Gabel, griff zur Cognacflasche und goss reichlich davon in seine Tasse. Unaufgefordert schenkte er auch mir etwas nach.

„Wenn du Kaffee dazu möchtest, bediene dich. Ich brauch das Zeug jetzt erst mal pur."

„Was ist denn passiert?"

Er setzte die Tasse an die Lippen, trank sie in einem Zug leer und sah mich an. „Wir machen es uns hier häuslich, Kamerad Müller. Wir werden uns einrichten und alles winterfest machen. Die vordersten Linien werden von Hiwis unterstützt. Grabenbau, Bunkerbau. Die Pferde werden gesammelt und sollen in der Etappe überwintern. Ist angeblich einfacher für den Nachschub. Es heißt, sie würden eh nur herumstehen und fressen."

Ich zuckte mit den Achseln.

„Das bedeutet kein Vorrücken, Müller. Kein Vorrücken und kein Rückzug. Die Artillerie und so manch andere Einheiten sind ohne Pferde bewegungsunfähig. Wir igeln uns in diesem Nest ein."

„Aber wenn wir den Iwan raushauen und Stalingrad uns gehört, dann …"

Der Oberfeldwebel fiel mir ins Wort. „Stalingrad ist eine Ruine. Da gibt es keine Läden und Bauernmärkte zum Einkaufen. Es ist bereits Ende Oktober so kalt wie bei uns zuhause im Dezember."

Ich war sprachlos. Das was er sagte, stimmte voll und ganz.

„Naja, dann werde ich eben über Weihnachten Urlaub beantragen", schob er nach, schenkte ein weiteres Mal nach und ließ mit der Bemerkung: „Ein Schluck geht noch", die Flasche Cognac wieder in der Schublade verschwinden.

Wir prosteten uns zu, tranken und schwiegen eine Zeit lang.

„Scharfschütze", sagte ich und unterbrach die Stille. „Sie haben das Thema vorhin aufgegriffen."

Obwohl der Oberfeldwebel mich duzte, blieb ich beim förmlichen Sie. Ich wollte ihn nicht verärgern.

„Rauchst du?", fragte er und zog Pfeife und Tabak aus der Jackentasche.

„Nein."

Er stopfte den Tabak in den Pfeifenkopf und drückte ihn mit einem Finger fest. „Ich rauche jeden Nachmittag ein Pfeifchen. Am liebsten nach meinem Kaffee."

Das Fertigmachen der Pfeife wurde richtig zelebriert.

„Spielst du Schafkopf?"

„Ja", nickte ich.

Ein wohlwollendes Grinsen entkam dem Oberfeldwebel. Er schob die Pfeife in den Mund und nuschelte. „Du kannst Gustl zu mir sagen. Und wenn du Zeit hast, werden wir uns demnächst mal zum Kartenspielen treffen. Ich weiß schon, wen ich noch dazu einlade."

Motorengeräusche. Ein Blick aus dem Fenster. Der Oberfeldwebel legte die Pfeife zur Seite. „Der Alte kommt zurück. Ich denke, er möchte persönlich mit dir sprechen."

„Mit mir?", fragte ich verdutzt.

„Überlege dir gut, was du tust", mahnte er mich.

Schritte im Flur. Die Tür wurde geöffnet. Als der Hauptmann den Raum betrat, sprang ich auf und knallte die Hacken zusammen. Bevor ich jedoch grüßen konnte, winkte der Offizier ab und sagte salopp: „Danke, keine Meldung."

Ich war leicht nervös und aufgeregt.

„Ist das der Mann?", fragte er den Oberfeldwebel.

„Jawohl."

Der Blick des Hauptmanns fiel auf die beiden Tassen. „Kalt draußen. Ist noch Kaffee da? Ich könnte jetzt etwas Heißes gut vertragen. Etwas, das doppelt wärmt", zwinkerte er dem alten Soldaten zu. „Sie wissen schon, was ich meine. Bringen Sie mir das in mein Büro."

„Jawohl, Herr Hauptmann."

Ich musste noch eine halbe Stunde warten, dann empfing mich Hauptmann Staller.

„Sie wurden mir als ausgezeichneter Schütze gemeldet. Zudem erwähnt Ihr Zugführer in seinem Bericht, dass Sie zwei russische Scharfschützen ausgeschaltet haben. Ferner hatten Sie einen Angriff erfolgreich abgedeckt. Solche Männer können wir brauchen."

Staller machte eine kurze Pause und nahm einen Schluck Kaffee. Er schmunzelte. „Alkohol im Dienst wird von mir normalerweise rigoros geahndet, aber manchmal muss man auch *fünfe gerade sein lassen*."

Der Hauptmann war sympathisch. Obwohl er so gelassen wirkte, strahlte er dennoch Autorität aus. Er erinnerte mich an meinen Schuldirektor. Er überflog das Schreiben des Arztes. „Nun, Müller, wenn Sie möchten, würde ich Sie gerne als Scharfschütze einsetzen. Die Russen haben scheinbar jede Menge davon in diesem Nest hier eingesetzt. Sie beginnen uns enorm zu schaden. Trauen Sie es sich zu, die Aufgabe eines Scharfschützen zu erfüllen?"

Ich räusperte mich. „Nun, ich habe noch gar nicht so genau darüber nachgedacht."

„Als Scharfschütze werden Sie aus ihrer Gruppe genommen und unterstehen direkt dem Kommando ihres Kompanieführers. Wobei …", der Hauptmann nahm ein anderes Blatt Schreibmaschinenpapier in die Hand und las es. „… es hat sich in der letzten Woche einiges getan. Ihr Kompanieführer ist schwer erkrankt. Allen Anschein nach hat er die Ruhr. Ihr Zugführer, Leutnant Hübner, übernimmt seine Stelle, nachdem der Zug bei den Kämpfen im Industrieviertel fast völlig aufgerieben wurde."

Ich erschrak. „Wie bitte? Wissen Sie, was mit meinen Kameraden passiert ist?"

Der Hauptmann schüttelte den Kopf. „Ich kenne die Verlustliste nicht, Müller. Fakt ist, dass sich der Angriff festgefahren hat. Feindliche Scharfschützen wirken massiv auf unsere Nachschub- und Meldewege ein. Wir müssen endlich agieren. Kann ich auf Sie zählen?"

„Sie sagen, dass ich dann wieder bei Leutnant Hübner wäre?"

„Ja, das sagte ich. Als Scharfschütze verrichten Sie Dienst z.b.V. und unterstehen dem Kommando ihres Kompanieführers. Ich würde Sie, in Einverständnis mit dem Regimentsführer, zu unserem Regiments-Waffenmeister schicken. Dort haben Sie während Ihrer Erholungszeit die Möglichkeit Waffen zu testen, Übungen zu schießen und sich auf ihre Aufgabe vorzubereiten. Ich würde Ihnen sogar noch eine weitere Woche dazu geben. Was Sie an Ausrüstung benötigen, teilen Sie bitte mit. Wir werden dafür sorgen, dass Sie alles Notwendige erhalten."

Ich wusste nicht genau was ich antworten sollte und zögerte. Bilder schossen durch meinen Kopf. Häuserkampf, der Sturm in die Fabrik, der Artilleriebeschuss. Das alles wollte ich nicht mehr mitmachen müssen. Ich dachte mir in diesem Moment, dass ich als Scharfschütze mein eigener Herr wäre. Ich würde auf die Jagd gehen und nicht mehr gejagter sein. Dies entsprach zwar nicht den Tatsachen, aber genau das waren meine Gedanken, die mich dazu bewegten, dem ganzen zuzustimmen.

Nickend sagte ich: „Ich bin für die Aufgabe bereit und möchte es versuchen."

Der Regiments-Waffenmeister war ein kleiner, etwas kauzig wirkender Kerl mit Nickelbrille. Als ich die alte Schmiede betrat, in der er einen Großteil seines Arsenals verstaut hatte, feilte er gerade an einem Stück Metallrohr herum. Über seiner Uniform trug er eine Lederschürze, die ihm viel zu groß war. Vermutlich gehörte sie dem Dorfschmied, in dessen Werkstatt sich der Feldwebel eingenistet hatte. Ohne dass ich mich vorgestellt hatte, hörte ich seine Fistelstimme: „Der Alte hat dir ´nen Freibrief mitgegeben, was die Ausrüstung betrifft. Entweder, du bist mit ihm verwandt oder er hat Angst vor dir, oder aber, du bist wirklich gut, in dem was du tust."
„Ich äh …", stammelte ich.
„Mach die Tür zu. Es zieht!"
Ich kam der Aufforderung nach.
„Komm her, Junge!"
„Sie müssten mein Gewehr haben. Ich hatte es …"
„Das Mosin Nagant mit 3,5fach Optik?"
„Ja, genau."
„Ich habe die Waffe etwas überholt. Der Pflegezustand war ja miserabel. Den Kammerstängel musste ich austauschen. Das Zielfernrohr ist gut. Diese PU-Modelle sind ohnehin prima Teile. Allerneueste Technik."
Ich war froh, dass das Gewehr hier war. Irgendwie betrachtete ich es als eine Art Glücksbringer. „Vielen Dank dafür."
Der Feldwebel legte die Feile aus der Hand, nahm die Nickelbrille ab und putzte mit einem Taschentuch die Gläser. Dann setzte er sie wieder auf. „Du hast einen Beobachter?"
„Beobachter?", wiederholte ich.
„Junge, du weißt doch, dass gute Scharfschützen immer zu zweit arbeiten."
„Davon hat der Herr Hauptmann aber nichts gesagt."
„Dilettanten! Alles Dilettanten", schimpfte er, ging um die Werkbank herum, bückte sich, griff nach etwas und hielt mein Gewehr in der Hand. „Hier ist das gute Stück. Ich habe es auf 100 Meter eingeschossen."
Er legte die Waffe auf die Werkbank, bückte sich erneut und hob eine Kiste hoch.

„Hier habe ich ein paar hundert Schuss. Alles vom Iwan. Zusätzlich bekommst du von mir noch ein Fernglas und einen Kompass. Außerdem eine Pistole. Weißt du, was mit den Scharfschützen passiert, die in die Hände des Feindes fallen?"

„Sie töten Sie, oder?"

Der Feldwebel lachte laut. „Töten? Ja, mein junger Freund. Sterben wirst du, aber elendig. Sie quälen dich zu Tode. Ich kenne Geschichten, die willst du nicht hören, weil du sonst nicht mehr schlafen kannst."

Der Blick des kauzigen Kerls hatte sich verändert. Die Augen zusammengekniffen, starrte er mich regelrecht an. „Wenn du Glück hast, schneiden sie dir nur den Zeigefinger ab und schieben ihn in deinen Hintern. Wenn du Pech hast, schieben sie den Gewehrlauf hinterher und lassen dich dann bei schallendem Gelächter verrecken. Wenn es kalt ist, zünden sie zudem auf deiner Brust ein Feuer an und wärmen sich daran."

„Das sind Schauermärchen!"

„Betrachte es wie du willst. Du sollst nur gewarnt sein und dir gut überlegen, ob du mit deiner letzten Patrone noch einen Russen in die Hölle schickst oder dir selbst einen schnellen Tod gönnst."

Ich schluckte. Mein Adamsapfel wanderte hoch und runter.

„Wie bist du denn überhaupt auf die Idee gekommen, dich als Scharfschütze zu melden?"

Ich räusperte mich und begann zu erzählen. Ich berichtete von Wagner und dem Versuch Wasser zu holen. Dann vom Angriff auf die Fabrik. „… und schließlich habe ich zugesagt."

„Ich werde dir eine Ausrüstung zusammenstellen. Dann bekommst du Gelegenheit deine Waffe einzuschießen. Du wirst sie nach dieser Woche auswendig im Schlaf laden, zielen, abdrücken, treffen, auseinander bauen, reinigen und wieder zusammensetzen können. Das verspreche ich dir!"

„Du kennst dich gut mit dem Scharfschützenwesen aus."

Der Feldwebel ging nicht auf meine Bemerkung ein. Er drehte sich um, ging zum anderen Ende der Schmiedewerkstatt, öffnete eine große Truhe und kramte herum. Er schloss den Deckel wieder und murmelte: „Wo habe ich das bloß hingetan?" Er überlegte kurz, kratzte sich dabei am Hinterkopf und schnippte mit dem Finger. „Jetzt weiß ich es. Warte hier!"

„Natürlich", sagte ich.

Der Feldwebel verließ die Schmiede. Von draußen wehte kalter Wind in die Werkstatt. Ich sah mich erst etwas um, dann nahm ich mein Gewehr in die Hand und musterte es. Es glänzte.

Eingeölt!

Ich legte eine Hand an den Kammerstängel und repetierte. Im Gegensatz zum ersten Mal, als ich die Waffe erbeutete und benutze, war die Handhabung erheblich leichter.

Erstaunlich, was dieser Mann mit der Waffe gemacht hat.

Der Feldwebel kam zurück. „Mach mal Platz auf dem Tisch dort hinten", schnaufte er und trat etwas umständlich gegen die Tür, so dass diese hinter ihm ins Schloss fiel.

Ich legte das Scharfschützengewehr zur Seite und ging zu dem Tisch. Dort schob ich ein paar Uniformteile, Holzstangen, Pappkartons und Zielscheiben zur Seite. Der Waffenmeister knallte sein Päckchen auf den Tisch.

„Das wirst du ganz sicher brauchen", keuchte er und rollte das Knäuel auseinander. Es waren vier zusammengenähte Schafsfelle. Dann legte er eine Pistole 08, ein Holster und zwei Magazine, jeweils mit 8 Patronen gefüllt, sowie einen Kampfdolch auf das Fell.

„Das hat mal mir gehört."

„Du ... äh ... Sie waren mal Scharfschütze?"

„Das *du* ist in Ordnung. Wir sind hier an der Front und nicht auf dem Kasernenhof. Und um deine Frage zu beantworten, nein, ich war kein Scharfschütze, aber ich habe ein paar von ihnen geschult. In der Theorie und auf dem Übungsplatz, habe ich alles drauf."

„Du kennst dich mit Waffen bestens aus. Das Mosin Nagant lässt sich viel besser repetieren als zuvor."

Er lachte. „Ich bin gelernter Büchsenmacher. Wenn ich mich mit etwas auskenne, dann mit Waffen", entgegnete der Waffenmeister und zog dabei die Augenbrauen hoch. „Übrigens, unser Regimentsführer hatte schon immer eine Schwäche für Scharfschützen. Er ist Weltkriegsveteran und machte in Frankreich erstmals mit Heckenschützen Bekanntschaft. Der Alte setzt sie gern individuell ein. Hier ...", sagte er nun und reichte mir die 08. „Auf zehn Meter durchschlägt sie noch einen Stahlhelm. Das ist eine gute Pistole. Kannst damit auch umgehen?"

„Ich denke schon."

„Hm ... ich werde dir wohl noch ein paar Patronen zum Üben draufpacken. Wenn du die Waffe ziehst, sollst du auch treffen. Übung macht den Meister", sagte er und hielt mir als nächstes den Dolch hin.

71

Ich schnallte derweil die Pistole um und steckte die Magazine ein. Dann nahm ich den Kampfdolch entgegen, zog ihn aus der Scheide und wog ihn in der Hand.

„Ein Bajonett ist zu lang. Der hier ist praktisch und vor allem richtig scharf geschliffen. Das habe ich selbst gemacht. Damit kannst du Papier schneiden. Ich hoffe zwar, dass es dir erspart bleibt, aber manchmal wirst du möglicherweise nicht anders können als lautlos zu töten. Entweder du schneidest dem Iwan die Kehle durch oder du stichst in die Nierengegend. Je nachdem, ob du lautlos töten oder dem Gegner enorme Schmerzen zufügen möchtest. Letzteres kann zur Taktik gehören. Sie werden einen brüllenden Kameraden nicht achtlos liegen lassen und ihm helfen, statt dich zu verfolgen."

„Taktik? Das klingt eher grausam."

Ohne auf meine Bemerkung einzugehen, sprach er weiter. „Taktik wirst du hin und wieder brauchen, mein Freund. Du wirst in den nächsten Tagen eine Menge lernen. Nur wenn du im Einsatz alles beherzigst, hast du eine gute Möglichkeit dort draußen, in diesem verdammten Nest namens Stalingrad, zu überleben."

Mir wurde etwas flau in der Magengegend. Ich hatte mich als Scharfschütze gemeldet, weil ich dachte, ein paar Schüsse auf Distanz wären in Ordnung und ich würde damit das Leben vieler meiner Kameraden schützen, aber das, was mir der Waffenmeister erzählte, bereitete mir Sorgen. Er deutete auf das Schafsfell.

„Darauf wirst du warm liegen oder es wird dich von oben wärmen. Es ist seit Tagen schweinekalt. Bald wird es schneien und der russische Winter ist alles andere als unser Freund. Wenn du als Scharfschütze auf der Lauer liegst, bist du oft Wind und Wetter ausgesetzt. Glaube mir, du wirst noch dankbar für dieses Fell sein."

Ich klopfte etwas unbeholfen darauf, etwa so, als wollte ich es prüfen, nickte und rollte das Fell zusammen. Franz stellte mir währenddessen noch etwas hin. „Das wichtigste Utensil für die Waffe habe ich hier. Die Russen verwenden im Winter ein besonderes Waffen-Öl. Außerdem decken sie ihre Kammerverschlüsse mit extra dafür angefertigten Schutzhüllen ab. Viel habe ich nicht von dem Zeug, aber du bekommst es natürlich."

„Besten Dank."

„Hast du schon Quartier bezogen?"

„Nein, aber ich soll die nächsten Tage hier beim Gefechtstross des Regiments bleiben.

„Unser Beschlagschmied ist gemeinsam mit den abgezogenen Pferden in die Etappe gegangen. Sein Schlafplatz ist frei. Du kannst hier bleiben, dann sparst du dir den An- und Abmarschweg, wenn wir Schießübungen machen."

„Aber es sind doch noch ein paar Pferde hier geblieben."

„Er kommt auch wieder zurück. Aber solange er nicht hier ist, hättest du eine gute Unterkunft."

Mir fiel ein Stein von Herzen. Der Waffenmeister war sympathisch und mir war bewusst, dass ich viel von ihm lernen konnte.

„Hier, gleich neben der Schmiede, ist seine Kammer. Das Feuer in der Esse wärmt auch die Rückseite der Mauer", schmunzelte er. „Da hast du es schön warm. Außerdem haben wir es von hier aus nicht weit zur Feldküche."

„Sehr gern. Ich bin Alfred", streckte ich dem kauzigen Waffenmeister die Hand hin.

„Franz."

Der mir zugewiesene Raum war nicht größer als zehn Quadratmeter und dürfte früher die Behausung des Gesellen gewesen sein. Die Einrichtung war äußerst karg. Ein Bett mit Strohsack, ein klobiger, kleiner Tisch, ein Holzschemel und an der Wand zwei Haken für das Gewand. Auf dem Tisch stand eine angebrannte Kerze. Daneben lagen Zündhölzer. In dem Raum befand sich kein Ofen, aber Franz hatte Recht. Die Wand, an der das Bett stand, war die Rückseite der Esse und entsprechend warm. Die Gesellenbehausung war wohl irgendwann einmal als Kammer angebaut worden.

Ich schlief in dieser Nacht sehr unruhig, was aber nicht am Unterschied zwischen dem Bett im Lazarett und diesem einfachen Schlafplatz lag. Die Unruhe wurde von dem ausgelöst, was auf mich zukam. Das Leben eines Scharfschützen schien viel komplizierter zu sein als ich annahm. Erst als ich an meine unglückliche Liebe zu Hause und an die Erstürmung der Fabrik dachte, beruhigte ich mich und fiel zurück in diese gefühlsmäßige Lethargie.

Schlimmer kann es wirklich nicht sein.

Nach einem Frühstück, bestehend aus Kommissbrot, Butter, Marmelade und heißem Kaffee, begannen hinter der Schmiede die Schießübungen.

In der Nacht hatte es Minusgrade und die Luft war am Vormittag immer noch unangenehm kalt. Atemdunst stand vor unseren Mündern.

Noch trugen wir unsere Sommermäntel und bereits nach kurzer Zeit kroch die Kälte unter den dünnen Stoff.

„Heute Nachmittag sind wir dran. Die Winterkleidung wird ausgegeben", meinte Franz beiläufig. Er hatte zwei leere Munitionskisten dabei und zählte die Schritte, während er sich von mir wegbewegte. Eine Kiste stellte er bei exakt 100 Schritten auf, die andere bei 150. Er kam zurück, packte ein paar andere Utensilien und ging wieder zu den beiden Kisten. Er brachte an den Vorderseiten jeweils eine Zielscheibe an. Auf dem Rückweg klopfte er mit einem Hammer laut fluchend in verschiedenen Abständen fünf Holzpfosten von ca. einem Meter Länge in die leicht angefrorene Erde. An jeder Holzstange stellte er etwas auf die obere glatte Fläche und befestigte es. Als Franz wieder bei mir war, meinte er lediglich: „Nach fünf Schuss ist die Waffe warm. Du wirst auf die vordere Kiste fünfmal schießen. Dann nachladen, zwanzig Liegestütze und auf die zweite Kiste feuern. Ebenfalls fünfmal. Dann springst du auf, läufst einmal um die Schmiede herum und wenn du wieder hier bist, schießt du sofort auf die Konservendosen, die ich auf die Pfosten gestellt habe.

„Alles klar."

Er gab mir fünf einzelne Patronen und zwei Ladestreifen mit jeweils fünf Patronen. „Verwende zuerst die beiden Ladestreifen! Welche Körperhaltung du beim Schießen einnimmst, ist mir egal. Feuer frei!"

Ich lud die Waffe, kniete mich hin, legte an und gab fünf Schüsse auf das erste Ziel ab. Ich lud nach und machte die geforderten zwanzig Liegestützen. Für die Folgeschüsse legte ich mich auf den Boden. Ich spürte die Kälte und registrierte meinen ersten Fehler. Ich hatte das Schafsfell nicht mitgenommen und ärgerte mich darüber. Ich war etwas außer Atem und benötigte daher länger für die ersten drei Schüsse. Es fehlte auch meine gewohnte Treffsicherheit. Nach dem letzten Schuss sprang ich auf und rannte los. Ich umrundete die Schmiede, legte mich erneut auf den Boden, kramte keuchend die erste Patrone aus meiner Tasche und bugsierte sie in die Kammer. Ich legte an, wackelte zu stark und schoss dennoch.

Daneben! Mist, durchfuhr es mich.

Nervös lud ich nach, legte an, ließ mir etwas mehr Zeit, gab den nächsten Schuss ab und traf.

Die dritte Patrone wanderte in die Kammer. Während ich zielte, warf Franz einen Stein neben meine Waffe. Erschrocken verriss den Schuss.

„Los! Sie kommen auf dich zugelaufen!", brüllte Franz und trat in genau dem Moment gegen meine Knobelbecher, als ich erneut nachladen wollte.

Mir fiel die vierte Patrone aus der Hand.

„Reagiere oder du bist tot!"

Wütend sprang ich auf. „Verdammt, ich dachte, ich soll Schießübungen machen!"

„Du bist soeben erschossen worden. Du hast deine Deckung verlassen!"

Ich schnaufte tief durch. „Was hätte ich tun sollen?"

„Wenn der Feind zu nah ist, hast du eine Pistole. Du musst schießen und den Rückzug antreten. Du darfst immer nur einen Schuss aus einer Stellung abgeben, denn dir gegenüber können russische Scharfschützen lauern und die warten nur auf deinen zweiten Schuss, um dich in die Hölle zu schicken! Im Gegensatz zu uns, verfügen die Sowjets über ganze Scharfschützen-Bataillone. Und glaube mir, mein Freund, die beherrschen ihr Handwerk. Sie haben auch viele Frauen als Scharfschützinnen in ihren Reihen. Wenn dir mal eine gegenüber steht, darfst du kein Pardon kennen. Sie wird dich ansonsten töten. Vergiss nie meine Worte!"

Wir begutachteten die Treffer. Franz war sehr zufrieden. „Bis auf deine Fehlschüsse liegen alle im Bereich einer *Scho-ka-Kola*-Dose. Du bist richtig gut, Alfred. Jetzt schießen wir noch ein paar Runden mit dem Gewehr, dann nehmen wir die Pistole. Nach dem Mittagessen gehen wir rüber zur provisorischen Bekleidungskammer. Die Winteruniformen sind eingetroffen. Morgen wird das Zeug an die Truppe ausgegeben. Heute sind wir an der Reihe."

Mit jeder Runde wurde ich mit der Waffe vertrauter. Die Konservendosen auf den Pfosten hatte Franz mit einer Schnur zusätzlich befestigt. Nachdem die Dose vom Pfosten geschossen wurde, baumelte sie an der Schnur hin und her. Meine Aufgabe war es, dieses bewegliche Ziel ein zweites Mal zu treffen. Die zweite Kiste wanderte mit jedem Durchgang ein Stück weit nach hinten. Die größte Entfernung war ungefähr sechshundert Meter. Franz hatte einen alten Stahlhelm auf die Kiste gelegt und ich musste ihn treffen. Als ich auch diese Übung zweimal hintereinander schaffte, gingen wir zum Essen.

Schon als wir in die Nähe der Feldküche kamen, roch es fantastisch nach Gulasch. Wir waren früh dran. Nur drei Landser standen vor uns.

„Als Beilage Kartoffeln. Lecker!“, sagte ich und spürte auf einmal, wie viel Hunger ich hatte. Zuerst bekam ich eine Portion Kartoffeln in das Kochgeschirr gelegt, dann schöpfte der Küchenbulle Gulasch darüber.

„Hans, gib` dem Burschen ´ne gute Männerportion. Ich werde ihn in dieser Woche ordentlich rannehmen“, meinte Franz zu dem Mann, der hinter der Feldküche stand. Dieser nickte stumm, tunkte die Schöpfkelle erneut in den Kessel und füllte mein Kochgeschirr bis zum Rand.

„Lass es dir schmecken!“

Es schmeckte köstlich.

Als wir später die Winteruniform abholten, brachte Franz wieder den gleichen Spruch an. Er schien alle persönlich zu kennen und jeder kam ohne Widerspruch dem Anliegen des Waffenmeisters nach. So hatte ich am Nachmittag nicht nur die Winterwendejacke und die entsprechende Hose dazu, sondern auch noch dicke Handschuhe, eine Wollmütze, Wollsocken und vor allem die begehrten Filzstiefel, die definitiv nicht für alle Kameraden zur Verfügung standen, ergattert.

„Scharfschützen sind nicht überall beliebt, Alfred. Du wirst immer dort gern gesehen sein, wo sich der Russe aufhält. Wenn du dich aber als Scharfschütze an den wärmenden Ofen deiner Kameraden setzt, kann es sein, dass die Gespräche verstummen.“

„Warum?“

„Hier dienen Männer aus allen Schichten. Die wenigsten von ihnen sind freiwillig hier. Sie wären lieber zu Hause bei ihren Familien oder Freundinnen. Es sind gewöhnliche Leute. Soldaten, die bis gestern noch keinem Menschen irgendein Leid zugefügt hatten und morgen schon mit geschliffenem Spaten in den Nahkampf ziehen, um einem jungen Russen den Schädel damit zu spalten. Sie kämpfen, um zu überleben. Dich sehen sie als kaltblütigen …“

„Mörder? Nein, Franz. Ich bin kein Mörder, denn ich töte die Russen nur, weil sie unsere Leute töten. Jeder von den russischen Scharfschützen, egal ob Mann oder Frau, würde zig unserer Männer erschießen, wenn ich ihn nicht erledige.“

„Genau das musst du ihnen sagen, solltest du Abneigung spüren.“

Ich kam ins Grübeln.

„Hör auf darüber nachzudenken, Alfred. Es nutzt nichts. Der Krieg ist nicht heroisch. Er ist dreckig, kalt und gemein. Nur wer schneller ist, wer schmutziger denkt und wer kälter als der Feind ist, wird nach Hause zurückkehren.“

Die Worte des Waffenmeisters hallten immer wieder durch meinen Kopf, fraßen sich wie ein Geschwür in mein Gehirn und setzten sich dort fest. Ich hatte nicht nur den ersten, sondern bereits den zweiten und dritten Schritt getan, um Scharfschütze zu werden. Ich würde es durchziehen. Ich wollte mein eigener Herr sein. Ich wollte nicht mehr in Deckung liegen und auf Befehl aufspringen müssen, um nach vorne zu laufen, inmitten von russischen Granaten und Maschinengewehrsalven. Ich wollte der stille Jäger werden. Wollte mich anpirschen und die Russen eliminieren, die das gleiche mit unseren Leuten vorhatten.

Ich lernte in den nächsten Tagen meine Schusswaffen bestens kennen. Wie bereits in der Ausbildung am K 98, konnte ich das Scharfschützengewehr und die 08 blind zerlegen und wieder zusammensetzen.

Alfred brachte mir eine Petroleumlampe in meine Kammer. „Damit du beim Putzen der Waffen besser siehst", hatte er gesagt.

Am fünften Tag meiner kleinen Ausbildung kam ein Kübelwagen angefahren. Ich war gerade dabei mir aus einem Bettlaken ein paar Stücke heraus zu schneiden, um sie für Tarnzwecke um die Waffe zu wickeln. Der Fahrer hielt an. Ein Offizier stieg aus, krempelte den Mantelkragen hoch, schlug die Wagentür zu und ging in die Schmiede. Jetzt stieg auch der Fahrer aus, stellte sich neben den Kübelwagen und zündete sich eine Zigarette an. Es dauerte nicht lange, dann kamen der Offizier und Franz aus der Schmiede und gingen direkt auf mich zu. Ich erkannte Leutnant Hübner, stand auf und grüßte, als er vor mir stand.

„Müller, lassen Sie sich mal ansehen", sagte er und betrachtete meine Narbe.

„Seit gestern trage ich kein Pflaster mehr und morgen kommen die Fäden raus."

„Sieht wieder gut aus."

„Danke", erwiderte ich.

„Hauptmann Staller hat mir freie Hand gelassen. Ich freue mich, dass Sie sich dazu entschieden haben uns als Scharfschütze zur Verfügung zu stehen. Was denken Sie, wie lange werden Sie noch brauchen, bis Sie für Einsätze verwendbar sind?"

Franz drängte sich mit der Antwort vor. „Was die Schießfertigkeit angeht, ist der Junge sagenhaft. Aber mit der Tarnung und Taktik müsste ich ihn noch ein paar Tage beschulen."

Hübner überlegte kurz, betrachtete nochmal meine Wunde und sagte schließlich: „Wenn es gesundheitlich passt, erwarte ich Sie in genau einer Woche im Kompaniegefechtsstand."

Ich salutierte. „Zu Befehl, Herr Leutnant."

Hübner erwiderte den Gruß und drehte sich zum Gehen um.

„Darf ich eine Frage stellen?"

Er blieb stehen und wendete sich mir noch einmal zu. „Bitte."

„Wie geht es meinen Kameraden?"

„Die Gefechtsstärke der gesamten Kompanie ist auf 50 Mann gesunken. Bei den Kämpfen in der Fabrik habe ich die Hälfte meines Zuges verloren. Von Ihrer Gruppe sind noch Oberjäger Kremer, der unverwüstliche Obergefreite Zerberich und der junge Hofer einsatzfähig. Weinberger ist mit einem Wangendurchschuss ins Lazarett gekommen."

Die Hälfte des Zuges, schoss es durch meinen Kopf.

„Danke für die Auskunft."

Hübner nickte und ging zurück zum Kübelwagen.

Franz klopfte mir auf die Schulter. „Da haben wir noch ein paar Tage herausgeschlagen. Die wollen wir nutzen. Tarnung wird das nächste Thema sein."

Der Waffenmeister lehrte mich in der folgenden Woche mit meiner Umgebung zu verschmelzen. Ich stellte mir, mit seiner Hilfe, ein paar unverzichtbare Utensilien zusammen. Dazu zählten neben dem Schaffell auch ein Klappspaten, ein weißes Bettlaken, eine alte Decke, ein Netz, an dem man diverse Dinge befestigen konnte und zwei leere Konservendosen. Diese gab er mir am letzten Tag der Ausbildung.

„Was soll ich denn damit?", fragte ich verwundert, als er mir die Büchsen hinhielt.

„Du hast in den letzten Tagen gelernt, dich gut zu tarnen und zu verstecken. Du weißt, dass du mit deiner Umgebung verschmelzen musst."

„Ja … und? Was hat das mit den Büchsen zu tun?"

„Du wirst sowohl Jäger als auch Gejagter sein. Manchmal kann es Tage dauern, bis du zum Schuss kommst. Zumindest, wenn du ein bestimmtes Ziel verfolgst."

„Du hast mir gezeigt, dass ich mir mehrere Verstecke anlegen soll und jedes Versteck auch über einen vorher bestimmten Fluchtweg verlassen sollte. Du hast mir eingetrichtert, dass ich nur einen Schuss habe und dann das Versteck sofort verlassen muss oder mich still halten soll. Ein zweiter Schuss könnte mich verraten. Mit jeder Ausnahme riskiere ich mein Leben."

Franz nickte, aber er blieb ruhig, sagte nicht, wozu ich die leeren Konservendosen benötigte. Ich zermarterte meinen Kopf.

Was habe ich übersehen? Was hat er mir gezeigt?

Ich kam nicht darauf. Schließlich fragte ich direkt. „Sag es mir bitte!"

Der Waffenmeister schmunzelte. Seine Augen kullerten hinter der Nickelbrille eine kleine Runde, bevor ich die Fistelstimme des Feldwebels hörte. „Stell dir vor, du hast alles richtig gemacht. Du hast eine perfekte Stellung. Du weißt genau, dass der russische Scharfschütze, der schon zig unserer Kameraden abgeknallt hat, in den nächsten Stunden sein Versteck aufsuchen wird. Du liegst genau gegenüber und wartest auf ihn. Aber dann, während ihr euch gegenseitig belauert, zwickt dein Hintern oder drückt deine Blase. Du kannst dann entweder in die Hose machen und das wird gerade jetzt, bei einbrechendem Winter sehr schnell unangenehm, oder verwendest für das nötige Geschäft die Büchsen. Aufpassen musst du dennoch. Deine frischen Ausscheidungen dampfen, wenn es kalt ist. Also leg sofort Schnee drüber oder sorge anderweitig dafür, dass keine Dampfwölkchen zu sehen sind."

Ich war verblüfft. An alles war gedacht, aber nicht an die Notdurft. „Franz, du bist ein wahrer Scharfschützen-Ausbilder. Du denkst wirklich an alles."

„Ich versuche eben nur die Dinge auszuschließen, die als vermeidbare Fehler dein Leben beenden können."

Es war kalt geworden. Als Adolf Hitler im Münchner Löwenbräukeller seine Rede hielt, saßen Franz und ich außerhalb der Stadtgrenze von Stalingrad vor dem Radio und hörten gespannt zu. Wir tranken heißen Tee und Wodka. Franz hatte die Flasche *organisiert*, wie er es nannte.

Auszüge der Rede verleiteten erst den Waffenmeister, dann auch mich, immer wieder zu Kommentaren. Wir waren angetrunken und allein. Niemand konnte uns aufgrund frecher oder kritischer Sprüche belangen und aufgrund unserer Äußerungen vor ein Militärgericht zerren. Schleichend steigerten wir uns in die Sache hinein.

Die markante Stimme des Führers fesselte, die Aussagen machten wütend. Trotz eines ständigen, knisternden Rauschens im Radio, war alles klar und deutlich zu verstehen.

„Wenn also Herr Stalin erwartet hat, dass wir in der Mitte angreifen …"

„Wir, wenn ich das schon höre", schimpfte Franz. „Ich habe unseren Führer nicht neben mir kämpfen sehen, du etwa?

79

Ich schüttelte den Kopf.

„… ich wollte zur Wolga kommen, an einer bestimmten Stelle, an einer bestimmten Stadt. Zufälligerweise trägt sie den Namen von Stalin selber …"

„Warum kommst du dann nicht her?"

„Franz, nicht so laut. Wenn uns jemand hört, wirst du wegen Wehrkraftzersetzung eingesperrt!", mahnte ich.

Der Waffenmeister machte lediglich eine abfällige Handbewegung. Ich lachte.

„Es sind nur noch ein paar ganz kleine Plätzchen da. Nun sagen die anderen: „Warum kämpfen sie dann nicht?" Weil ich kein zweites Verdun haben will, sondern weil ich es lieber mit ganz kleinen Stoßtrupps mache. Die Zeit spielt dabei gar keine Rolle. Es kommt kein Schiff mehr die Wolga hoch, das ist das Entscheidende!"

Mir fielen die Kämpfe im Arbeiterviertel ein. Mir kamen die Artillerieangriffe der Russen in den Sinn. Ich dachte an meine gefallenen Kameraden und ich ballte die Fäuste. „Ein paar kleine Plätzchen. Wir sollen uns hier einbunkern und zu Hause sitzen sie im Wirtshaus, trinken Bier und bestellen Schweinebraten!"

Während starker Beifall zu hören war, schenkte Franz nach. Dann schaltete er das Radio ab. „Prost mein Freund. Morgen wirst du dich bei der Kompanie melden. Ich hoffe, du hast genug gelernt, um zu überleben."

Ich hob meine Tasse. „Auf dich, Franz. Ich danke dir für alles, was du mir beigebracht hast."

Eisiger Wind hatte in dieser Nacht klirrenden, tödlichen Frost in die sterbende Stadt getragen. Das Thermometer sank auf minus 18 Grad. Der Winter hatte seine kalte Faust nach uns ausgestreckt. Selbst die breite Wolga begann zuzufrieren. Eisschollen machten den für die Sowjets so wichtigen Schiffsverkehr so gut wie unmöglich. Deutsche Artillerie konzentrierte sich weitgehend auf die noch schiffbaren Passagen des Flusses. Jedes Überqueren der Wolga glich einem Himmelfahrtskommando.

Um den Feind permanent unter Druck zu halten, griffen die deutschen Truppen die russischen Verteidiger täglich an. Die Sowjets sollten mit dieser Taktik nie zur Ruhe kommen.

Der nächste deutsche Großangriff war für den 11. November 1942 geplant. Die personell stark dezimierten Divisionen bildeten Kampfgruppen. Ziel war es, die letzten sowjetischen Widerstandsnester einzunehmen und die Rote Armee endgültig über die Wolga zu drängen.

Auch die 100. Jäger-Division war für diesen Angriff vorgesehen.

Trotz der guten Winterkleidung, kroch die Kälte unter meine Uniform. Ich war froh, als ich am 9. November 1942 endlich den Kompaniegefechtsstand erreichte. Er befand sich in einer Ruine. Pioniere hatten eine von Granaten durchlöcherte Hauswand mit Holz verschalt und ein paar Stützbalken zur Sicherung der Decke eingezogen. Ich klopfte, wartete aber nicht auf eine Antwort und betrat die Stube. Von einem im Kanonenofen prasselnden Feuer ging angenehme Wärme aus.

Oberjäger Maracek und unser Spieß, Oberfeldwebel Wohlleben, waren mit Schreibarbeiten beschäftigt. Das Klacken der Schreibmaschinentasten verstummte, als ich in der Tür stand.

„Müller! Komm rein", sagte der Spieß und stand auf. „Mach die Tür zu. Es geht saukalt rein. Ist ohnehin schon ganz zugig, unsere Bude hier."

Maracek kratzte sich am Rücken. „Diese verdammten Läuse. Gestern habe ich vorm Einschlafen zwanzig Stück erwischt! Ich muss unbedingt wieder zum Arzt und mich entlausen lassen."

„Das nutzt nichts. Diese Biester sind überall", kommentierte Wohlleben. „Müller, der Alte wartet schon auf dich. Kannst gleich rein zu ihm."

„Gebt ihm doch erst mal `nen heißen Kaffee", fuhr Maracek dazwischen. „Der Bursche ist ja ganz durchfroren."

„Danke, das wäre wirklich gut."

„Deine Sachen kannst du hier abstellen", meinte Wohlleben und deutete auf mein Gewehr und den Rucksack, in dem ich meine ganzen Utensilien verstaut hatte.

„Ist schon gut. Ich habe gelernt, dass ich meine Ausrüstung immer bei mir habe soll. Daran halte ich mich."

Beide lachten.

„Komm her, hier ist der Kaffee. Ist aber Muckefuck. Echter Kaffee wird wohl erst wieder zu Weihnachten ausgegeben."

„Hauptsache heiß."

Ich nahm die Tasse und spürte mit dem ersten Schluck die Wärme in meinen Körper zurückkehren. „Ah … herrlich!"

Zehn Minuten später befand ich mich bei Leutnant Hübner. Er bot mir einen Stuhl an und musterte mich. Am liebsten hätte ich ihn gefragt, was er in diesem Augenblick dachte, doch ich traute mich nicht.

„Scharfschützen arbeiten in der Regel mit einem Beobachter zusammen."

„Ich habe bei dem Waffenmeister sowohl mit als auch ohne Beobachter Übungen geschossen."

„Das ist gut so, denn in Anbetracht der engen Personalsituation kann ich Ihnen keinen Mann zur Seite stellen."

Ich war eigentlich ganz froh über diese Aussage. Ich wollte mich allein durch die Trümmer der Stadt bewegen. Wollte auf niemand Rücksicht nehmen müssen und wenn, dann würde ich nur mich selbst in Gefahr bringen.

Es folgten Fragen über die kurze Ausbildung, und ob ich mir der Aufgabe bewusst wäre, die auf mich zukam. Als ich alles wohl im Sinn des Offiziers beantwortet hatte, stand er auf.

„Kommen Sie mal her", sagte Hübner.

An der Wand hing eine Karte von Stalingrad. Mit Bleistift, roter und blauer Farbe waren diverse Zeichen eingetragen.

„Wir befinden uns hier. Unsere Aufgabe ist es, dem Feind durch mehrere gezielte Stoßtruppunternehmen über Umfang und Ziel der Offensive zu täuschen. Die nördlich von uns eingesetzten Kampfgruppen der fusionierten 305. und 389. Infanterie-Division und der 79. Infanterie-Division werden die Widerstandsnester, vorwiegend auch im Werk *Roter Oktober,* säubern. Die südlichen Kräfte der 295. und 71. Infanterie-Divisionen haben ebenfalls die Aufgabe, die Sowjets aus ihren Stellungen zu zwingen und über die Wolga zu treiben. Der zufrierende Strom wird dann vorerst die neue HKL bilden. Unsere Stoßtrupps werden hier …", er zeigte mit dem Zeigefinger auf ein paar Punkte der Karte, „… hier und hier angreifen. Ich möchte, dass Sie sich heute schon zur HKL begeben und beobachten. Vielleicht können Sie etwas feststellen. Zum Beispiel ob und wo sich russische Scharfschützen eingenistet haben. Sie melden sich am 11. November zur Mittagszeit wieder hier. Wenn wir in den Kampf ziehen, werden Sie die Truppe schließlich begleiten und Flankendeckung geben. Machen Sie es einfach so wie beim letzten Mal. Und jetzt gehen Sie zur Feldküche. Ich habe beim Kompaniefeldwebel eine schriftliche Anweisung hinterlegt. Sie bekommen für zwei Tage Kaltverpflegung ausgehändigt."

Ich nickte wortlos. Das war mein erster offizieller Auftrag als Scharfschütze der Kompanie. Ich war ziemlich aufgeregt, wollte das aber nicht zeigen.

„Haben Sie noch Fragen?"

„Soll ich auch Abschüsse …", ich suchte nach dem passenden Wort, „… tätigen?", schob ich nach.

„Jeder tote russische Scharfschütze wird keinen unserer Kameraden mehr erschießen können. Jeder tote russische Offizier wird keine Befehle mehr erteilen, und jeder tote Rotarmist wird keine Befehle mehr ausführen, Müller. Haben Sie noch weitere Fragen?"

Ich schüttelte den Kopf. „Nein."

„Wegtreten!"

Ich verließ die Stube und meldete mich wieder bei Wohlleben und Maracek. Dieser hielt bereits das Schreiben von Leutnant Hübner hoch. „Hier, Alfred. Damit bekommst du dein Fresspaket."

„Kaltverpflegung bei Minusgraden. Das hört sich nicht gerade gemütlich an", knurrte der Spieß und kramte in seiner Schublade herum. „Da ist sie ja", sagte er schließlich und holte eine Flasche Wacholderschnaps hervor. „Öffne mal deine Feldflasche. Wir schenken dir den noch warmen Kaffee und etwas hiervon ein. Wirst es sicher brauchen können."

Ich schmunzelte, dachte an Gustl und dessen Cognac und fragte mich, ob alle Schreibbüro-Soldaten eine Schnapsflasche in ihren Schubladen bunkerten.

„Danke. Sagt mal, wo sind denn Zerbi und die anderen untergebracht? Meint ihr, ich könnte dort noch auf `n Sprung vorbei schauen?"

Maracek grinste. „Liegt auf`m Weg zur Feldküche. Gegen einen kurzen Besuch ist nichts einzuwenden. Sie werden sich sicher freuen. Morgen müssen sie wieder raus und vor in die erste Linie. Die Ruhephase für unseren Haufen ist dann vorbei."

„Hab es gerade vom Chef gehört. Wir greifen wieder an."

Ich nahm das Schreiben für den Küchenbullen und steckte es ein. Wohlleben füllte währenddessen meine Feldflasche. „Ich gebe aber nicht zu viel von dem Zeug rein, du sollst ja schließlich noch zielen und treffen", lachte er.

Maracek sah, wie wenig Wacholderschnaps der Spieß in die Feldflasche goss. „Sag mal, die Buddel ist doch eh schon halbleer. Gib sie dem Jungen mit. Wer weiß …",

„Schon gut", winkte Wohlleben ab und stellte die Schnapsflasche neben meine Feldflasche. „Nimm das Ding mit."

Nachdem mir der Weg erklärt worden war, verabschiedete ich mich.

„Bei der Feldküche treffen sich auch die Essensträger. Mit denen gehst du vor zum Fabrikgelände. Ein Stück weit kannst du dann fahren. Nur den Rest müsst ihr zu Fuß gehen", gab mir Maracek als Hinweis mit.

Vor der Tür schlug mir wieder die Kälte ins Gesicht. Ich schulterte mein Gewehr und ging los. Trostlose Straßen. Trümmer. Nur wenig Menschen waren zu sehen. Meistens Soldaten. Hier und da vermummte Kinder, die nach Nahrung bettelten. Ich sah aber auch Frauen jeden Alters, die versucht haben, sich einigermaßen hübsch herzurichten, um sich gegen Lebensmittel an deutsche Soldaten zu prostituieren. Kleine Zeichen, ein Winken, ein kurzes Lächeln, wurden zur Anbahnung benutzt.

Im Hintergrund hörte das Donnern der Artillerie beider Seiten nie auf. Das Grollen der Geschütze gehörte genauso zu Stalingrad, wie der wohl nie endende schwarze Rauch oder die Rotten der Flugzeuge beider Seiten, die abwechselnd ihre Angriffe flogen. Ich war froh, dass die Einschläge fern ab von hier waren und begann den Krieg immer mehr zu hassen.

Was ist das für eine menschenfeindliche Welt?

Eine Gruppe Landser marschierte an mir vorbei. Die unrasierten Gesichter wirkten müde und abgekämpft. Wer einen Schal besaß, hatte diesen bis zur Nase hochgezogen. Alle Mantelkrägen waren hochgeschlagen.

Sommeruniform, fiel mir sofort auf.

Sie musterten mich im Vorbeigehen. Ihre Blicke blieben immer wieder an meinem Mosin Nagant hängen und löste Getuschel aus. Zudem starrten sie neidisch auf meine Filzstiefel und die warme, wattegefütterte Winterjacke. Erst nickte ich ihnen grüßend zu, als keine Reaktion erfolgte, wendete ich meinen Blick ab und ging stumm weiter.

Ich erkannte Zerbi schon von weitem. Die Gangart des Obergefreiten war unnachahmlich. Er trug ein Bündel auf dem Rücken. Ich beschleunigte und holte schnell auf. Er bog ab, stieg über einen Trümmerhaufen und fluchte, als er über eine aus einem Betonblock herausragende Eisenstange stolperte und beinahe auf der anderen Seite des Trümmerhaufens hinunterfiel. „Kruzifixhimmelherrgott ...verflucht ... nochmal!"

Damit er jedoch das Gleichgewicht nicht verlor, ließ er das Bündel los. Holz kullerte über die Trümmer.

„Pass auf, wo du hintrittst. Da sind manche schon im Lazarett gelandet und behalten lebenslang ´ne hübsche Narbe im Gesicht", rief ich ihm zu, erreichte den kleinen Schutthügel, stieg hoch und zeigte auf meine immer noch rot schimmernde Narbe.

Zerbi begann sofort loszulachen. „Ha … ha … Alfred, du junger steirischer Stier. Schön, dich wiederzusehen. Komm, hilf mir mal das Holz einzusammeln. Das wird langsam Mangelware in Stalingrad."

Ein paar Minuten später standen wir im Bunker der Gruppe von Oberjäger Kremer. Bunker war wohl eine etwas übertriebene Bezeichnung. Das Haus, in dessen Keller die Männer hausten, war natürlich eine Ruine. Ein paar Hindenburglichter und eine große Kerze sorgten für Licht. Ein kleiner Werkstattofen verbreitete angenehme Wärme. Aus dem Ofenrohr quoll immer wieder etwas Rauch.

Sie haben es nicht ganz dicht bekommen.

Entsprechend roch es etwas verraucht. Aber es war warm.

Die Begrüßung viel herzlich aus. Außer Hofer, Kremer und Zerberich kannte ich jedoch keinen der Männer. Schnell wurde ich vorgestellt.

„Servus."

„Hallo."

„Griaß di", war alles was ich hörte. Keiner bemühte sich aufzustehen. Ich schnallte den Rucksack ab und stellte das Gewehr neben mich hin. Dann setzte ich mich und stellte die Flasche Schnaps auf den klobigen Tisch.

„Was hast du denn da Feines?"

Ruckzuck kam Leben in die Bude. Selbst die zuerst lethargisch wirkenden neuen Kameraden setzten sich auf oder kamen gleich zum Tisch.

„Wachholderschnaps!"

„Menschenskind, Müller. Das ist ja wie das vorgezogene Weihnachtsfest."

„Her mit euren Bechern. Wir teilen."

Binnen weniger als einer Minute standen acht Becher auf dem Tisch.

„Das passt wie die Faust aufs Auge. Nach der nächsten Offensive gehe ich auf Heimaturlaub", grinste Kremer. „Dann wird Zerbi ´ne Zeitlang euer Gruppenführer."

„Seit wann weißt du das?", fragte der alte Obergefreite, griff nach der Flasche, nickte mir zu und schenkte in jeden Becher etwa gleichviel Schnaps ein.

„Seit gestern, als ich die Feldpost abholte. Der Spieß hat es mir verraten. Und er hat mir noch etwas zugesteckt."

„Was denn?"

„Wenn ich zurückkomme, wirst du gehen."

Zerberich hob den Becher, trank ihn in einem Zug aus, knallte ihn auf den Tisch und schenkte noch einmal nach. „Ich?", fragte er mit beinah zittriger Stimme.

„Ich kenne sonst keinen anderen Obergefreiten Zerberich."

„Weihnachten zu Hause. Das hätte ich niemals gedacht."

„Nachdem es Kohler von der anderen Gruppe erwischt hat, bist du derjenige, der am längsten von allen nicht mehr zu Hause war. Das jedenfalls hat der Spieß gesagt."

„Hoch die Becher, Kameraden. Wir haben einen Grund zu feiern!" Wir stießen an.

„Als erstes werde ich mich richtig entlausen lassen. Diese Biester rauben mir fast den Verstand", wechselte Kremer das Thema und jeder der Männer hatte eine Läusegeschichte parat.

Es ging darum, wer täglich die meisten davon fing und zerknackte. Den Rekord hielt einer der Neuen. „Ich habe es gestern Abend auf 28 Viecher geschafft", grinste er. „Bleibst du bei uns im Bunker? Dann wird es eng. Wir mussten schon ein paar Jungs abweisen. Die haben leider eine nicht so komfortable Unterkunft wie wir."

„Geht nicht. Ich muss weiter, habe nur kurz vorbeigeschaut, um Servus zu sagen und ein paar alte Gesichter wieder zu sehen."

Kremer wurde still. Der Oberjäger betrachtete mein Gewehr. „Wo musst du hin?"

„Vor zum Fabrikgelände. Ich muss jetzt noch zur Feldküche. Dort bekomme ich Verpflegung und gehe mit den Essensträgern vor."

„Was machst du dort?"

„Der Alte hat mir gesagt, dass wir wieder angreifen. Ich soll mich umsehen."

Der Läuse-Rekord-Halter meinte daraufhin: „So ein Quatsch. Was nützt ein einzelner Scharfschütze? Wenn wir wieder gegen den Russen stürmen, werden die Stukas diese Kommunisten schon weichbomben. Dann …"

Kremer fuhr ihm ins Wort: „Weichbomben? So wie letztes Mal? Weißt du, wieviel Männer wir verloren haben? Warst du mit dabei?"

Stille.

„Ich … äh … nein."

„Sepp, du solltest ruhig sein. Du weißt nicht, was auf dich zukommt", beruhigte ein anderer der neuen Kameraden. „Wisst ihr, Sepp war zu Hause. Hatte nach seiner Genesung nochmal fünf Tage Sonderurlaub bekommen, weil seine Frau Drillinge bekommen hat."

„Gratuliere", sagte Zerbi und lockerte damit die leicht aggressiv gewordene Stimmung erheblich auf.

„Genesung? Hatte es dich erwischt?", hakte Kremer nach.

„Ja, aber nicht der Russe, sondern ein Lastwagen. War ein Unfall. Mein Bein war gebrochen. Jetzt passt alles wieder."

„Dann warst du beim ersten Angriff nicht dabei?"

Kopfschütteln.

„Prost. Auf deine Drillinge. Was sind es?"

„Ein Junge und zwei Mädchen."

Während die Männer begannen, über ihre Kinder zu sprechen, stand ich auf und packte zusammen. „Ich muss weiter. Möchte die Essensträger nicht verpassen."

Händeschütteln.

„Wir sehen uns in der Hölle wieder", stieß Zerbi aus und hob seinen Becher.

Wir hockten auf der Ladefläche eines Opel Blitz. Die Kälte war schneidend. Der eisige Wind trug auch einzelne Schneeflocken vor sich her. Ich wusste, dass der Winter mit voller Wucht zuschlagen würde.

Genau wie zu Hause in Österreich, wenn das Wetter sich dreht, dachte ich.

„Verfluchte Stadt", murrte ein älterer Oberjäger. Er hielt den großen Essensbehälter zwischen den Beinen und starrte mich ständig an.

„Stalingrad?", kaum ausgesprochen, schimpfte ich mich selbst für diese dumme Bemerkung. *Natürlich meinte er Stalingrad. Was denn sonst?*

„Richtig! Stalingrab sollte es heißen. Nur Trümmer, nur Tod! Weißt du, dass in vielen von diesen Ruinen Frauen und Kinder sitzen? Die armen Schweine haben nix zu fressen und verrecken genauso unter den Bomben und Granaten wie unsere Kameraden und die Rotarmisten!"

„Pass auf, was du sagst, Paul", mahnte sein Nebenmann.

„Warum? Was soll mir schon passieren? Als wir vor zwei Monaten hierher kamen, waren wir noch zehn Mann in unserer Gruppe. Ich bin der Letzte, der übrig geblieben ist. Alle tot oder im Lazarett!"

„Paul hat doch recht! Unser Friedhof wächst und wächst. Der Russe verfügt scheinbar über jede Menge Nachschub-Divisionen. Und wir? Wir bluten aus!"

„Die können sich nicht mehr lange halten. Ihr werdet schon sehen."

Ich beschloss, mich nicht in diese Diskussion einzumischen. Dachte mir aber, dass es überall das Gleiche war. Alle schimpften und waren unzufrieden. Plötzlich ruckelte der Lkw. Instinktiv hielt ich mein Gewehr fest, damit die Optik nicht beschädigt wird. Der Fahrer bremste abrupt bist zum Stillstand, dann flog die Fahrertür auf. „Raus! Alle raus!", plärrte der Fahrer und sprang heraus. „Eine Nähmaschine steuert auf uns zu!"

Sofort kam Bewegung auf. Alle sprangen von der Ladefläche.

Die Russen setzten mit Einbruch der Dunkelheit ihre langsamen Doppeldecker, *Polikarpow Po-2*, eigentliche Bezeichnung U-2, ein. Sie dienten als Aufklärer und zum Erdkampf. Die Piloten warfen gerne auf lohnende Ziele Bomben ab. Wir bezeichneten die oft sehr spät zu sehenden Flugzeuge aufgrund ihres summenden Motors als *Nähmaschine*, oder wegen der permanenten Frontkontrolle auch als *Rollbahn-UvD*.

„Viel zu früh. Die kommen doch sonst erst immer mit der Dunkelheit. Wie kann dieses langsame Ding nur unbeschadet über uns hinwegrauschen?", fluchte der Oberjäger und duckte sich neben mir hinter einem Schutthaufen ab. Der Pilot drehte und schien zu uns zurück fliegen zu wollen, als von irgendwo ein Maschinengewehr zu rattern begann. Die Leuchtspur zog sich in den Himmel. Das Motorengeräusch wurde leiser.

Aufatmen.

Wir warteten noch ungefähr zwei, drei Minuten, dann hörten wir wieder die Stimme des Fahrers. „Der Iwan hat sich verdrückt. Aufsteigen. Wir fahren weiter!"

Ungefähr zwanzig Minuten später mussten wir endgültig absitzen. „Von hier aus geht's zu Fuß weiter."

Entgegen meiner ersten Befürchtungen hatten sich die Schneewolken verzogen.

Vermutlich schneit es draußen in der Steppe.

Trotz der warmen Winterkleidung fröstelte es mich leicht und ich schlug den Schal so um den Hals, dass nur noch meine Augen herausschauten. Es hallten immer noch die Worte durch den Kopf, die ich auf der Fahrt aufgeschnappt hatte. Der Oberjäger hatte es erzählt. Die Russen hatten damit begonnen, nachts mit einer besonderen Taktik vorzugehen. In Trupps von bis zu zehn Mann, bewaffnet mit Messern, Spaten, ihren, in der Kälte zuverlässigen, PPSch Maschinenpistolen und Flammenwerfern, drangen sie in Häuser ein, die von deutschen Soldaten besetzt waren. Immer wieder hörte man Schreie, dann Schüsse und oftmals loderten Flammen aus den Ruinen.

„Eine von den Werkshallen", so erzählte er, „hat vier Stockwerke. Im Erdgeschoss sitzen wir, darüber die Russen, dann wieder wir und ganz oben wieder der Iwan. Dieses *Stalin-Grab* ist verrückt. Die Männer haben nicht nur der Stadt einen neuen Namen gegeben, sondern auch dem Kampf. Das ist nicht mehr ein Krieg, schon gar kein Blitz-Krieg mehr, sondern er heißt jetzt *Rattenkrieg*! In Stalingrad kämpfen wir wie die Ratten gegeneinander."

Der vorderste Mann verhielt sich vorsichtig. Er orientierte sich an einer Straße, fragte eine dort positionierte Pak-Besatzung nach dem Weg und winkte uns schließlich zu sich her.

„Unser Haufen liegt noch genau wie gestern in der nächsten Straße. Aber die Kameraden hier meinen, dass wir aufpassen sollen. Der Iwan ist nachtaktiv und greift immer wieder mit kleinen Stoßtrupps an."

Der Oberjäger pulverte sofort entgegen. „Seht ihr, genau, wie ich es gesagt habe. Rattenkrieg, verfluchter. Sie kommen und wollen uns lautlos töten." Er wendete sich mir zu. „Kamerad, ich hoffe, du kannst mit deiner Büchse gut umgehen. Eigentlich halte ich nicht viel von euch Heckenschützen, aber ehrlicherweise muss ich zugeben, ich bin froh, dass du uns begleitest."

Erst wollte ich entgegnen, dass dies mein erster Scharfschützeneinsatz ist und ich lediglich aufklären sollte, dann gefiel mir aber dieser Nimbus, den mir der Oberjäger auferlegt hatte und ich nickte wortlos.

Ruhig war es in Stalingrad nie. Auch jetzt hörten wir das Rattern von Maschinengewehrsalven. In weiter Ferne grummelte die Artillerie und der Geruch von Pulver und Verbranntem lag permanent schwelend in der Luft.

Pioniere hatten Warnschilder angebracht. *Vorsicht Scharfschützen!* und *Vorsicht Minen!* war zu lesen.

„Toll! Diese schwarzen Pioniere sind lustig. Pflanzen ihre Stockminen in die Ruinen und wir sollen wissen, wo das Zeug liegt", flüsterte der erste Mann nach hinten.

„Achte nur auf die Warnhinweise. So stümperhaft gehen die Kameraden auch nicht vor. Sie würden nicht dummerweise unsere Rückzugsgebiete verminen", beruhigte der Oberjäger. Scheinbar kehrte er gedanklich immer enger an sein soldatisches Können und Wissen zurück, je näher wir der HKL kamen.

Wir erreichten unser Ziel ohne Zwischenfälle. Ein Feldwebel nahm uns in Empfang. „Du bist der Scharfschütze", begrüßte er mich.

Verwundert, woher er das wusste, nickte ich. „Jäger Alfred Müller."

Er winkte ab. „Nicht so förmlich, Kamerad. Unser Nachrichtenmann hat dein Kommen angekündigt. Wir sollen dich kurz in die Lage einweisen. Allerdings muss ich dich enttäuschen. Viel Einweisung wirst du nicht bekommen. Die Sachlage verhält sich sehr einfach. Hier sitzen wir, dort drüben der Russe. Das Gelände ist nichts weiter als ein einziger Schutthaufen. Kein Haus ist unversehrt. Ich hoffe, dass unser letzter Tag hier vorn auch noch ruhig verläuft. Übermorgen ziehen wir ab und kommen zur Erholung in die Etappe."

„Wo liegen denn die russischen Scharfschützen in Stellung?", fragte ich und heimste mir einen schrägen Blick ein.

„Wenn wir das wüssten, hätten wir sie längst ausgeräuchert."

„Ich meinte eigentlich …", versuchte ich meine dumme Frage zu verbessern, „… ob ihr hier Ausfälle aufgrund russischer Scharfschützen zu verzeichnen habt?"

Der Feldwebel grübelte kurz. In meinem Zug nicht, aber zwei Häuserblocks weiter, dort hatten sie zwei Tote zu beklagen. Das war heute Morgen."

Ich nahm das zur Kenntnis.

Ein entfernter Knall war leise zu hören. Ein MG ratterte unweit von uns los und eine Leuchtkugel zischte nach oben.

„Sie sind wieder einmal unterwegs", murrte der Oberjäger. „Wohin mit eurem Essen? Wir müssen wieder zurück."

„Kommt mit."

In der Ruine, in der sich der Feldwebel eingerichtet hatte, brannte eine Lampe. Ein paar Männer saßen herum. Sie waren in Decken gehüllt. Bärtige, ausdruckslose Gesichter stierten uns an. Erst als sie die Essensbehälter sahen, huschte so etwas ähnliches wie ein Lächeln über ihre Gesichter.

Der Feldwebel setzte sich auf eine leere Munitionskiste, holte Bleistift und Notizblock heraus und zeichnete sowohl unsere als auch die aktuelle Lage der Russen auf. Noch während er Erklärungen dazu abgab, riss er den Zettel aus dem Block und reichte ihn mir. „… und wenn du dich zurückziehen musst, pass auf. Die Pioniere haben ein paar von den Häusern vermint. Damit überraschen wir den Iwan, wenn er mit seinen Stoßtrupps eindringen will."

„Wie erkenne ich diese Häuser?"

„Gar nicht. Aber die Pioniere haben die Eingänge und Fenster immer an den zu den Russen gelegenen Seiten vermint. Sie verwendeten ausschließlich Stockminen mit Drahtfallen. Die Rückseiten der Häuser sind frei. So könnten wir im Bedarfsfall gefahrlos rein. Es sind hier bei uns genau zwei Stück. Wir haben sie aber nicht besetzt. Das eine ist das Gebäude gleich nebenan, das andere weiter hinten … ach ja. Neben einem der Häuser befindet sich ein riesiger Schuttberg, an dem eine Straßenlaterne herausragt. Daran kannst du dich orientieren."

„Das haben wir gesehen. Dort wurde am Haus aber eine Warntafel angebracht."

„Haben sie es also doch noch gekennzeichnet", grübelte der Feldwebel, um gleich nachzuschieben: „Aber hoffentlich nicht in kyrillisch." Lachend steckte er Bleistift und Block wieder ein. „Das war es, Kamerad. Viel Erfolg."

Der Oberjäger sah mich an. „Morgen um die gleiche Zeit?"

Ich verstand erst nicht was der Essensträger damit sagen wollte und zuckte mit den Achseln.

„Willst du morgen wieder mit uns zurückgehen?"

„Ja, natürlich. Allein würde ich mich verlaufen."

„Also, die gleiche Zeit. Wir warten nicht länger als eine Viertelstunde."

„Danke. Dann bis morgen", antwortete ich und sah auf die Armbanduhr, um mir die Zeit einzuprägen.

Die Essensträger verließen die Ruine. Diese füllte sich zusehends mit Landsern, die aus ihren Stellungen krochen. Es sprach sich schnell herum, dass es etwas zu essen gab. Einer der ersten hatte sich seine Portion geschnappt, zog sich in eine Ecke zurück und zündete seinen Esbit-Kocher an. „Endlich etwas Warmes."

Ich bedankte mich bei dem Feldwebel für die Auskunft und verließ ebenfalls die Ruine.

Draußen orientierte ich mich kurz, sah noch einmal auf den Zettel und ging schließlich geduckt hinter ein paar Schutthalden entlang. Es wehte immer noch ein eisiger Wind, doch vor Aufregung spürte ich ihn kaum.

Ich hatte von Beginn an eine Idee, die sich schnell zu einem Plan formierte. Ich wollte zu der benachbarten, verminten Ruine und mich dort einnisten. Ich würde mich dort einigermaßen sicher fühlen und hoffte, dass die Ruine nicht zu arg zerfallen sei.

Ich muss auf jeden Fall in die oberen Stockwerke, um eine gute Übersicht zu haben. Dann brauche ich in dieser Ruine mindestens zwei Stellungen.

Ich erreichte das Gebäude. Von außen schien es meinen Anforderungen zu genügen. Beinahe hätte ich den Fehler begangen und wäre seitlich über einen Trümmerhaufen vor einem Fenster in die Ruine eingedrungen.

Minengefahr, hämmerte es in meinem Kopf und ich ging um das Gebäude herum. An der Rückseite befand sich eine offen stehende Tür. Ich zückte meine Taschenlampe, überlegte, ob ich sie gefahrlos anschalten konnte und blickte mich noch einmal um. Mich absolut sicher fühlend, schaltete ich die Lampe an und leuchtete den Türrahmen ab.

Kein Draht, keine Sprengfallen, stellte ich fest und betrat das Haus.

Licht aus! Pistole in die Hand.

Die 08 in der Faust, hielt ich mich an der vom Fenster abgewandten Seite und ging langsam an der Wand entlang. Bei der Treppe schaltete ich die Lampe noch einmal kurz an. An der fünften Stufe entdeckte ich einen Draht. Vorsichtig stieg ich darüber hinweg und schaltete die Lampe wieder aus.

Ich werde mich heute nur in diesem Stockwerk aufhalten und morgen, bei Tageslicht die Ruine inspizieren, beschloss ich und suchte mir einen guten Platz.

Die Temperatur bewegte sich irgendwo zwischen minus zwölf und minus zwanzig Grad. Durch die zerschossenen Fenster pfiff eisigkalter Wind ins Haus. An der Frontseite war ein Stück Mauerwerk weggesprengt worden. Ich kroch dorthin und lugte vorsichtig hinaus. Zufrieden begann ich damit meine Stellung zu bauen. Aus ein paar Steinen war schnell eine kleine Mauer geschlichtet. Diese sollte den Wind etwas abhalten. Ich legte das Schaffell aus, schleppte eine Tür zu der von mir errichteten Mauer und legte diese so darüber, dass es für einen Beobachter so aussehen müsste, als läge sie nur zufällig dort. Zufrieden mit meiner Arbeit, kroch ich in das Versteck. Nachdem ich bequem lag, nahm ich das Gewehr, legte an und betrachtete durch die Optik die Straßen und Ruinen der Stadt. Ich hatte relativ freie Sicht. An das Grummeln der Artillerie hatte ich mich längst gewohnt. Dieses Geräusch gehörte zur ständigen Gehörkulisse Stalingrads. In dieser Lautstärke war es für mich aber erträglich und in Ordnung. Die Granaten schlugen weit weg ein. Sowohl das zittrige Licht der Abschussblitze als auch das orange-rot leuchtende Szenario im Einschlagsbereich malten ein schauriges Bild in den Nachthimmel.

Es waren oft nur wenige Schritte zwischen tödlicher Eiseskälte und flammender Höllenhitze. Doch hier herrschte Ruhe.

Ob das die berüchtigte Ruhe vor dem Sturm war?

Ich verdrängte die Gedanken und ließ meinen Blick noch einmal über die Ruinenwelt streifen.

Sehr gut, dachte ich, legte das Gewehr zur Seite, schob noch zwei vor mir liegende Ziegelsteine in eine andere Position und beendete damit die Arbeiten an meiner ersten Stellung.

Mein größtes Problem wird die Kälte sein, stellte ich fest, holte die Wolldecke aus dem Rucksack und wickelte mich damit ein. Ein Gefühl von Freiheit umgab mich. Ich konnte es nicht näher einordnen, nicht definieren, aber ich war losgelöst von der üblichen Befehlskette. Ich war mein eigener Herr. Ich konnte mich hinlegen und schlafen, wann ich wollte. Ich hatte zwar einen Auftrag, stand aber nicht unter Aufsicht. Ich war ein Jäger, verglich mich mit den Freibeutern der Meere. Entern und plündern für die Krone. Aber auch vogelfrei. Würde ich in die Hände des Feindes fallen, gäbe es keine Gnade. Es war ein Spiel auf Leben und Tod. Hier ich, dort der Russe.

Eisiger Wind pfiff durch Ritzen, Spalten und klaffenden Mauerlöcher der Ruine. Mein kleiner Bau hielt einiges davon ab. So war es erträglich. Das Schaffell erwies sich, wie schon bei den Schießübungen, als äußerst nützlich. Es war komfortabel, praktisch und warm.

Die Gesichter meiner Eltern tauchten im Gedanken auf. Ich erinnerte mich daran, wie wir den Weihnachtsbaum schmückten und bekam den Geruch von Gänsebraten in die Nase.

Weihnachten daheim.

Mit diesem Bild vor Augen nickte ich ein.

Rrrrrt … rrrt

Wumm

Salven aus Maschinenpistolen und eine Explosion rissen mich aus dem Schlaf. Schreie hallten zwischen den Ruinenwänden wider und vermischten sich mit dem Knallen der Abschüsse. Sofort war ich hellwach. Wie elektrisiert zogen sich meine Muskeln zusammen. Gänsehaut breitete sich über meinem Körper aus.

Das ist Angst, Junge, war mir sofort klar.

Ich musste mir weder etwas vormachen noch etwas einreden. Ich spürte richtige Furcht. Ich schlotterte, versuchte mir einzureden, dass dies von der Kälte kam, doch ich wusste, dass hierfür das Adrenalin verantwortlich war, das vom Körper ausgestoßen wird, um ihn auf Kampf oder Flucht vorzubereiten.

Die Worte des Waffenmeisters kehrten zurück.

Dein Hypothalamus veranlasst bei Angst oder Stress den Adrenalinausstoß. Und solange es keine lähmende Angst wird, ist das gut so. So wirst du immer auf der Hut sein und instinktiv handeln. Weißt du, was sie mit Scharfschützen machen, die in ihre Hände fallen?

Die Antwort auf diese letzte Frage des Waffenmeisters war wohl verantwortlich dafür, dass ich beschlossen hatte, lieber zu sterben als in Gefangenschaft zu geraten.

Durchatmen!

Ich war allein. Mein Magen rebellierte für einen Moment, meine Knie zitterten immer noch.

Tief durchatmen. Ruhe bewahren. Du schaffst es! Du schaffst es, wiederholte ich im Stillen.

Das Zittern ließ nach. Ich griff nach dem Fernglas, doch ich benötigte es gar nicht, um zu erkennen was sich vor mir abspielte.

Wie ein Feuerball schossen Flammenzungen aus einem oberen Stockwerk des Gebäudes, das sich schräg gegenüber meiner Stellung befand. Nach den Angaben des Feldwebels hätte es an und für sich nicht von unseren Leuten besetzt sein sollen. Da beim Eindringen der Sowjets in die Ruine keine Detonationen ausgelöst wurden, schloss ich daraus, dass dieses Haus nicht vermint war.

Verdammt, wo befindet sich das andere verminte Haus?

Ich sah, wie abermals zwei Männer in das Haus huschten. Es handelte sich unverkennbar um Russen!

Ein langgezogener, gellender Schrei war zu hören. Dann sprang ein in Flammen stehender Mensch aus dem Fenster im ersten Stock. Er schlug hart auf, wälzte sich auf der Erde. Das kreischende Brüllen verstarb zu einem leisen, von mir nicht mehr wahrzunehmenden Wimmern. Mein Herz trommelte, mein Pulsschlag erhöhte sich. Ich wurde wütend und legte den Feldstecher zu Seite.

„Ihr Schweinehunde", hauchte ich aus, nahm das Gewehr und legte an.

Ich beobachtete Fenster und Eingangstür, erkannte jedoch kein Ziel.

Wumm

Die Explosion war dröhnend laut. Wieder waren Schreie zu hören, aber auch Wortfetzen in russischer Sprache. Ich schwenkte ein Haus weiter und erkannte durch die Optik, dass auch dort Rotarmisten eindringen wollten. Sie lösten dabei eine oder mehrere Sprengfallen der Pioniere aus.

Das habt ihr davon!

Zwei Russen zogen einen zappelnden Kameraden hinter sich her. Einer von ihnen humpelte.

Im Augenwinkel nahm ich eine Bewegung wahr. Ich schwenkte zurück zur ersten Ruine. An der Eingangstür rührte sich etwas. Ich blieb im Ziel. Mein Zeigefinger lag am Abzug und hatte bereits den Druckpunkt erreicht. Eine minimale Bewegung würde genügen, um den Schuss brechen zu lassen und das Projektil damit durch den Lauf zu jagen. Nur Millisekunden später würde es den Körper eines Rotarmisten durchbohren.

Menschen rannten heraus. Ich wollte gerade abdrücken, als ich erkannte, dass es sich um Zivilisten handelte. Zwei oder drei Frauen und vier oder fünf Kinder.

Verdammt!

Ich atmete immer noch flach, war immer noch bereit zum Schießen.

Eine Leuchtkugel zischte in den Nachthimmel, flackerte auf und erhellte mit dem künstlichen Magnesiumlicht die Szene. Der Mann, der brennend aus dem Fenster gesprungen war, lag still und bewegungslos zwischen den kalten Trümmern. Die Frauen und Kinder wurden in Richtung der russischen Stellungen geschickt. Einer der Rotarmisten trieb sie laut schreiend an. Zwei Kleinkinder begannen zu weinen.

„Dawei!", drang es bis zu mir hoch.

Erst nach und nach realisierte ich, dass noch mehr dieser kleinen Trupps unterwegs waren, durch die Trümmerlandschaft huschten und in die Ruinen eindrangen.

Rrrrt … rrrrt

Die Besatzung einer deutschen MG-Stellung nutzte das zuckende Magnesiumlicht aus und gab ein paar Salven auf die Rotarmisten ab. Diese warfen sich sofort in Deckung. Der Mann, der den Flammenwerfer trug, huschte zurück und verschwand im Eingangsbereich der Ruine. Wie gezogene Striche zeigte die Leuchtspurmunition die Flugbahn der Projektile an.

Nicht schlecht, guter Schütze, dachte ich mir, als ich sah, wie einer der Russen getroffen wurde.

Die Leuchtkugel war verglüht. Augenblicklich verließen zwei der russischen Trupps ihre Deckungen und stürmten los. Ihr Ziel war eindeutig. Es war das nächste Haus. Das MG schoss wieder. Zudem erkannte ich Mündungsblitze an den Fenstern des Gebäudes, auf das die Rotarmisten zuliefen.

Wumm

Die Angreifer hatten Handgranaten geworfen und erreicht, dass sich die Landser in der betreffenden Ruine kurzzeitig in Deckung gebracht hatten. Der Rotarmist mit dem Flammenwerfer arbeitete sich etwas abseits der anderen vor, während diese nun mit ihren Maschinenpistolen die Deutschen weiterhin in ihre Deckungen zwangen. Der zweite Trupp, den ich entdeckt hatte, machte das gleiche Spiel mit dem MG-Nest.

„Du wirst keinen meiner Kameraden mehr grillen", hauchte ich aus, entlud meine Waffe, um eine der Pr-Patronen zu laden und legte wieder an. Der Vorgang hatte nur wenige Sekunden gedauert. Ich war durch die vielen Übungen bestens mit der Waffe vertraut. Schnell fand ich wieder den Träger des Flammenwerfers. Er war schon ziemlich weit vorgerückt. Ich hatte ihn im Visier, zielte auf den Behälter mit dem Flammöl und drückte ab. Mein Phosphorgeschoss zeigte Wirkung. Explosionsartig stand der Rotarmist in Flammen. Ich führte sofort den Magazinstreifen wieder ein.

Fünf normale Patronen, sagte ich im Stillen zu mir selbst. *Stellungswechsel! Du musst jetzt weg!*

Ich erwischte mich dabei, dass ich überlegte, ob überhaupt jemand den Mündungsblitz gesehen hatte oder ob ich, entgegen dem was ich gelehrt bekam, noch einen zweiten Schuss abgeben konnte.

Idiot! Zusammenpacken und raus hier!

Ich kroch aus meinem Versteck.

Auf der Straße begann ein wildes Feuergefecht. Der brennende Rotarmist spendete auf makabre Weise Licht.

Rrrt …. Rrrt

Ich beeilte mich, rollte Decke und Fell zusammen, schnallte den Rucksack um und riskierte einen abschließenden Blick auf die Straße, als es plötzlich im Erdgeschoss laut rumste.

Wumm

Meine Ohren dröhnten. Schreie waren zu hören. Schmerzschreie!

„Ahhh … ahhhhh …"

Wumm

Eine zweite Detonation brachte Gewissheit. Ich realisierte es mit Entsetzen.

Sie sind da! Sie stürmen diese Ruine! Haben sie das Mündungsfeuer gesehen?
Fieberhaft überlegte ich, was ich tun sollte. Nervös fummelte ich am Holster meiner 08 herum, bekam es endlich auf und zog die Pistole heraus. Ich verhielt mich mucksmäuschenstill, wagte nicht einen einzigen Schritt zu machen, sondern verharrte genau an der Stelle, an der ich mich befand.

„Ahhh …"

Der Verwundete schrie und winselte heftig. Voller Angst wartete ich auf die Feuerzunge eines Flammenwerfers, doch nichts passeirte. Stattdessen war Stimmengewirr zu hören. Hektische Wortwechsel folgten. Das Jammern wurde immer lauter. Wieder Stimmen. Die Russen schienen zu beratschlagen, was sie tun sollten. Schweißperlen bildeten sich auf meiner Stirn. Ich machte mir nichts vor. Ich war alles andere ein eiskalter Einzelkämpfer. Ich war nicht der geborene Held, kein Siegfried aus der Nibelungensage, ich war ein junger Mensch, der pure Todesangst spürte.

Ich muss mitzählen, wenn ich schieße! Die letzte Patrone ist für mich selbst bestimmt! Verdammt!

War mir das Leben seit der Sache mit meiner verschmähten Liebe zwangsläufig egal geworden, so merkte ich in diesem Moment, dass ich es dennoch liebte und weiterleben wollte.

Ich will nicht sterben!

Die Stimmen wurden leiser, das Wimmern des Verwundeten ebenso. Auch das Feuergefecht auf der Straße war zwischenzeitlich verebbt. Gespenstische Ruhe kehrte ein. Während ich wartete, fällte ich eine weitere Entscheidung. Die Russen gingen davon aus, dass diese Ruine hier nicht besetzt war, sonst hätten sie das Gebäude gestürmt und ausgeräuchert. Also war ich, zumindest für diese Nacht, sicher. Wo sollte ich auch hin? Nach dieser Aktion waren alle Seiten hellwach, unsere Soldaten und die Russen. Ich müsste mich schon von weitem zu erkennen geben, um nicht von meinen eigenen Kameraden erschossen zu werden. Wenn ich das aber tat, lief ich Gefahr, von den Russen erschossen zu werden. Also beschloss ich zu bleiben. Ich ging zurück zu meiner Stellung, rollte das Fell wieder aus und wickelte mich in die Decke. Ich beobachtete eine Zeitlang die Straße. Nur langsam kam die Müdigkeit zurück. Mein Schlaf in dieser zweiten Nachthälfte war zwar sehr unruhig, dennoch tat es gut zu ruhen.

Es war heller Tag, als ich erwachte. Vor meinem Mund wehte mit jedem Atemzug eine kleine Dunstwolke. Es war sehr kalt. Mich fröstelte es trotz der Winterkleidung und der warmen Wolldecke. Kaum hatte ich die Augen geöffnet, dachte ich an das nächtliche Intermezzo.

Es war also kein Traum, realisierte ich schnell.

Ich hatte als offizieller Scharfschütze meinen ersten Abschuss getätigt und ich konnte ruhig schlafen. Mich plagten keine Gewissensbisse. Im Gegenteil. Dieser Rotarmist war im Begriff, noch mehr meiner Kameraden in die Hölle des Flammentodes zu schicken. Ich kam ihm zuvor.

Draußen war es ruhig. Abgesehen natürlich von dem ständigen Rumoren der Artillerie beider Seiten. Ich kroch aus dem Versteck und streckte mich aus. Nach ein paar Kniebeugen und Sportübungen fühlte ich mich etwas wärmer. Zumindest war dieses Frösteln weg. Für die morgendliche Toilette suchte ich mir einen Raum, den ich nicht nutzen würde.

Der Reiz, mit dem Espit-Kocher etwas Warmes zuzubereiten, war groß, doch ich wollte kein Risiko eingehen und beschloss, mein Frühstück kalt zu genießen, was ich auch tat.

Frisch gestärkt, legte ich mich wieder auf die Lauer. Geduldig beobachtete ich abwechselnd mit dem Fernglas und durch die Optik meines Gewehrs die Ruinen und Trümmerlandschaft. Der verkohlte Leichnam des deutschen Soldaten lag immer noch unverändert auf dem Schutthaufen, auf dem der brennende Soldat nach dem Fenstersprung aufgeschlagen war.

Ich schwenkte herum, suchte die Stelle, an der ich den Flammenwerfermann erschossen hatte.

Alles schwarz und verkohlt.

Sollte der von mir erschossene Russe noch in dem schwarzen Haufen von Verbranntem liegen, war er als Mensch nicht mehr erkennbar. Der Krieg war grausam. Ich überlegte, wie viele Söhne, Brüder und Ehemänner wohl nicht mehr nach Hause zurückkehrten. Warum kämpften wir hier, weit weg von der Heimat?

Während ich gedanklich immer weiter abschweifte, kam etwas Leben auf. Aus einer der Ruinen schlüpften zwei Kinder. Ich war erstaunt und fragte mich, ob das die gleichen waren, die die russischen Soldaten in der Nacht aus dem Haus getrieben hatten.

Nein. Sonst wären die Frauen dabei, erklärte ich mir selbst und beobachtete die beiden.

Es könnten Brüder sein, dachte ich mir. Einer war etwas größer als der andere.

Sie bewegten sich geschickt durch die Schuttlandschaft, schienen keine Angst vor Gewehrschützen zu haben. Der Kleinere von ihnen entdeckte den verbrannten Deutschen. Er rief seinen Bruder und beide liefen zu der angekohlten Leiche. Die Jungs knieten sich hin. Einer hielt eine Eisenstange oder einen Stock in der Hand und tippte damit den Leichnam an.

Junge, der tut dir nichts mehr. Er ist tot. Mein Gott, wie abgebrüht. Ich wäre in diesem Alter wohl tausend Tode gestorben, hätte ich einen verbrannten Mann gefunden.

Fasziniert sah ich ihnen zu. Erst nach und nach erkannte ich, dass sie nicht testeten, ob er lebte, sie versuchten ihn mittels dieses Stockes abzutasten. Sie suchten nach etwas Essbarem oder etwas Wertvollem. Jetzt hatte der Große entdeckt, dass der Landser wohl auf seinem Brotbeutel lag. Er gab dem Kleinen Anweisungen und beide packten die Leiche an, um sie umzudrehen. Dieses Unterfangen entpuppte sich als gar nicht so leicht. Entweder konnten sie den Mann aufgrund Ekels nicht richtig anpacken oder er war zu schwer für sie, oder aber er war am Boden festgefroren.

„Kommt schon …", fieberte ich beinahe mit. Ich würde diesen armen Teufeln einen kleinen Erfolg gönnen.

Jetzt bewegte sich der Torso. Sie schafften es tatsächlich, die Leiche umzudrehen. Durch den Feldstecher erkannte ich das entsetzlich entstellte Gesicht. Ich schloss kurz die Augen.

Mein Gott, Jungs. Wie abgebrüht seid ihr?

Sie waren tatsächlich fündig geworden und zogen ein paar Dinge aus der angebrannten Tasche. Stolz hielt der Große etwas hoch. Ich war der Meinung, dass es sich um eine Fischdose und um ein halbes, verbranntes Kommissbrot handelte. Die Beute verschwand sofort unter dem zerschlissenen, mit Flicken zusammengehaltenen Mantel des Großen.

Rrrrt

Eine MG-Salve fetzte in der Nähe der beiden Jungs in die Steine und verlor sich in der dahinter liegenden Ruine.

Ich erschrak genauso wie die russischen Kinder.

Spinnt der MG-Schütze? Was soll das? Seit wann feuern wir auf Kinder, schoss es mir durch den Kopf. Ich wurde augenblicklich wütend. Dann erst wurde mir klar, dass dies wohl als Warnung gedacht war. Beide Jungs legten sich sofort auf den Boden, warteten einen Moment und als eine weitere Salve ausblieb, sprangen sie auf und rannten weg. Sie verschwanden dort, wo sie hergekommen waren.

„Guten Appetit! Ihr habt euer Essen für heute", freute ich mich für die beiden.

Bis Mittag rührte sich nichts mehr. Langeweile machte sich breit. Zudem musste ich immer wieder aus meiner Stellung kriechen und mich durch Turn- und Streckübungen wärmen oder die Blutzirkulation wieder in Schwung zu bringen. Nachdem ich wiederholt meinen steifen Körper aufgewärmt hatte, beschloss ich etwas zu essen. Danach legte ich mich wieder auf Lauer. Zwischendurch wollte ich einmal nach unten gehen und mir ansehen, was die Russen dort mit den ausgelösten Explosionen angerichtet hatten.

Um gegen die Langeweile anzukämpfen, prägte ich mir alles ein, was ich vor mir sah. Straße, Trümmer, Ruinen. Ich begann es gedanklich in Quadrate einzuteilen. Jedes Einzelne war wie ein Bild, von dem ich versuchte mir alles zu merken, was ich entdeckte. Ich sah weg und wieder hin. Ich suchte nach Veränderungen, nach Auffälligkeiten. Das ganze Spiel betrieb ich ungefähr eineinhalb bis zwei Stunden, dann hatte ich alles, was ich von meinem Platz aus beobachten konnte, in meinem Gedächtnis gespeichert. Jede Veränderung, so dachte ich zumindest, würde mir sofort auffallen.

Dann kam der Schock. Am späten Nachmittag fühlte ich mich von einer Minute auf die andere wie Robinson, der auf seiner einsamen Insel am Strand Fußspuren entdeckt hatte, die nicht von ihm stammten.

Mitten in den Schutthalden lag ein Stück Wellblech anders da als ich es mir eingeprägt hatte. Eine Mischung aus Gänsehautgefühl, Angst, Aufregung und Selbstzweifel durchströmten mich.

Ruhig bleiben, Alfred! Denk nach!

Ich versuchte zu rekapitulieren und ließ die vergangenen 30 Minuten Revue passieren.

Ich beobachtete das Gelände, dann zog ich mich aus der Stellung ins Innere der Ruine zurück, machte meine Aufwärm- und Turnübungen. Anschließend aß und trank ich. Sämtliche Utensilien wurden sofort wieder verpackt, sodass ich im Fall eines schnellen Rückzuges nur Fell und Decke zusammenrollen musste. Danach ging ich wieder in Stellung und beobachtete beinahe mit gewisser Routine das Gelände. Mein imaginäres Katasterbild vor Augen, fing ich links oben an und arbeitete mich nach unten rechts durch.

Nein! Dieses Wellblech lag vorhin definitiv weiter rechts, näher an dem Schutthaufen, an dem der Fensterrahmen quer hervorragt!

Ich war mir dessen zu Hundertprozent sicher. Wellblech und Fensterrahmen hatte ich mir als Fixpunkte eingeprägt.

Jetzt war es ein gefühlter kalter Angstschauer, der mir vom Nacken bis zu den Fußsohlen Gänsehaut bescherte. Sofort prüfte ich mein Gewehr. Es war geladen und einsatzbereit. Ich warf einen schnellen Blick auf die Uhr. Mein Herz begann wieder zu rasen, der Puls trommelte. Ich legte auf das Wellblech an, starrte durch die Optik und wartete. Es vergingen mehr als dreißig Minuten in denen nichts geschah.

Ich bin doch nicht blöd! Das Ding lag doch vorhin nicht hier, sondern näher am Fensterrahmen, begann ich an mir zu zweifeln.

Ich fragte mich, ob ich langsam wahnsinnig wurde, blieb aber immer im Ziel. Irgendwann zweifelte ich an mir selbst und stellte mir die Frage, ob ich mir das mit dem Blech nur einbildete. Ich war schon drauf und dran mir alles als Hirngespinst einzureden, als ich plötzlich eine Bewegung bemerkte. Sie war nur minimal. Und es fiel mir nur auf, weil ich in genau dem Moment, als das vordere rechte Eck des Wellblechs plötzlich leicht nach oben gestellt wurde, durch die Optik meines Gewehrs blickte.

Gänsehaut und Angst vermischten sich mit einer Art Jagdtrieb. Eine gewisse Spannung war zu spüren. Herzschlag und Puls rasten weiterhin. Ich legte das Gewehr ab und zog den Feldstecher hervor.

Ich erinnerte mich an die mahnenden Worte des Waffenmeisters und vergewisserte mich, dass sich kein Sonnenstrahl oder eine sonstige Lichtquelle im Glas des Feldstechers spiegeln konnte.

Beim genauen Betrachten meines Zieles erkannte ich, dass das betreffende Eck des Wellblechs mit einem kleinen Holzstock abgestützt wurde. Somit war für mich definitiv klar, dass jemand darunter lag. Die beiden Jungs vom Vormittag schloss ich sofort aus. Sie wären niemals so professionell vorgegangen und längst von mir bemerkt worden, also musste es jemand anders sein. Viele Möglichkeiten gab es nicht. Ich vermutete drei Dinge. Ein Scharfschütze, dessen Beobachter oder ein Artilleriebeobachter. Letzteren strich ich ganz schnell von meiner Gedankenliste. Das Sichtfeld an dieser Örtlichkeit war für einen Ari-Beobachter absolut ungeeignet. Somit blieben ein Scharfschütze und bzw. oder dessen Beobachter übrig.

Ich war froh, dass ich lag, denn meine Knie waren weich. Würde ich sie belasten, wäre ein leichtes Zittern sicherlich nicht unbemerkt geblieben. Ich atmete ein paarmal tief und ruhig durch. Dann nahm ich das Gewehr und legte an. Der kalte Schaft lag an meiner Wange.

Was willst du hier? Wer bist du? Schütze oder Beobachter?

Während ich das Ziel anvisierte, wurde ich erstaunlich ruhig. Mein Verstand arbeitete glasklar. Der Hauch des Todes wehte ständig durch die Straßen und Ruinen von Stalingrad, aber diesmal spürte ich ihn anders als bisher. Ich konnte es nicht erklären, hatte ja schon Abschüsse getätigt, aber diesmal war es wie meine erste selbst entdeckte Spur. Ich hatte das wilde Tier aufgespürt, entdeckt und lauerte nun. Dort drüben lag ein Rotarmist, dessen Ziel es war, meine Kameraden zu töten. Meine Aufgabe lag darin, genau das zu verhindern, indem ich diese Gefahr ausschaltete, bevor er zuschlug. Diese Gedankengänge waren es, die mir die Kraft gaben, einen Rotarmisten anzuvisieren und zu erschießen. Ich sah nicht den Menschen, der unter der Uniform steckte, ich sah die Gefahr, die von ihm ausging. Dieser Unterschied ließ mich nicht an dem, was ich tat, zweifeln. Ich hatte bislang kein schlechtes Gewissen und würde es, zumindest mit dieser Denkweise, auch nicht bekommen. Ich wollte nicht noch mehr Kameraden verlieren. Ich wollte nicht, dass die Schreibstube Fotos und ein paar Habseligkeiten verpacken und diese mit einem Trauerbrief an die Hinterbliebenen senden musste. Ich wollte, dass dieser Krieg so schnell wie möglich beendet wird.

Hör auf zu denken, ermahnte ich mich. *Konzentriere dich auf das Ziel!*

Einen Moment lang überlegte ich, ob ich nicht einfach einen Schuss auf die Mitte es Wellblechs abgeben sollte. Die Wahrscheinlichkeit, dass ich einen Treffer landete, war ziemlich groß. Ich schätzte das Blech auf eine Größe von ungefähr 1,80 mal zwei Meter. Eher etwas kleiner.

Wenn ich mittig anhalte …, hm … nein! Ich warte!

Ich wollte wissen, um wen es sich handelte.

Schütze oder Beobachter?

Ich begann mich in die Lage meines Gegenübers zu versetzen.

Was willst du hier? Was ist dein Ziel?

Nachdem ich versuchte, mir das Bild aus Sicht des Russen, den ich unter dem Wellblech vermutete, zu rekonstruieren, konnte es nur ein lohnenswertes Ziel geben. Das deutsche MG-Nest. Es hatte in der Nacht die Flammenwerfertrupps aufgehalten und wirkungsvoll bekämpft.

Es kontrolliert die Straße! Das ist es, was du willst! Sie setzen einen Scharf-
schützen ein, der das MG-Nest außer Gefecht setzen soll!

Nachdem ich mir bezüglich des Zieles sicher war, überlegte ich, ob
dort unten der Schütze oder der Beobachter in Stellung lag. Ganz schnell
kam ich darauf, dass es der Beobachter sein musste. Er würde die Flugbahn der Geschosse oder etwaige Bewegungen auf deutscher Seite feststellen und sie dem Schützen signalisieren. Somit musste der Schütze in
Sichtweite des Beobachters in Position gegangen sein.

Resultierend aus meiner Theorie, suchte ich nun eine mögliche Stellung auf der russisch besetzten Ruinenseite.

Uferlos!

Ich konnte definitiv nichts feststellen.

Weit bist du nicht weg! Du musst die Zeichen deines Beobachters sehen.

Würde ich auf einen Schuss warten, wäre das ein Spiel auf Leben
und Tod. Der Preis war hoch. Die russischen Scharfschützen beherrsch-
ten ihr Handwerk. Das bedeutete, würde ich den Russen zum Schuss
kommen lassen, nur um seine Stellung auszumachen, wäre das der Tod
eines meiner Kameraden.

*Nein, mein Freund! Diesen Preis zahle ich nicht. Der Hauch des Todes wird
deinen Beobachter treffen. Du wirst dadurch blind und ziehst dich zurück. Oder du
wirst wütend und zeigst dich, indem du einen Fehler begehst.*

Mein Entschluss stand fest. Der Mann unter dem Wellblech war
mein Ziel. Ich visierte es an. Sobald ich eine Bewegung feststellen würde,
wollte ich abdrücken. Ich musste sicher gehen, dass mein Schuss auch
traf. Geduldig wartete ich.

Wieder tauchte das Gesicht von Franz in meinen Gedanken auf.
Ich hörte die Fistelstimme des Feldwebels, wie er sagte: „Manchmal er-
fordert es die Taktik, dass du nicht tötest, sondern verwundest. Sie werden sich um die Verwundeten kümmern. Das Schreien und nach Hilfe
rufen wird sie lähmen!"

Je länger ich mich auf das Ziel konzentrierte, desto klarer wurde
mir, dass ich diesen Russen nie zu Gesicht bekommen würde. Er war
unbemerkt in Stellung gegangen und würde genauso lautlos, unwahr-
nehmbar und unsichtbar wieder verschwinden. Unter dem Blech war er,
zumindest von meiner Position aus betrachtet, sichtgeschützt. Sobald er
zum Erfolg kam, würde er sich zurückziehen.

Ich atmete wieder ein paarmal ruhig durch. Meine Entscheidung
war gefallen. Wenn es erst mal dunkel war, würden meine Chancen
schwinden und die latente Gefahr, dass der russische Scharfschütze jeden

Augenblick zuschlagen könnte, beunruhigte mich immer mehr. Ich wollte nicht länger warten und entschloss mich für einen Schuss. Hierzu stellte ich mir einen Mann mit durchschnittlicher Größe vor, platzierte dieses Gedankenbild unter das Wellblech und hielt auf eine Stelle, an der ich mit hoher Wahrscheinlichkeit einen wirkungsvollen Körpertreffer erzielen konnte.

Ich ging davon aus, dass die Sowjets nicht damit rechneten, dass sich ein deutscher Scharfschütze hier postiert hatte.

Verdammt, durchfuhr es mich plötzlich.

Mir kam der Gedanke in den Sinn, dass der Stoßtrupp von gestern Abend meinen Schuss bemerkte und Meldung erstattete. Dann würde der russische Scharfschütze nicht das MG, sondern mich jagen. Und dieses Wellblech könnte eine Falle sein, um meine Stellung herauszufinden.

Ich atmete flach. Grübelte über diese zweite Theorie. Dann verwarf ich sie.

Einen Schuss habe ich, dann ziehe ich mich zurück.

Ich warf einen Blick auf meine Armbanduhr. In einer guten Stunde würde es dämmern. Mein Plan stand fest. Ich wollte noch bis zum Einbruch der Dämmerung warten, dann schießen und meine Stellung räumen.

Das Warten zehrte stärker an den Nerven als ich anfangs vermutete.

Wenn jetzt der Russe tatsächlich feuert, bevor ich auf den vermuteten Beobachter schieße, bin ich dann für den Tod meines Kameraden verantwortlich?

Ich hielt es nicht mehr aus und presste den Schaft des Mosin Nagant fest an die Wange und gegen die Schulter. Mein Zeigefinger war fast klamm vor Kälte, dennoch hatte ich noch genügend Gespür, um den Druckpunkt am Abzug zu spüren. Ich visierte mein Ziel an und drückte ab.

Der Knall wirkte beängstigend. Er zerriss die unwirkliche Stille in meinem Kopf, denn in Stalingrad war es nie still, leise oder ruhig. Man hörte keine Vögel singen und das Lachen von Menschen war längst ausgestorben. Stattdessen hörte man ständig das Rumoren der Artillerien beider Seiten, man vernahm Detonationen oder das Echo von kleineren Schusswechseln. Egal, welches Geräusch an die Ohren drang. In Stalingrad bedeutete es den herannahenden Tod.

Doch dieser eine Schuss, den ich gerade abgegeben hatte, klang für mich anders. Er schien sich zwischen den Trümmern und Ruinen zu fangen und mehrfach als Echo zurückzukehren. Mit dem Herausschnellen des Projektils aus dem Lauf, fiel eine Last von meinen Schultern. Es war, als hätte der Mündungsblitz die Anspannung durch sein grelles Licht wegexplodieren lassen. Alles passierte in der gleichen Sekunde. Der Schuss krachte, ich zog die Waffe schnell zurück und kroch nach hinten weg.

Das aus meiner Waffe abgefeuerte Projektil durchschlug das dünne Wellblech, bohrte sich durch die Uniform in das Fleisch des darunter liegenden Rotarmisten und zerfetzte dessen Körper, Muskelgewebe und Organe, bevor es wohl von einem Knochen gebremst wurde und deformiert stecken blieb. Ein gellender Schrei folgte und wiederholte sich als kontinuierliche Tortur einer Art Schmerzbefreiung.

Treffer, flatterte es durch meinen Kopf.

Die Gewissheit, dass ich Recht behalten hatte, wurde begleitet von der Sorge, dass dort draußen ein russischer Scharfschütze lauerte, dessen primäres Ziel ich mit diesem Schuss geworden war. Was würde er tun? Ich hatte schließlich seinen Beobachter angeschossen und vermutlich schwer verwundet. Zumindest ließ das gellende Jammern darauf rückschließen.

Wie reagierst du?

„Ahhh …"

Das Schreien des Verwundeten wurde immer lauter. Hilferufe, jammern und wimmern. Alles bohrte sich in meinen Kopf und hallte wider, als ich hektisch Fell und Decke zusammenrollte. Ich schnallte meinen Rucksack um, schulterte das Gewehr und zog die Pistole aus dem Holster. So sehr es mich reizte mit dem Fernglas die Situation zu beobachten, ich verzichtete darauf. Der russische Scharfschütze würde jetzt mit höchster Konzentration lauern. Wütend und mit voller Tötungslust!

Er sucht garantiert mit seinem Feldstecher die Ruinen ab.

Er wollte mich. Das war so sicher, wie das Amen in der Kirche.

Er wird mich jagen. Ich habe seinen Beobachter angeschossen.

Ich hatte das getan, was er mit uns vorhatte. Ich brachte Angst in die Reihen seiner Kameraden, denn sie wussten ab diesem Moment, dass sich ein deutscher Scharfschütze in den Ruinen aufhält und auf sie lauert. Psychische Kriegsführung.

Vorsichtig ging ich zur Treppe, lauschte und betrat die erste Stufe. Es war nichts zu hören. Die 08 lag schussbereit in meiner Faust. Sollten sich unbemerkt Russen ins Erdgeschoss eingeschlichen haben, würde ich mein Leben so teuer wie möglich verkaufen. Ich setzte den Fuß auf die nächste Stufe und stieg im Zeitlupentempo die Treppe hinunter. Meine

Augen waren das gedämpfte Licht gewohnt und so erkannte ich sofort, welches Schicksal den Rotarmisten in der Nacht widerfahren war. Überall waren Blutspritzer sowie größere und kleinere Blutlachen zu sehen. Zwei zerfetzte Russen lagen auf dem Boden. Einer hatte massive Splitterverletzungen und war über und über mit Blut besudelt. Dem anderen hatte es den halben Kopf weggefetzt. An der gegenüberliegenden Wand klebten Knochenreste, vermischt mit Hirnmasse.

Ich schluckte, spürte, wie mein Adamsapfel hoch und runter wanderte. Mein Mund fühlte sich plötzlich trocken an. Schnell stieg ich über die beiden Leichen, um zum Ausgang zu gelangen. Ich hörte immer noch das permanente Schreien des angeschossenen Rotarmisten. Er musste höllische Schmerzen haben. Die Pistole wanderte zurück in das Holster.

Vor dem Zugang zur Ruine befand sich ebenfalls eine größere Blutlache. Sie zog sich vom Fenster hierher. Ich versuchte den Ablauf der letzten Nacht im Gedanken zu rekonstruieren. Den Blutspuren nach zu urteilen, muss der Verletzte versucht haben durch das Fenster ins Gebäude einzudringen und wurde von den Splittern einer Sprengfalle verwundet. Die beiden anderen sind von hinten eingedrungen und lösten dort die zweite Sprengfalle aus. Daraufhin haben wohl die beiden unversehrten Sowjetsoldaten den Verwundeten geborgen und sich anschließend zurückgezogen.

So muss es gewesen sein.

Ich orientierte mich kurz und überlegte, ob der russische Scharfschütze meinen Rückzugsweg einsehen konnte. Das war höchst unwahrscheinlich. Dennoch bewegte ich mich im Schutz der Ruinen langsam und vorsichtig zurück zur Stellung des Feldwebels, bei dem ich auf die Essensträger warten sollte.

Die Stimme des ersten Wachpostens kam fast erlösend. Ich hatte mein Ziel so gut wie erreicht.

„Halt! Wer da?"

„Jäger Müller! Der Scharfschütze", antwortete ich und duckte mich instinktiv ein wenig ab.

„Alles klar! Du kannst weitergehen."

Ich stieg über einen letzten Trümmerberg, rutschte auf der anderen Seite mehr hinunter als ich ging und erreichte schließlich die Ruine des Feldwebels.

Noch während ich am nächsten Tag Leutnant Hübner einen vollständigen Bericht erstattete, machte sich die Kompanie kampfbereit. Ich sollte nicht mehr erfahren, ob der Russe, den ich angeschossen hatte, starb oder von seinen Leuten gerettet wurde. Meldungen über Scharfschützenausfälle waren keine bekannt geworden. So meinte der Kompaniechef, dass sich der Scharfschütze zurückgezogen hatte und verbuchte meinen ersten Einsatz als vollen Erfolg.

Der bevorstehende Angriff galt den immer noch hartnäckig besetzten russischen Widerstandsnestern. Ebenso wie bei unserer 100. Jäger-Division, wurden bei den Divisionen 71, 79, 295, 305 und 389 aus den noch einsatzfähigen Männern neue Kampfgruppen gebildet. Der groß angelegte Angriff wurde mit Luftunterstützung vorbereitet. Ebenso waren zur Verstärkung vier Pionier-Bataillone hinzu gestoßen. Das Gros der Pioniere war allerdings für den Angriff auf eines der Hauptziele vorgesehen und sollte die 305. Infanterie-Division bei der Einnahme der Chemiefabrik *Lazur* und den dortigen Verflechtungen von zusammenlaufenden Rangiergleisen unterstützen.

Unsere Aufgabe war es, die Sowjets durch starke Stoßtruppunternehmen über das eigentliche Angriffsziel und die geplante Angriffsbreite zu verwirren.

„...die Aufgabe der 305. Infanterie-Division ist es, die Fabriken *Lazur* und *Roter Oktober* gänzlich vom Feind zu befreien. Wir lenken den Feind ab und werden hierzu südlich davon angreifen. Unsere Luftwaffe wird den Gegner zermürben. Männer, der Russe kann sich nicht länger halten. Wir schaffen es, ihn noch heute Nacht aus seinen Stellungen zu treiben und schicken ihn endgültig über die Wolga. Ihr werdet sehen, Weihnachten feiern wir in einem von den Russen befreiten Stalingrad!"

Das früher übliche Hurra-Gebrüll der enthusiastisch eingestimmten Landser blieb aus. Die Soldaten, denen ich mich anschloss, wirkten ausgemergelt und müde. Manche Augen blickten ins Leere, andere waren kalt. Eiskalt. Und wieder andere ließen pure Angst erkennen.

Stalingrad frisst uns von innen auf, schoss es mir sofort durch den Kopf.

Der Offizier zeigte auf eines der mit Zahlen versehenen Häuser. „Im Haus Nummer 29 wird ein Verbandsplatz eingerichtet. Die Nachrichtenstaffel steht bereit und wird schnellstmöglich Drahtverbindungen zwischen den Kompaniegefechtsständen legen und auch dafür sorgen, dass wir ständig Kontakt zum Bataillon haben", meinte er und machte schließlich eine kurze Pause. Er blickte in die Runde. „Männer! Die Pioniere machen den Weg für die Infanterie frei. Ihr Angriff konzentriert sich auf die russische Hauptverteidigungsstellung. Diesmal schaffen wir es!"

Als sich die Sonne am 11. November 1942 senkte, glühte das Industrieviertel Stalingrads. Die deutsche Luftwaffe bereitete den Angriff, der die letzten russischen Widerstandsnester vernichten und den Gegner aus der Stadt, zumindest aber über die Wolga, treiben sollte, vor.

Rotte für Rotte griffen Stukas der 8. Luftflotte im Feuer der feindlichen Flak-Batterien an und bombardierten die vorbestimmten Ziele. Die Sirenen der sich herabstürzenden *Ju-87* untermalten das Schreckensszenario mit ihrem psychisch zermürbenden Gejaule. Die Detonationen der Bomben und das Abwehrfeuer vermischten sich zu einem unvergesslichen Höllenlärm. Nach Explosionen schossen immer wieder helle Stichflammen nach oben. Ihnen folgten stets dunkle, dichte Rauchwolken, die wie ein Todesschleier über der Stadt schwebten und langsam auf Stalingrad niedersanken.

Den Piloten der deutschen Luftwaffe gelangen beachtliche Treffer. Auch die hochragenden Fabrikschornsteine, die sich immer noch wie mahnende Finger aus den Trümmern erhoben, wurden getroffen und sackten zusammen.

Doch das Hauptziel, den Feind aus seinen Stellungen zu bomben, konnte nicht umgesetzt werden. Während Fabrikschornsteine und Mauern einstürzten und viele Stellungen unter sich begruben, Splitter und Schrapnelle umher surrten und sich in alles bohrten, was sich in ihrer Flugbahn befand, kauerten die leidgeplagten Rotarmisten in ihren Löchern und Stellungen.

Sie wussten, dass diesem Todesreigen der deutschen Luftwaffe der Angriff von Artillerie und danach ein Ansturm von Panzern und Infanteristen folgen würden. In ihren mehr oder weniger sicheren Unterständen oder zwischen den Trümmern der Häuser, Fabrikhallen, Eisenbahnwaggons und Erdlöchern, harrten sie der Dinge. Zitternd und voller Todesfurcht. Wie alle Soldaten auf der Welt, dachten sie an ihre Familien, an Dinge, die sie liebten. Sie dachten aber auch an den Feind, der in ihr Mutterland eingedrungen war, es mit Feuer und Tod überrollte und dem sie sich entgegen stellen mussten, damit ihre Familien leben konnten.

Sie waren verbittert und kalt. Sie hassten. Dieser Hass gab ihnen Kraft und Mut sich dem Feind zu stellen und ihn zu bekämpfen. Hass war der Motor für ihr Handeln.

Den fairen Krieg, der den Männern irgendwann einmal vorgegaukelt worden war, gab es nicht. Er war nicht existent. Und wenn es ihn tatsächlich irgendwo geben sollte, dann nicht in Russland und am allerwenigsten in Stalingrad. Hier galt es nur zu überleben. Der Mensch wurde zum Tier, zur reißenden Bestie. Jeder, der hier kämpfte lernte schnell, dass nur von einem toten Feind keine Gefahr ausging. Also mussten sie töten. Töten, um zu überleben. Egal wie!

Den deutschen Landsern, die in ihren Ausgangsstellungen auf das Ende des Luftangriffs und dem damit einhergehenden Angriffssignal warteten, ging es genauso. Keiner wollte wirklich hier sein. Todesangst war ihr ständiger Begleiter. Leere, ängstliche und kalte Blicke, egal wohin man sah. Viele von den Männern rauchten wortlos. Vielleicht war es ihre letzte Zigarette. Kälte kroch unter die Mäntel. So konnten die Landser ihre zittrigen Knie den frostigen Temperaturen zuschieben.

Einige der Soldaten starrten auf Fotos ihrer Frauen und Kinder. Andere schoben sich noch etwas zum Essen in den Mund.

Neben mir saß ein älterer Obergefreiter. Er starrte mich seit geraumer Zeit an, sagte aber kein Wort. Schließlich griff er in seine Manteltasche, zog ein in Zeitungspapier gewickeltes Päckchen heraus und öffnete es. Ein Stück Salami und zwei Scheiben Kommissbrot kamen zum Vorschein.

„Wenn ich schon sterbe, dann wenigstens satt."

Ich nickte.

„Junge …", sagte er mit unverkennbar steirischem Akzent, „… wie alt bist du?"

„Neunzehn!"

Er biss erst in die Salami, dann in das Brot. Er war mit Kauen noch nicht fertig, als er die nächste Frage stellte. „Macht dir das nichts aus?", wollte er wissen und zeigte auf mein Gewehr.

Ich überlegte, was ich antworten sollte, doch ein Gefreiter, dessen Gesicht von einer langen Narbe gezeichnet war, übernahm das Antworten für mich.

„Hast du Kinder?"

Der Obergefreite drehte sich seinem Nachbarn zu. „Ja. Zwei Söhne und eine Tochter. Warum willst du das wissen?"

„Weil unser Kamerad mit dem Zielfernrohrgewehr dafür sorgt, dass deine Kinder ihren Vater nicht verlieren. Ich fühle mich sicherer, wenn die Scharfschützen auf unserer Seite und nicht drüben, auf der russischen Seite, liegen. Ich habe durch die verhurten Mistsöhne von Heckenschützen bereits vier Kameraden verloren!"

Der Obergefreite biss erneut in die Salami, kaute ein paarmal und schluckte sie hinunter. Er sah mich an und meinte nur: „Dann sorge dafür, dass ich wieder nach Hause komme."

Bevor ich antworten konnte, schoss eine grüne Leuchtkugel nach oben.

„Vorwärts! Raus aus den Stellungen! Aaaaan…griiiiif!"

Die restlichen Stücke Salami und Brot wurden in den Mund geschoben. Ein kurzes Nicken. Kauend stand er auf.

Wie von Geisterhand geführt, erhoben sich überall meine Kameraden. Ein anfänglich leises „Hurra!" vermengte sich zu einem Wort. Aus zig Kehlen wurde es hinausgeschrien, um die Angst mit dem Gebrüll loszuwerden.

Das Angriffssignal wirkte erlösend. Die Denkvorgänge wurden abgeschaltet und durch soldatischen Automatismus ersetzt. Hochschnellen, die Waffen schussbereit, die Sinne geschärft und dem Feind entgegen laufen. Man hoffte, vom gegnerischen Abwehrfeuer verschont zu bleiben und suchte schon beim Aufspringen nach der nächsten Deckungsmöglichkeit.

Vor und neben mir sackten zwei Landser getroffen zusammen. Der Drang sich sofort wieder hinzuwerfen war enorm groß, doch irgendwie folgte man den Kameraden, die brüllend ihre Angst hinausplärrten und ihren Weg über die Trümmerwüste suchten.

Wumm

Granaten wuchteten ein. Splitter, Schrapnells und Steinbrocken surrten herum. Wieder sah ich einen meiner Kameraden fallen. Er wurde im Laufen von einer MG-Garbe getroffen. Blut spritzte aus Hals und Brust. Der Karabiner fiel aus seinen Händen, während die Beine ihn noch zwei Schritte vorwärts trugen. Er war bereits tot, bevor er auf den kalten Boden klatschte.

Ich kniete mich hin. Projektile zischten dicht an meinem Kopf vorbei. Fieberhaft suchte ich etwas zum Unterkriechen. Ich entdeckte einen großen, halb hoch stehenden Betonsockel. Schnell huschte ich die wenigen Meter dorthin und fand gute Deckung.

Das Maschinengewehr schlug wie eine unsichtbare Faust immer wieder Lücken in die Reihen meiner Kameraden. Ich musste es ausschalten.

Verdammt! Hoch mit dem Kopf. Du findest es!

Ich lugte über die Deckung. Zuerst nur für ein paar Sekunden, dann etwas länger. Schließlich entdeckte ich die unverkennbaren Mündungsblitze des Maschinengewehrs. Ich schob das Gewehr über den Betonklotz und legte an. Neben der Nervosität und der Angst erschwerte das heftige Schnaufen mein Vorhaben. Ich versuchte mich zu beruhigen und atmete ein paarmal tief durch. Dabei suchte ich durch die Optik fieberhaft meine Ziele.

Da sind sie!

Das MG-Nest und somit auch die Schützen waren zwar gut getarnt, doch das wuchtige *PM 1910* war beim Feuern eindeutig zu erkennen. Hinter dem Schutzschild, des auf einer Rad-Lafette montierten Maxim-Maschinengewehrs, kauerten zwei Rotarmisten.

Jetzt brauchte ich noch eine weitere Minute, vielleicht auch zwei, um meinen Atem soweit unter Kontrolle zu bringen, dass ich gute Treffer landen konnte. Spätestens jetzt wusste ich um die Wichtigkeit der Übungen, die ich beim Waffenmeister absolvieren musste.

Mein Brustkorb hob und senkte sich immer noch rasend schnell. Ich wusste, dass ich dieses MG unverzüglich ausschalten musste. Der Angriff an dieser Flanke schien sich aufgrund der Schusskraft dieser Waffe festzufahren. Immer mehr Landser suchten Schutz und mussten regelrecht nach vorn gepeitscht werden.

Trotz der Dämmerung war das Licht ausreichend. Ich konnte genug erkennen. Längst hatte ich die kleinen Bewegungen hinter dem Schutzschild wahrgenommen. Ich wartete noch einen Moment, dann hatte ich mich soweit unter Kontrolle, dass ich zum Schuss ansetzte. Der Teil eines Kopfes tauchte für einen Sekundenbruchteil auf. Ich drückte ab, repetierte und blieb im Ziel.

Treffer!

Während eines Kampfes konnte ich nicht oder zumindest nicht allzu schnell als Scharfschütze erkannt werden. Das MG-Feuer war abgebrochen. Ich sah etwas.

Entweder ein Arm oder ein Bein.

Wieder zog ich den Abzug nach hinten. Der Schuss krachte, die Wucht des Rückstoßes entlud sich über den Kolben gegen meine Schulter. Erneut repetierte ich. Das Maschinengewehr schoss immer noch nicht. Offensichtlich hatte ich beide Schützen erwischt. Einmal ganz sicher Kopfschuss, der andere Treffer ging in Arm oder Bein.

Kampfunfähig! Ziel erreicht!

111

Die Landser stürmten weiter. Auch ich sprang auf und folgte ihnen. Handgranaten wirbelten durch die Luft, senkten ihre Wurfbahn und detonierten. Wir befanden uns im Gleisbereich an einer der Zubringerstrecken zu den großen Fabriken. Ein paar Eisenbahnwaggons waren in die Abwehrkette der Rotarmisten eingeflochten worden. Splitter kratzten über den Stahl der Räder oder bohrten sich in das Holz der Waggonwände. Überall blitzte Mündungsfeuer auf.

Der Abstand zum ersten Gleis betrug noch geschätzte 50 Meter. Mehrere Granateinschläge hintereinander zwangen uns erneut in Deckung.

Ich kauerte in einem größeren Krater. Nach und nach füllte sich dieser mit Soldaten, die deckungssuchend durch das Feindfeuer hetzten. Unter ihnen befanden sich auch zwei Pioniere. Ich war froh sie zu sehen und hoffte, dass sie mit genügend Sprengstoff ausgestattet waren, um uns den Weg frei zu machen. Die Gesichter der Landser spiegelten Angst und Angespanntheit wider. Die letzten Männer, die sich in den Trichter pressten, waren ein Pionier und zwei Nachrichter. Der Pionier hatte den Rang eines Unteroffiziers. Kaum zur Ruhe gekommen, brüllte dieser einem der Funker etwas zu. Aufgrund der zeitgleich krepierenden Granaten verstand ich aber nur die Hälfte. Der Funker nickte und hantierte am Tornistergerät. Noch während er immer wieder versuchte zum Gefechtsstand durchzukommen, erklang ein Geräusch, welches uns das Mark in den Knochen gefrieren ließ. Kettengerassel und das Dröhnen von schweren Dieselmotoren.

„Panzer!", ging es von Mund zu Mund.

Einer der Pioniere versuchte zu beschwichtigen. „Keine Furcht, Kameraden. In diesem Dämmerlicht sehen die Fahrer nichts. Sie werden nicht angreifen. Ich schätze, sie fahren in Stellung, um die Infanteristen in den Gräben mit ihrer Feuerkraft zu unterstützen."

Ich glaubte ihm, denn die ständigen Granateinschläge, die uns letztendlich in Deckung gezwungen hatten, stammten aus den Rohren der Panzer und bestätigten die Worte des Pioniers.

„Was für Gräben?", hakte ein junger Jäger nach.

„Die Russen haben hinter den Gleisen ein kleines Grabensystem angelegt. Unsere Stukas sollten sie ausbomben, aber wie es aussieht, haben sie es nicht geschafft", tönte die tiefe Stimme des anderen Pioniers. Die Stimme passte zu dessen Statur. Er war an die zwei Meter groß und äußerst kräftig.

„Wie kann das sein?"

„Vermutlich hatten sie die Panzer in einer der Hallen untergestellt."

Fragende Blicke.

„Oder sie haben aus schweren Eisenbahnschwellen eine Art Bunker gebaut! Was weiß ich denn? Ist doch egal, wie sie es gemacht haben. Aber wie du siehst, sind die Panzer in Stellung gefahren und ..."

Wumm

Der Einschlag einer Granate ließ den Rest des Antwortsatzes im Explosionslärm untergehen. Ich spürte die Druckwelle. Ein paar kleinere Erd- und Steinklumpen prasselten auf meinen Rücken. Kaum war der nahe Knall verebbt, brüllte ein Landser unweit von mir nach einem Sanitäter. Offensichtlich hatte es ihn oder einen seiner Kameraden erwischt.

Ich erkannte Sanitäter, die sich durch die Trümmer ackerten, um verletzte Kameraden zu bergen und zollte diesen *Samaritern im Kampf* höchsten Respekt.

Wie lange wird es wohl dauern, bis sie dem rufenden Landser zu Hilfe eilen? Schaffen sie es, sein Leben oder das seines Kameraden zu retten?

Der Funker war endlich zum Gefechtsstand durchgekommen. Angeforderte Artillerieunterstützung konnte allerdings nicht gewährt werden. Die Rohre unserer Kanonen wurden für das Hauptziel benötigt, den Kern der russischen Verteidigungsstellung. Dieser befand sich direkt in einer der Hallen der Fabrik *Roter Oktober*.

Dennoch bekamen wir Hilfe, indem eine Granatwerfergruppe anrückte und den Graben sowie die Panzer unter Beschuss nahm.

Die Detonationen häuften sich wieder. Diesmal allerdings auf der Seite der Russen.

„Das sind unsere Jungs", raunzte der große Pionier.

Ich erkannte, dass sein Gesichtsausdruck angespannter war als zuvor. Als nächstes sah ich, dass er in der linken Hand eine T-Mine und in der rechten Hand eine Geballte Ladung hielt. Der Karabiner des Mannes war über den Rücken gehängt.

„Ich bleibe bei dir und gebe dir Deckung", sagte ich und erntete stummes Nicken. Irgendwie glaubte ich etwas Entspannung im Gesicht erkannt zu haben. Vielleicht täuschte ich mich aber auch.

„Raus aus den Löchern! Annnn...griiiiiiifff!"

Die Stimme eines Oberjägers riss die Männer nach oben. Wie von einem Marionettenspieler an den Fäden gezogen, erhoben sie sich und stürmten dem Feind abermals entgegen.

Wumm

Rrrrt ... rrrrrtttt

Wir hasteten vorwärts. Granaten wuchteten auf beiden Seiten nieder und zerfetzten die Männer. Maschinengewehr und Gewehrfeuer schwoll zu einem riesigen Kampfgetöse an. An der linken Seite erhellte ein Feuerball die schaurige Szenerie. Wind trug im Kampflärm ein paar kurze Jubellaute herüber. Ein T 34 stand nach Treffern der Granatwerfereinheit in Flammen.

Meter für Meter kamen wir näher an das Grabensystem heran, welches die Sowjets hinter den Schienen durch mühevolle Arbeit angelegt hatten. Erste Landser sprangen hinein. Nahkämpfe begannen. Ich sah einen der T 34. Seine Kanone feuerte Granate um Granate ab. Das Bord-MG blitzte ebenfalls permanent auf und hieb Löcher in die Reihen unserer Angreifer.

Ein Landser, der vor uns lief, hielt eine Handgranate in den Händen, zog die Abreißleine und schleuderte sie nach vorn. Im Flug drehte sich der Sprengkopf um den Stiel. Die Handgranate senkte die Flugbahn und landete im Graben.

Wumm

Volltreffer, schoss es durch meinen Kopf.

Immer mehr Landser sprangen in den Graben. Ich sah, wie zwei kurz vor dem Graben zusammenklappten, als hätte sie eine riesige, unsichtbare Faust niedergeschmettert. Als der dritte Landser umkippte und liegen blieb, kniete ich mich hin. Hinter dem Graben standen Eisenbahnwaggons.

Vermutlich ein Abstellgleis.

Ich erkannte Mündungsfeuer eines Gewehres. Ein Rotarmist hatte sich unter einem der Waggons eingenistet. Er war ein guter Schütze.

Kein Scharfschütze, war mir sofort klar. *Dieser hätte sich eine bessere Deckung gesucht, aber dennoch ist er ein guter Schütze,* wiederholte ich im Gedanken und legte an. Ich orientierte mich am Mündungsblitz seiner Waffe. Das Restlicht war hell genug. Mein Schuss brach. Ich war mir sicher, dass ich getroffen hatte, schnellte nach oben und folgte dem kräftigen Pionier. Er hatte den Graben schon fast erreicht. Vor ihm lief der Oberjäger, der uns aus den Stellungen gebrüllt hatte. Er stand vor dem Graben, hielt seine Maschinenpistole an der Hüfte und gab mehrere Feuerstöße in den Graben ab. Der Pionier sprang hinein. Ich hatte aufgeholt und sprang ebenfalls in den Graben. Ich landete auf etwas Weichem und drohte umzukippen. Erschrocken blickte ich nach unten. Ich stand auf einem toten

Russen. Eingeweide quollen aus der aufgerissenen Bauchdecke. Das Gesicht war nicht mehr zu erkennen und bestand nur noch aus einer blutigbreiigen Masse. Ich musste schlucken. Lediglich dem pausenlos ausgeschütteten Adrenalin, welches durch meine Nervenbahnen raste, verdankte ich es, dass ich mich nicht augenblicklich übergeben hatte.

Der Graben war eng. Sehr eng. Der Oberjäger, zwei Landser und der Pionier rannten nach rechts. Überall lagen tote Rotarmisten. Einer von den Russen war nicht tot, sondern verwundet. Er hob hilfesuchend seinen Arm, doch statt einer helfenden Hand rannten die Landser über den Körper des Mannes hinweg. Schwere Knobelbecher drückten auf Brust, Arme und Gesicht. Der kräftige Pionier versuchte über den Rotarmisten zu springen, schaffte es aber nicht und kam auf dem Brustkorb des Verletzten auf. Es schien, als knackten Rippen. Der arme Teufel brüllte.

Gequälter Mensch! Verfluchter Krieg!

Ich musste mich in diesem Moment zwingen, nicht stehen zu bleiben und jagte weiter meinen Kameraden nach. Der Graben gabelte sich. Während der Oberjäger sich weiter durch den engen Gang quetschte und unablässig Feuerstoß um Feuerstoß aus der MP jagte, bog der Pionier in eine breitere Sappe ab. Es schien ein Stichgraben zu sein, der baulich noch nicht beendet war, da wir nach wenigen Metern vor einem Erdhaufen standen.

„Sind wir am Grabenende?", keuchte der Pionier.

Trotz der eisigen Novemberkälte war mir warm. Schweiß ließ meine Uniform an der Haut kleben. Atemdunst schwebte vor unseren Mündern. Zwei Rotarmisten tauchten plötzlich vor uns auf. Sie hatten den Erdhaufen überklettert und rannten auf uns zu. Sofort wurde mir klar, dass wir uns nicht am Ende der Sappe befanden, sondern eine der Fliegerbomben in nächster Nähe eingeschlagen war und den Graben an dieser Stelle zugeschüttet hatte.

Die Russen waren genauso perplex wie wir. Ich hielt sofort den Lauf meiner Waffe in deren Richtung und gab einen Schuss ab. Ich traf einen Rotarmisten in den Bauch. Er lief noch zwei, drei Schritte, dann brach er mit einem langgezogenen Schrei auf den Lippen zusammen und wälzte sich gekrümmt auf dem Boden. Der zweite Russe sprang den Pionier an. Dieser schüttelte sich wie ein Bär, der lästige Bienen nach dem Raub von leckeren Honigwaben loswerden wollte. Der Russe wurde durch die Kraft des Pioniers zu Boden geschleudert. Mit bemerkenswerter Geschwindigkeit ließ der Landser dann die Geballte Ladung fallen, griff an seine Seite und hielt binnen Sekunden seinen Klappspaten in der Hand. Bevor der Rotarmist erneut auf den deutschen Soldaten zuspringen konnte, sauste der Spaten nach unten. Die Kante wuchtete auf die Schulter. Blut spritzte, Knochen knackten. Der Sowjetsoldat sackte brüllend vor Schmerzen zusammen. Der Pionier schwang den Spaten nun wie einen seitlich ausgeführten Schwerthieb nach vorn und zerschmetterte das Gesicht des Russen, der tödlich verwundet und bizarr zappelnd nach hinten kippte. Stumm wurde der Spaten wieder an das Koppel geschnallt. Ohne eine Miene zu verziehen hob der Pionier die Geballte Ladung auf und lugte über den Graben. „Wir sind richtig gelaufen. Dort hinten steht der T 34!"

Ich kroch über den Erdhaufen, den ich zuvor als Grabenende angesehen hatte und legte mich flach hin. Ich erkannte die Umrisse des Panzers. Dahinter und daneben saßen Rotarmisten und schossen. Mündungsfeuer blitzte überall auf.

Hinter uns kamen weitere Landser angelaufen.

Ich legte an und erschoss zwei oder drei Russen. Dann schob ich einen neuen Ladestreifen in die Waffe. Währenddessen hatte der Pionier den Graben verlassen und rannte geduckt in Richtung des T 34. Wir befanden uns schräg im Rücken des Kampfkolosses und ich musste erneut zweimal auf Rotarmisten feuern.

„Der Kerl ist völlig wahnsinnig!", stieß ich aus und folgte dem Pionier abermals.

Hektisch suchte ich Russen, die auf uns anlegen konnten. Zwischenzeitlich wurde mir aber klar, dass wir nun auch in das Feuer unserer eigenen Männer geraten konnten.

„Verdammt! Hat der Idiot kein Hirn!", fluchte ich.

Ich hatte fürchterliche Angst, aber wie hypnotisiert rannte ich dem Landser nach. Ein paar der Landser, die in der Sappe nachgerückt waren, folgten uns ebenfalls. Sie schwärmten aus. Von irgendwoher wurde eine Leuchtkugel abgeschossen und raste in den Himmel. Erschrocken legte ich mich im aufflackernden Magnesiumlicht zu Boden, nahm mein Gewehr in Anschlag und suchte Russen. Ich feuerte auf jeden Feind, den ich sah.

Der Pionier war auch im hellen Lichtschein weitergelaufen. Er hatte wohl einen Tunnelblick und nur Augen für sein Ziel. Den feindlichen Panzer!

Ich konzentrierte mich völlig auf den Mann und das Umfeld. Hinter dem Panzer tauchte ein Gesicht auf. Ich erkannte sofort die asiatischen

116

Gesichtszüge und schoss. Kopftreffer. Ich repetierte. Ein zweiter Rotarmist huschte um das Heck des T 34. Noch bevor er seine PPSch abfeuern konnte, streckte ich auch diesen Gegner mit einem Treffer im Brustkorb, auf Höhe der Herzgegend, nieder.

Der Pionier war jetzt am Panzer. Er wuchtete die Geballte Ladung auf das Heck des T 34, drehte sich um und hetzte wieder in meine Richtung.

Der Turmdeckel des Panzers öffnete sich. Ein Kopf war zu erkennen. Ich schoss. Ob ich den Panzerfahrer getroffen habe, weiß ich nicht.

Zeitgleich mit meinem Schuss kamen sie aus der Dunkelheit. Eine Wand aus lebendigen Leibern kam aus dem Nichts und bewegte sich auf den Graben zu. Das „Uräähhh" aus zig Kehlen wirkte lähmend. Wie viele Rotarmisten es waren konnte ich nicht sagen, aber gefühlt waren es Hunderte. Die Welle teilte sich. Eine größere Gruppe hielt nun direkt auf uns zu, während die anderen in den Grabenkampf einsickerten. Leiber prallten aufeinander. Messer und Bajonette blitzten auf. Nahkampf. Der Schrecken aller Soldaten. Der Kampf, bei dem man das Weiße im Auge des Gegners sieht. Die Rotarmisten, die in unsere Richtung stürmten, erreichten die Höhe des T 34. Die Geballte Ladung explodierte.

Wumm

Die Detonation war gigantisch und hallte mehrfach wider. Der 3kg-Sprengquader ließ den Stahl des T 34 bersten, als wäre es Pressspan. Der Turm wurde regelrecht weggehievt. Panzermunition explodierte zusätzlich. Splitter surrten umher. Funken sprühten und eine helle Stichflamme schoss nach oben. Der Sturmlauf der russischen Soldaten war gestoppt. Die Explosion hielt die Woge auf. Zwei oder drei Russen wurden tödlich getroffen, einige zum Teil schwer verletzt.

Ich presste den Kolben meines Gewehrs in die Schulter und gab Schuss für Schuss ab. Ich versuchte dabei so ruhig wie möglich zu bleiben und erinnerte mich an die Worte des Waffenmeisters, der mir riet lieber einen Schuss weniger abzugeben, aber dafür nur Treffer zu landen.

„Keine Hektik!", sagte ich mir ständig vor, dabei zitterten meine Knie schrecklich. Ich hatte furchtbare Angst.

„Hurraaaaa!", ertönte es plötzlich hinter mir.

Es waren scheinbar immer mehr Landser durch den Graben gekommen. Sie hatten sich offenbar in der Sappe gesammelt und wurden jetzt von einem Leutnant, den ich nicht kannte, in den Gegenangriff geführt.

Ätzender Geruch aus verbranntem Öl verteilte sich. In der Dunkelheit konnte man die schwarzen Schleierwolken im Schein des brennenden Wracks erkennen. Düster und bizarr schwebten sie fetzenartig über die Trümmer und Leichen.

Mir fiel nur ein Wort dafür ein. Todesschleier!

Ich starrte auf den Pionier. Zu meiner Erleichterung erhob sich der stämmige Kerl. Ich stand ebenfalls auf und eilte in seine Richtung. Er nickte. „Gut gemacht! Danke!"

Der beißende Qualm schmerzte beim Einatmen und so krächzte ich ein: „Du auch!"

Dann hetzten wir dem Leutnant nach, dessen Männer in Zugstärke den Sowjets nun in den Rücken fielen. Der Pionier hielt längst wieder den Spaten in der Hand. Ich blieb kurz stehen, legte zum Schießen an, gab aber schnell wieder auf. In diesem Menschenpulk konnte ich Freund und Feind nicht unterscheiden.

Ich hatte so viel Angst wie noch nie in meinem Leben und zögerte meinen Kameraden zu folgen. Nervös nahm ich das Gewehr in die linke Hand und fummelte die Pistole heraus.

Stöhnen, scheppern und klirren, schreien und jammern. Das alles vermischte sich mit den abgegebenen Schüssen und MP-Salven zu einem Alptraum an Geräuschkulisse.

Eine kleine Gruppe Rotarmisten löste sich aus dem Pulk und rannte zurück. Sie kamen direkt auf mich zugelaufen. Ich war in eine Art Schockstarre gefallen. Zwar hielt ich die 08 in der rechten Faust, doch ich war unfähig zu handeln. Wie gebannt starrte ich die drei Russen an. Einer von ihnen hielt seinen Karabiner wie eine Lanze nach vorn gestreckt. Das Bajonett ragte mir entgegen. Der Abstand wurde immer geringer. Erst als ich die Salve einer Maschinenpistole hinter mir rattern hörte und der Russe mit dem Bajonett getroffen zusammenzuckte, feuerte ich meine Waffe ab. Ich traf den, der mir nun am nächsten war zweimal in den Oberkörper. Mitten im Laufen stolperte er und blieb komisch verrenkt auf dem Boden liegen. Der dritte Sowjet fiel ebenfalls einer Salve des MP-Schützen zum Opfer. Ich drehte mich um. Es war der Oberjäger, der zuvor den Graben in die andere Richtung gelaufen war. Sein Gesicht war blutüberströmt. Er kam zu mir.

„Alles in Ordnung? Du hast lange gezögert, Kamerad."

„Alles in Ordnung", stammelte ich.

Er lief weiter. Ich folgte langsam. Der Nahkampf war entschieden. Unsere Männer konnten den Feind zurück drängen. Nach und nach verebbte das Feuer am Graben.

Sanitäter huschten umher, verbanden vor Ort und trugen Verwundete nach hinten zu den eingerichteten Sammelplätzen.

Feldwebel sammelten ihre Gruppen, Offiziere ihre Züge. Die Funkgeräte und Feldtelefone in den Kompaniegefechtsständen glühten.

Es wurde sofort ein kampffähiger Trupp zusammengestellt, der den Russen nachsetzen sollte. Starke Flankensicherung sollte zudem den Abtransport der Verwundeten decken.

Beides erwies sich jedoch als äußerst schwierig und kaum umsetzbar. Das Nachsetzen wurde unmittelbar vor dem nächsten Fabrikgebäude durch starkes Maschinengewehrfeuer und heftigen Granatenbeschuss gestoppt.

Das Bergen der Verwundeten erwies sich Großteils als Himmelfahrtskommando für die Sanitäter. Noch im Morgengrauen huschten die Männer mit den Rotkreuz-gezeichneten weißen Armbinden zwischen den Trümmern umher. Mit Werkzeug und Kabelrollen bepackte *Strippenzieher*, wie die Fernmelder im Landser-Jargon genannt wurden, huschten durch die Ruinenlandschaft und versuchten sofort Leitungen zu legen, damit die Verbindung und somit der Informationsfluss zwischen den vordersten Truppen und den Gefechtsständen von Kompanie-, Bataillons-, Regiments- und Divisionsebene so gut wie möglich funktionierte.

Als diese blutige, bitterkalte Nacht zu Ende ging, wurde ich von einem Melder zum Kompaniegefechtsstand gerufen.

Leutnant Hübner sah alles andere als frisch aus. Er war, wie alle anderen auch, völlig übernächtigt. Dennoch sammelte er unablässig Informationen und gab diese an Melder oder seine Nachrichter weiter. Die Uniform des Offiziers war blutverschmiert. Ich schloss daraus, dass er am Nahkampf teilgenommen hatte.

In einer Ecke der Ruine setzte ich mich hin und wartete. Bereits nach kurzer Zeit fielen mir die Augen zu und ich döste vor mich hin.

Als ich durch einen kurzen Stoß an der Schulter geweckt wurde, benötigte ich einen Moment, um wieder gänzlich zu mir zu kommen.

Hübner sah mich an. „Wieder da?"

„Äh … Ja. Ich war wohl eingenickt. Tut mir …"

Er unterbrach mich. „Ist gut. Ich möchte, dass Sie sich einen guten Platz suchen, den Feind beobachten und alle lohnenswerten Ziele ausschalten, die Ihnen vor die Optik kommen. Insbesondere Offiziere, Scharfschützen und Maschinengewehr-Nester!"

Ich gab keine Antwort, war wohl noch etwas vom Halbschlaf belämmert.

„Haben Sie mich verstanden?"

Im Stillen wiederholte ich die Worte des Auftrags und nickte. „Verstanden!"

„Wenn es dunkel ist, kommen Sie wieder hierher!"

„Jawohl, Herr Leutnant!"

Hübner drehte sich um. „Maracek! Haben Sie die Reserve endlich erreicht? Und funktioniert das mit dem Abtransport der Verwundeten?"

Während der Oberjäger antwortete, stand ich auf und verließ den Kompaniegefechtsstand.

In den nächsten beiden Tagen gelangen mir zwei Treffer. Der erste Abschuss erfolgte am ersten Tag in der Abenddämmerung. Ich lag auf einem Trümmerberg oder besser gesagt auf oder im Haufen eines eingestürzten Daches. Zwischen dem Gewirr von Dachziegeln, Stahlträgern und Balken war ich geschützt und hatte einen verhältnismäßig guten Blick auf zwei von Russen besetzte Gebäudekomplexe. Beide lagen geschätzte dreihundert Meter auseinander. Dazwischen Trümmer, ein Gleis und ein Waggon. Ich konzentrierte mich auf genau diesen Geländeteil zwischen den beiden Ruinen, denn dort war immer wieder Bewegung zu erkennen.

Ich entdeckte eine Gestalt. Sie huschte von Deckung zu Deckung. Der Rotarmist war wieselflink und äußerst vorsichtig. Manchmal hockte er minutenlang hinter einem der Trümmerhaufen, bevor er sich zum nächsten Sichtschutz wagte. Durch das Fernglas erkannte ich, dass er eine Meldetasche umhängen hatte. Ich legte den Feldstecher zur Seite und nahm das Gewehr in Anschlag. Als ich das erste Mal durch die Optik blickte, war er verschwunden. Ich wollte das Gewehr schon wieder zur Seite legen, als ich ihn zufällig wiederentdeckte. Er hatte es vom letzten Trümmerberg bis zum Waggon geschafft. Von diesem aus betrug der Abstand zur Ruine, die er erreichen wollte, nur noch 50 Meter. Vom Eisenbahnwaggon, hinter dem er auf eine gute Gelegenheit zum Weiterlaufen wartete, bis zur nächsten geeigneten Deckung waren es fünf bis sieben Meter.

Ich schätzte, er würde noch eine Zeitlang an diesem sicheren Platz verweilen und die Strecke bei Dunkelheit im Sprint zurücklegen.

Entsprechend legte ich an. Mir würden für diesen Schuss nur wenige Sekunden bleiben. Die Dämmerung arbeitete indessen für den Melder. Je dunkler es wurde, desto schwerer war er für mich erkennbar.

Ich begann mich in die Situation des Feindes hinein zu versetzen. Meine Gedanken kreisten nur noch um die letzte Distanz vom Waggon zur Ruine.

Ich würde warten. Oder hast du keine Zeit? Trägst du eine Eilmeldung bei dir? Hat dein Offizier gesagt, dass du sie jetzt sofort zu übergeben hast? Vielleicht ein Befehl, der schon jetzt, zur beginnenden Dunkelheit, umgesetzt werden muss?

Plötzlich ging alles rasend schnell. Ich erkannte die Bewegung. Der Rotarmist schnellte hinter dem Eisenbahnwaggon hervor und rannte mit großen schnellen Schritten zum nächsten Trümmerhaufen. Ich hatte den Finger bereits am Abzug. Der Körper befand sich im Stachel meiner Optik und ich drückte ab.

Der Schuss peitschte, das Projektil schnellte durch die Dämmerung. Gleichauf mit dem Mündungsblitz sah ich den Russen fallen. Ich zog die Waffe zurück und wartete. Zu groß war der Drang sofort erneut durch die Optik oder den Feldstecher zu sehen. Doch das Feuer aus drei Maschinengewehren, die ziellos in unsere Richtung schossen, hielt mich unten. Ich zog mich aus dieser Stellung zurück.

Der zweite Abschuss erfolgte am nächsten Morgen. Ich erkannte eine MG-Stellung und erschoss einen der Schützen.

Bildtafel

Original-Fotos aus Stalingrad 1942/1943

Bestand:	Bild 101 I - Propagandakompanien der Wehrmacht - Heer und Luftwaffe
Signatur:	Bild 101I-218-0517-24
Archivtitel:	Sowjetunion-Süd (Don-Stalingrad).- Schlacht um Stalingrad.- Deutscher Soldat (Scharfschütze) beim Zielen mit Gewehr mit Zielfernrohr; PK 694
Datierung:	September 1942
Fotograf:	Dieck
Quelle:	Bundesarchiv

Bestand:	Bild 146 - Sammlung von Repro-Negativen
Signatur:	Bild 146-1971-107-40, Alte Signatur: Bild 116
Archivtitel:	Sowjetunion, Schlacht um Stalingrad.- Deutsche Infanteristen in Stellung, Spätherbst 1942; PK
Datierung:	1942 Herbst
Fotograf:	o. Ang.
Quelle:	Bundesarchiv

Bestand:	*Bild 183 - Allgemeiner Deutscher Nachrichtendienst - Zentralbild*
Signatur:	*Bild 183-B22359, Alte Signatur: Bild 146-1994-050-020*

Bestand: *Bild 183 - Allgemeiner Deutscher Nachrichtendienst - Zentralbild*
Signatur: *Bild 183-B22359,   Alte Signatur: Bild 146-1994-050-020*

Originaltitel:
Zeugen schwerster Kämpfe in Stalingrad.
Die Straßen von Stalingrad scheinen völlig ausgestorben. Zerschossene Panzer und Ruinen kennzeichnen das Bild. Doch hinter den Mauerresten hält sich der Feind verborgen, um in heimtückischer Kampfesweise immer wieder erneut herauszubrechen.
PK-Aufnahme: Kriegsberichter Herber (Sch),
8.10.42 [Herausgabedatum]

Archivtitel: *Sowjetunion.- Schlacht um Stalingrad.- Abgeschossener sowjetischer Panzer T-34*

Datierung: *5. Oktober 1942, Fotograf: Herber*
Agentur: Scherl,
Quelle: *Bundesarchiv*

Bestand:	*Bild 101 I - Propagandakompanien der Wehrmacht - Heer und Luftwaffe*
Signatur:	*Bild 101I-617-2571-09*
Archivtitel:	*Sowjetunion.- Schlacht um Stalingrad.- Soldaten in einem Hauseingang; KBK Lw z.b.V.*
Datierung:	*1942 Herbst*
Fotograf:	*Ohlig*
Quelle:	*Bundesarchiv*

Bestand: *Bild 146 - Sammlung von Repro-Negativen*

Signatur: *Bild 146-2006-0106*

Originaltitel: *In Stalingrad. Im Morgengrauen gehen Essenträger vor und bringen die Verpflegung in die vordersten Stellungen unserer Infanterie in den eroberten Werkhallen einer Geschützfabrik in Stalingrad. PK-Aufnahme: Kriegsberichter Gehrmann - PBZ*

Datierung: *1942/1943 Winter, Fotograf: Gehrmann, Friedrich*

Quelle: *Bundesarchiv*

Bestand: *Bild 183 - Allgemeiner Deutscher Nachrichtendienst - Zentralbild*

Signatur: *Bild 183-R74190*

            ADN-ZB / SNB / II. Weltkrieg 1939-45

Originaltitel: *Die Stalingrader Schlacht begann im Juli 1942.*
In erbitterten beiderseits verlustreichen Kämpfen wehrte die Rote Armee das weitere Vordringen der faschistischen Truppen ab. Während der sowjetischen Gegenoffensive im November 1942 wurden über 300.000 Mann eingeschlossen. Die Reste dieser Verbände, etwa 91.000 Mann, kapitulierten am 31.1. und 2.2.1943 Rotarmisten einer Sturmgruppe kämpfen um eine Ruine in Stalingrad.
2638-49

Archivtitel: *Sowjetunion, Schlacht um Stalingrad.- Sowjetische Soldaten im Häuserkampf; ca. Nov./Dez. 1942*

Datierung: *1942 November - Dezember*

Fotograf: *o. Ang.*

Agentur: *SNB*

Quelle: *Bundesarchiv*

Während wir in unserem Bereich, durch die Eroberung einiger Gebäude oder Geländeabschnitte zumindest gute Teilerfolge erzielen konnten, verlief der Angriff gegen die Hauptziele nicht besonders erfolgreich. Die Russen leisteten erbitterten Widerstand. Einige der im Kampf verlorenen Gebäude und Fabrikhallen wurden wieder zurückerobert.

Eine eingeleitete russische Gegenoffensive sollte die deutschen Truppen wieder in deren Ausgangsstellungen zurückwerfen, doch schweres deutsches Geschützfeuer brachte den sowjetischen Angriff schnell zum Erliegen.

Am 12. November erfolgte der erneute Schlag von Paulus` Truppen. Eingeleitet wurde er in den Morgenstunden durch massives Artilleriefeuer. Anschließend drückten starke Infanterieverbände vorwärts, trennten die russischen Linien und deutsche Einheiten standen nahe an der Eis führenden Wolga.

Von benachbarten Kräften wurde unter hohem Blutzoll, sowohl bei den eigenen Verbänden als auch bei der Roten Armee, der Südbahnhof eingenommen. Besonders signifikant war der Anteil an gefallenen oder verwundeten Offizieren und Unteroffizieren.

Die Kampfstärke der eingesetzten Truppen sank auf unter 50 %. Generäle begannen Paulus zu warnen. Sie schienen das sich unweigerlich anbahnende Desaster zu ahnen.

Am 16. November 1942 fiel der erste Schnee. Ostwind und eisige Kälte ließen nichts Gutes hoffen. Die Stadt war ein einziger Trümmerhaufen. Der Bau von Winterquartieren war vernachlässigt worden und der Feind hatte sich immer noch diesseits der Wolga eingeigelt.

Die Soldaten beider Seiten hatten längst ihre Leistungsgrenze überschritten. Ausgezehrt und durchfroren setzten sie sich fest, wo sie gerade in Stellung lagen. Surreale Frontlinien entstanden. In manchen der großen Fabrikhallen trennten nur Wände oder Stockwerke die erbitterten Gegner.

Die Gesichter der Landser sahen kalt, düster und ausgemergelt aus. Die hohen Verlustzahlen und der immer härter geführte Kampf zehrten an ihren Nerven. Diejenigen, die Urlaubsscheine in den Händen hielten oder mit erträglichen Verwundungen mit Lazarettzügen aus dem Stalingrader Bereich hinaus gebracht wurden, betrachtete man als glückliche Gewinner.

Selbst die Schwerverwundeten ernteten neidvolle Blicke, als sie für den Transport vorbereitet wurden. Mancher von uns hätte gern seine Gesundheit für einen dieser Plätze eingetauscht.

Am Morgen des 19. November 1942 bahnte sich eine für uns unvorstellbare Katastrophe an. Da sich die russischen Truppen in Stalingrad erbittert wehrten und trotz heftigsten Kämpfen nicht über die Wolga zurückdrängen ließen, hatte General Paulus starke Verbände für die letzten Offensiven an die Front verlegt.

Ihm und seinem Generalsstab war entgangen, dass Stalingrad zum Köder einer gigantischen Falle geworden war. Unter dem Decknamen „Operation Uranus" hatten die russischen Militärs eine gigantische Offensive vorbereitet. Stalingrad sollte zur Todesfalle der 6. Armee werden.

Auf Kosten der Rotarmisten in Stalingrad waren, seitens der Deutschen unbemerkt, starke sowjetische Truppenverbände herangeführt worden, welche die feindlichen Linien durchstoßen und die Stadt in einer weitläufigen Zangenbewegung einkesseln sollten.

Es war eisig kalt und dichter Frostnebel lag über Stadt und Umland, als am Vormittag die russische Artillerie im Norden Stalingrads aus allen Rohren feuerte. Der Angriff war so heftig, dass die Detonationen der schweren Kaliber auch in mehr als vierzig Kilometer Entfernung zu hören waren. Unaufhörlich jagten russische Werfer-Batterien ihre Raketen aus sog. *Stalinorgeln* in Richtung der deutschen und deren verbündeten Truppen. Das Jaulen und Heulen der *Katjuschas* war für die Achsenmächte zermürbender Psychoterror, für die russischen Zivilisten hingegen der Klang der Befreiung.

Dem Artillerieschlag folgte der Angriff starker Panzer- und Infanterieverbände. Trotz anfänglich heftigem Widerstand der rumänischen Einheiten, konnte der Angriff nicht abgewehrt werden und bereits gegen Mittag des 19. November 1942 war die Front zusammengebrochen.

Feldtelefone läuteten schier unaufhörlich und der überlastete Funkverkehr erforderte den Einsatz aller zur Verfügung stehenden Nachrichter. Die eingehenden Meldungen stellten alles in den Schatten, was man bislang als schlimmste Befürchtung angenommen hatte. Die rumänische Front im Süden Stalingrads war eingebrochen.

Der Generalsstab war verwirrt, da zeitgleich an allen Fronten angegriffen wurde. Die russische Zangenbewegung wurde zu diesem Zeitpunkt nicht erkannt. Paulus reagierte nicht, da die Offensive der Sowjets im Verantwortungsbereich der Heeresgruppe B lag. Diese wiederum wartete auf Anweisungen vom OKW und damit von Hitler persönlich. Dieser Zeitverlust sowie die Fehleinschätzung der Gesamtlage durch General Paulus und dessen Stab, hatten fatale Auswirkungen.

Erst am Abend des 19. November wurden die deutschen Angriffe in Stalingrad-Stadt eingestellt. Man musste auf die neue Lage reagieren, da die rumänische Front zwischenzeitlich komplett zusammengebrochen war. Deutsche Divisionen mussten umkehren und sich um die Flankensicherung kümmern.

In der Nacht vom 19. auf den 20. November 1942 hatten russische Pioniere im Süden Stalingrads, ebenfalls im Bereich der von rumänischen Truppen gesicherten Flanke, in wahren Himmelfahrtskommandos Minenfelder entschärft. Starke sowjetische Panzerverbände stießen am 20.11.1942 durch diese Lücken und überrollten im dichten Nebel blitzschnell die vordersten rumänischen Stellungen. Bodentruppen folgten Welle für Welle. Schneetreiben setzte ein und erschwerte die Verteidigung. Die rumänischen Verbände versuchten sich dem übermächtigen Gegner entgegen zu stellen, waren aber ohne jede Chance.

Erst am 21. November registrierten General Paulus und sein Stab die bevorstehende Einkesselung. Eilig in Marsch gesetzte Truppen sollten verlorene Stellungen zurückerobern und den Rückzugskorridor bei Kalatsch offen halten.
Die Reaktion kam zu spät. Kalatsch selbst war zu schwach besetzt, um den Angreifern ausreichend Widerstand leisten zu können. Die russischen Angriffskeile vereinigten sich am 23. November 1942 in Kalatsch am Don und schlossen dort den Ring um die deutschen Verbände.
Die 6. Armee befand sich nun in einer Kesselschlacht.
Noch am Abend funkte Paulus persönlich und teilte mit, dass man eingekesselt war. Er bekam die Nachricht, dass für Entsatz gesorgt werde.
Am nächsten Morgen, dem 24. November 1942, erklärte Hitler, dass die *Festung Stalingrad* unter allen Umständen zu halten sei.

Am 27. November 1942 gab General Paulus über seine Abt. I a des Armee-Oberkommandos 6 einen Fernspruch an die General-Kommandos für seine Soldaten bekannt, der ab Regimentsebene mündlich zu verkünden war.

„Soldaten der 6. Armee! Die Armee ist eingeschlossen. Das ist nicht eure Schuld. Zäh habt ihr gehalten, bis der Feind uns im Rücken saß. Wir haben ihn hier gestellt. Er wird sein Ziel, uns zu vernichten, nicht erreichen.

Viel muss ich noch von euch fordern. Anstrengungen und Entbehrungen in Kälte und Schnee. Dabei stehenbleiben und um-euch-hauen gegen jede Übermacht!

Der Führer hat Hilfe versprochen. Wir müssen halten, bis sie da ist. Wenn die ganze Armee wie ein Mann zusammensteht, schaffen wir es!

Drum haltet aus, der Führer haut uns raus.“

Die zugesagte Versorgung des Kessels durch die deutsche Luftwaffe versagte von Anfang an. Von den täglich benötigten 500 Tonnen an Versorgungsgütern, wie u.a. Proviant, Treibstoff oder Munition, konnte nur ein Teil eingeflogen werden. Die Luftbrücke erreichte ein Versorgungsvolumen zwischen 5 und 25 Prozent.

Entsprechend wurden die Verpflegungsrationen sukzessive abgesenkt und betrugen gegen Ende der Schlacht gerade mal 60 Gramm Brot pro Mann.

Die Versorgungslage war entsprechend katastrophal. Mit dem Tag der kompletten Einkesselung, dem 24.11.1942, wurde die Verpflegung sofort auf 50 % der normalen Tagesration gekürzt.

Die Moral der Truppe und das Vertrauen in die Führung hatten erheblichen Schaden erlitten. Wir befanden uns in einem Kessel und durften nicht ausbrechen.

Besonders hart traf es die Kameraden, die bereits mit Urlaubsscheinen unterwegs zu den Bahnhöfen oder Flugplätzen waren. Die Blicke dieser Männer waren leer und kalt. Die Enttäuschung konnte nicht größer sein. Welten brachen zusammen. Hastig schrieben sie Briefe und erklärten, dass sie Weihnachten doch nicht zu Hause sein würden. Die Feldpost wurde zum wichtigsten Bindeglied zur Heimat. Sie war die Brücke zu den Familien, schenkte Hoffnung und Kraft.

Rationierte Verpflegung und Munition ließen sämtliche Alarmglocken schrillen. Zudem war der Winter mit Schneestürmen und Minustemperaturen endgültig eingekehrt.

„Zusammenrücken!", lautete die Devise.

„Füreinander einstehen und gemeinsam dem Feind entgegentreten!", wurde gebetsmühlenartig vorgegeben.

„Dem Russen geht's genauso!", versuchten wir uns einzureden, doch der Russe bekam über die Wolga Nachschub, wir nicht. Die Reihen ihrer Gefallenen und Verwundeten wurden aus einem nicht zu versiegen scheinenden Füllhorn geschlossen, unsere Lücken blieben bestehen.

Gab der Feind Ruhe, schlug das Wetter zu. Eisige Sturmwinde drangen in jede Ritze und krochen unter die Uniformen.

Während ich mit Winterkleidung relativ gut ausgestattet war, sah ich täglich viele Kameraden, die immer noch in ihren Sommeruniformen herumliefen. Ein paar ältere Landser erzählten vom gleichen Dilemma, damals vor Moskau, und berichteten von massenhaften Erfrierungen. Ihre schlimmsten Befürchtungen wurden Wochen später weit übertroffen. Der frostigen Faust des russischen Winters sollten genauso viele Männer zum Opfer fallen wie den Kugeln der Russen.

Am Schlimmsten traf es die russischen Kriegsgefangenen. Da wir Landser kaum zu essen hatten, gab es für die Russen gar nichts. Ihre Todesrate war hoch. Selbst ausgebrochener Kannibalismus wurde hingenommen.

Der kleine Soldat zahlte einen hohen Preis für die starrsinnigen Fehler der Verantwortlichen, die in ihren geheizten Wohnzimmern saßen, dreimal täglich aßen und große Reden schwangen, während wir hier draußen, in Stalingrad, elendig verreckten. Wenn es einen Ort gab, der der Hölle am Ähnlichsten war, dann war das Stalingrad.

An das Rumoren der Artillerie hatten wir uns längst gewöhnt. Schwieg sie, wurden wir pausenlos mit Parolen und Musik beschallt. Es war immer wieder der gleiche zermürbende Spruch, der sich tausendfach wiederholte:

„Alle sieben Sekunden stirbt ein deutscher Soldat in Stalingrad! Stalingrad Massengrab!"

Danach wurde Musik gespielt. Tango.

Bald wusste man nicht mehr, was besser war. Russische Artillerie-überfälle oder Lautsprecherangriffe. Das eine forderte unaufhörlich Leben, das andere ging erheblich an die Psyche der Landser. Wer nicht in der Lage war diese Beschallungen zu ignorieren, drehte irgendwann zwangsläufig durch.

Anfangs glaubten wir noch an die Rettung und den versprochenen Entsatz.

„Manstein haut uns raus! General Hoth und seine Panzer werden den Ring von außen sprengen!"

Allerdings wurde auch die Versorgung aus der Luft versprochen und diese blieb spürbar aus. Aus diesem Grund begann ich bald nach der Kesselbildung nicht mehr an eine Rettung zu glauben. Ich gab mich wohl oder übel meinem Schicksal hin.

Oft lag ich wach. Zitternd vor Kälte grübelte ich darüber, ob es richtig oder falsch war, sich zum Barras zu melden. Meinen Liebeskummer hatte ich längst verdrängt. Er war im Vergleich zu dem, was mich täglich bewegte, zu einem kümmerlichen Rest an Bedauernswertigkeit verkommen.

Das Verdrängen zählt wohl zu einer der Überlebensstrategien des Menschen. Genährt von der Hoffnung auf Rettung, gruben wir uns ein. Wir waren vom Angreifer zum Verteidiger geworden. Der reißende Wolf war in eine Falle geraten und wurde nun selbst zum Gejagten.

Die Russen holten zum tödlichen Schlag aus. Stalingrad lag in der Faust ihres Namensgebers, dem russischen Staats- und Armeeoberhauptes, Josef Stalin. Er musste sie nur noch zusammenpressen, um uns zu erdrücken. So kam es mir vor.

Meistens griffen die Rotarmisten im Morgengrauen an. Sie kamen aus dem eisigen Nebel oder rannten mitten im Schneetreiben auf unsere Stellungen zu. In ihren weißen Tarnanzügen waren sie erst spät zu erkennen. Ausgelegte Minen und taktisch gut positioniere MG-Nester stoppten viele der Angriffe. Zig Rotarmisten blieben oftmals blutüberströmt zwischen den Trümmern liegen. Verebbten die Angriffe, war das Stöhnen und Jammern der Verwundeten zu hören. Manche von ihnen versuchten sich zu den eigenen Linien zu schleppen. Andere hatten das Glück, von Sanitätern geborgen zu werden. Wer nicht gerettet wurde, starb in der Kälte. In den umkämpften Straßen und Häusern lagen die gefrorenen Leichen.

Nachts kam der Feind weiterhin in kleinen Gruppen in Stärken von bis zu zehn Mann. Meistens warfen sie in besetzte Häuser zwei oder drei Handgranaten und stürmten nach den Detonationen aus ihren Maschinenpistolen schießend hinein. Oder sie setzen Flammenwerfer ein.

Eroberten die Russen ein Haus, dauerte es nicht lange und wir erstürmten es erneut. Verloren wir tagsüber eine Stellung oder einen Bunker, eroberten wir ihn in den Abendstunden zurück.

Nach einem Kampf wurden als erstes die Taschen der Gefallenen nach Essbarem durchsucht.

Wurde es an einem Frontabschnitt still, kehrte Angst ein, denn dann lag meistens ein russischer Scharfschütze gegenüber, der die deutschen MG-Nester, Offiziere und Unteroffiziere ausschalten sollte. Die Angst vor dem einzelnen Schuss überragte die eines Schusswechsels bei einem Scharmützel bei weitem. Der einzelne Schuss bedeutete immer den sicheren Tod.

Nervenkrieg!

Informationen über feindliche Scharfschützentätigkeiten wurden gesammelt und sofort an die Kompanien gemeldet, die wiederum das Bataillon verständigten. Entsprechend wurden unsere eigenen Scharfschützen eingesetzt.

Auch meine Aufgabe bestand darin, diese Scharfschützen ausfindig zu machen und sie zu eliminieren. Zudem sollte ich ebenfalls Offiziere und Unteroffiziere erschießen. Das Abdecken von Angriffen kam als weitere Aufgabe hinzu.

Das von den Russen als *Rattenkrieg* bezeichnete Vorgehen im Häuserkampf wurde von uns kopiert. Es war das einzig adäquate Mittel, um Gebäude mit minimalsten Verlusten zurück zu gewinnen.

Also stellten auch wir Trupps in Stärken von bis zu zehn Mann auf. Zwei Drittel gaben Feuerschutz, während sich zwei bis drei mutige Kameraden nach vorn wagten, Handgranaten in die Häuser warfen und dann hineinstürmten.

In den Kellern oder in den Mauern der Ruinen lag der geschliffene Spaten immer griffbereit. Nahkampf war für die Männer in den vordersten Linien zum täglichen Akt geworden. Ziel der Schläge waren Kopf, Gesicht und Hals des Gegners. Sekundär die Kniescheiben oder Handgelenke.

Die Soldaten stumpften ab. Gnade wurde verbannt. Der Krieg war härter und rücksichtsloser als jemals zuvor. Menschlichkeit war ausgestorben. Überleben hing davon ab, wie brutal und gnadenlos man selbst im Kampf war.

Ebenso musste man unverletzt bleiben. Mit dem Versorgungsengpass im Kessel fehlte es nicht nur an Nahrung, Treibstoff, Munition oder Brennstoffen. Es fehlte auch an Medizin und Verbandsmaterial.

Die Verwundeten wurden, wie die anderen Truppenteile im Kessel auch, nicht ausreichend ernährt. Zudem fielen sie zusehends den eisigen Temperaturen zum Opfer und erfroren schlichtweg.

Nur wer es schaffte, aus dem Kessel ausgeflogen zu werden, war gerettet. Hierzu musste man jedoch als Spezialist gelten oder als Schwerverwundeter, den man noch retten konnte, einen Transportzettel erhalten.

Ich kehrte von einem zweitägigen Einsatz zurück. Ein russisches MG-Nest hatte sich in einem der oberen Stockwerke einer Ruine postiert und verhinderte mit seiner Feuerkraft jeden Angriff auf das Gebäude. Zeitgleich deckte es das Vorrücken kleinerer sowjetischer Kampfgruppen sowie die Trupps, die die benachbarten Häuser stürmten, ab. Es war zur Plage der zweiten Kompanie geworden und fünf Männer fielen ihm zum Opfer. Nur einer von ihnen überlebte, allerdings mit zerschossenen Beinen. Um an das MG-Nest heran zu kommen, musste ich nachts mit einer Kampfgruppe vorrücken. Sie nahmen im Nahkampf ein zuvor verlorenes Gebäude ein und ich huschte auf das Dach. Dort ging ich in Stellung. Trotz Winterbekleidung und Schafsfellen fror ich so stark, dass ich mir keinen guten Schuss zutraute. Als das Maschinengewehr wieder einen russischen Angriff abdeckte, erkannte ich deren Geheimnis. Sie lagen unter Stahlträgern und feuerten durch einen kleinen Schlitz. Das Feuer wurde von einem Beobachter gelenkt. In einem Feuergefecht würde ich mir mehrere Schüsse zutrauen. Da würde mich sicherlich niemand bemerken. Ich zollte der MG-Besatzung meinen Respekt. Tags darauf war es soweit. Eine Gruppe Landser griff an und lag im Feuer des Maschinengewehrs.

Sie arbeiten fast wie Scharfschützen, dachte ich mir, als ich zuerst den Beobachter, dann den MG-Schützen erschoss.

Als die Waffe kurz darauf wieder abgefeuert wurde, erschoss ich auch diesen Schützen. Danach schwieg das Maschinengewehr. Die Kompanie rückte vor und der Frontverlauf konnte dadurch begradigt werden.

Als ich mich verabschiedete, war mir irgendwie klar, dass dieser Zustand nicht lange halten würde. Das Erobern, wieder Verlieren und Zurückerobern von Stellungen, Häusern oder Frontabschnitten, war zwischenzeitlich normal geworden, in dieser Stadt der Toten.

In einer der Balkas hatten unsere Pioniere bunkerartig ein paar Höhlen in die erdigen Wände getrieben. Hier war man vor den russischen Artilleriegranaten relativ gut geschützt. Die Eingänge waren mit Holzbohlen verschalt, Türen aus Lattenhölzern zusammengezimmert. Fenster gab es keine.

Einer der Bunker war der Kompaniegefechtsstand und gleichzeitig die Schreibstube des Spießes. Die anderen dienten als Schlaf- und Aufenthaltsräume.

Der Bunker, in dem ich untergebracht war, hatte um die 20 qm Fläche. Die Einrichtung war sehr spärlich. Geschlafen wurde auf Strohsäcken, ein großer Tisch und jeweils zwei einfache Bänke dienten zum Sitzen. Im hintersten Eck hing ein Spiegel an der Wand. Darunter stand ein Schemel mit einer Waschschüssel. Allerdings gab es seit geraumer Zeit kein warmes Wasser mehr, weshalb die nötige Körperpflege auf ein Mindestmaß reduziert war. In den Gesichtern der Landser sprießten Bärte. Viele meinten, dass dies nochmals zusätzlich vor der Kälte schützte. Nur wenige Landser griffen noch zum Rasierzeug. Und wenn, dann vielleicht einmal in der Woche.

Es gab keinen Ofen, aber die Temperatur lag zumindest über Null Grad und es kam mir deshalb angenehm warm vor. Die Luft im Bunker war stickig. Ein paar Hindenburglichter spendeten diffuses Licht.

„Ah… unser Meisterschütze ist zurück“, wurde ich von Oberjäger Maracek begrüßt.

„Mach die Tür zu“, raunzte Obergefreiter Pfefferlein. Er war seit zwei Wochen bei uns, da er nach einer auskurierten Lungenentzündung noch zu schwach für den Fronteinsatz war. Pfefferlein unterstützte den Spieß bei dessen Schreibkram oder half Maracek.

Ich zog die Lattentür zu, wartete bis ich mich an das Licht gewohnt hatte und stellte dann mein Gewehr zu meinem Schlafplatz.

„Hast du es geschafft?“, wollte Maracek wissen.

„Man schaltet ein MG-Nest aus und am nächsten Tag sind drei neue da“, meinte Pfefferlein.

„Ja!“, entgegnete ich auf die Frage des Oberjägers.

„Dein wievielter Abschuss war das?“

„Weiß ich nicht", kam es spontan über meine Lippen.

Insgeheim wusste ich, dass es die Nummern 15, 16 und 17 waren. Die in einer Schlacht getöteten oder verwundeten Russen zählte ich nicht mit. Ich setzte auf diese eine besondere Liste ausschließlich die Männer, die ich als lauernder Scharfschütze als Ziel aussuchte und erschoss.

„Ist auch besser so", schob Maracek nach.

Ich legte mich auf das Strohlager, hüllte mich in meine Wolldecke und schloss die Augen. Ich war hungrig und hundemüde.

„Dann winkt aber kein Orden", hörte ich noch Pfefferleins Worte, reagierte aber nicht darauf und fiel schnell in Tiefschlaf.

Als ich am nächsten Tag aufwachte, war Trubel im Bunker. Die Männer lachten und scherzten. So eine ausgelassene Stimmung war äußerst ungewohnt. Neugierig hob ich meinen Kopf. „Was ist denn los?"

„Hoch mit dir, du Lausejunge."

Ich erkannte die Stimme sofort. Sie gehörte Wohlleben, unserem Spieß.

Alle lachten und sprühten regelrecht vor guter Laune. Irgendetwas war passiert.

Es muss etwas sehr gutes passiert sein, dachte ich, stand auf und ging zum Tisch.

„Setz dich her. Wir feiern die bevorstehende Befreiung!"

Noch leicht vom Schlaf benommen, kratzte ich mich am Hinterkopf.

„Befreiung?", stammelte ich.

„Läuseentfernung bitte erst nach dem Frühstück", lachte Pfefferlein und deutete auf meinen Kopf.

Meine Blase drückte. Ich war äußerst neugierig und wollte die ganze Geschichte hören. „Moment, ich geh nur schnell mein Morgengeschäft erledigen, dann könnt ihr mir in Ruhe alles erzählen."

Eine Viertelstunde später saß ich mit den anderen am Tisch. Im Bunker befanden sich Hofer, Zerberich, Maraczek, Pfefferlein, Wohlleben sowie Gründel, Holler und Schneider, die mit ihrem Maschinengewehr der Gruppe zugeteilt wurden, da ihr Zug nicht mehr existierte.

„Alle gefallen oder für längere Zeit im Lazarett", hatte Wohlleben bei deren Eingliederung kurz gesagt.

Mir wurde lauwarmer und extrem dünner Kaffeeersatz einge-
schenkt, der mir in diesem Moment besser schmeckte als jeder Bohnen-
kaffee, den ich zuvor in meinem Leben getrunken hatte. Zudem bekam
ich zwei Scheiben Brot, sehr dünn mit Leberwurst bestrichen, gereicht.
Ein Festmahl! Gierig langte ich zu, biss ab und kaute genüsslich. Trotz
meines großen Hungers aß ich langsam.

Ich war neugierig ohne Ende und die gute Laune meiner Kameraden war ansteckend.

„Kam ein Flugzeug mit Marketenderwaren an? Oder gibt es einen
anderen Grund zum Feiern?", fragte ich und vermied geflissentlich das
Wort *Befreiung*.

Die tiefe Stimme von Wohlleben übertönte das Geschnatter meiner
Kameraden. „Manstein haut uns raus!"

Ich begriff erst nicht recht, was er meinte und nahm einen Schluck
vom Getreidekaffee.

„Das hat der Führer ja versprochen."

„Unsere Panzer rollen an. Hoth haut den Iwan weg und prescht
geradewegs auf den Kessel zu. Verstehst du, Junge? Es dauert nicht mehr
lange und wir bekommen wieder ordentlich was zu fressen und saufen!"

Alles jubelte. „Auf Manstein!"

„Wann ist es soweit? Müssen wir ihm entgegen stürmen?"

Pefferlein erhob das Wort. „Hoth kann nicht mehr so weit weg sein.
Von den Außenposten wird berichtet, dass sie hin und wieder Kampfgetöse wahrnehmen können."

„Leute, ich verwette meinen Arsch, dass wir Weihnachten `ne fette
Gans verspeisen werden", strahlte Maracek und streckte seine Hand aus.

Niemand schlug ein.

„Ihr tut gut daran. Ich hätte die Wette gewonnen!"

Ich räusperte mich. „Maracek, ich hätte ja schon eingeschlagen,
aber was will ich mit deinem Arsch, wenn ich gewinne?"

Alles brüllte los. Sogar Maracek selbst fing an schallend laut zu lachen.

Wohlleben klopfte auf meine Schulter. „Gut gemacht."

Ich versuchte mich zu erinnern, wann wir das letzte Mal so ausge-
lassen zusammen gesessen hatten. Es war lange her. Mir kam es vor, als
wäre es Galgenhumor. Sofort wurde mir unsere Situation wieder ins Gedächtnis gerufen. Wir saßen seit mehr als drei Wochen in einem Kessel.
Die zugesagte Luftversorgung funktionierte nicht. Die Essensrationen
waren auf ein Minimum heruntergesetzt und reichten nicht aus, um einen

Mann gesund zu ernähren. Wir hatten alle stark abgenommen. Hunger war zum ständigen Begleiter geworden.

Zum Hunger gesellte sich der äußerst kalte Winter. Beides zusammen war schlimmer als der Russe. Ich konnte es zwar nicht mit Zahlen belegen, aber ich hatte das Gefühl, dass wir mehr Ausfälle durch Unterernährung und deren Folgen in Verbindung mit der extremen Wetterlage hatten als durch den Feind.

Täglich flatterten die Krankmeldungen herein. Es fehlte an allem. Ich blickte in die Runde. Herrschte jetzt der Wahnsinn oder stand die Rettung tatsächlich unmittelbar bevor.

„Hast du mich verstanden?", riss mich Wohllebens Bassstimme zurück in die Realität.

„Äh … nein", stammelte ich und fühlte mich ertappt.

„Ich sagte gerade eben, dass ich noch eine Überraschung für dich dabei habe."

Ich war erstaunt. „Was denn?"

Der Spieß hielt einen Brief hoch. „Es ist Feldpost angekommen. Hier …", er reichte mir den Umschlag, „… der ist für dich."

Mit zittrigen Händen griff ich zu. Dreimal las ich meinen Namen und den Absender. Der Brief war von meinen Eltern. In mir wurde es heiß und kalt. Obwohl ich hungrig war und mir in den letzten Tagen angewohnt hatte, das wenige Essen, das uns zugeteilt wurde, regelrecht zu zelebrieren, aß ich schnell auf, trank den Becher leer und hatte nur noch eines im Sinn. Lesen. Wortlos stand ich auf und ging zu meinem Strohsack. Dort kramte ich meine Taschenlampe hervor und schaltete sie an. Zwischenzeitlich hatte sich ein dicker Kloß in meinem Hals gebildet und mir war zum Weinen zumute.

Im Schein der Lampe begann ich zu lesen. Es war die Handschrift meiner Mutter. Ich fühlte mich wohlig warm und elend kalt zugleich. Nachdem ich fertig war, begann ich wieder von vorn. Nur nach und nach begriff ich, was darin stand.

Mein lieber Junge,

ich hoffe, dir geht es gut. Bald ist Weihnachten. Vielleicht kannst du Urlaub bekommen. Das wäre schön.

Ich muss dir eine traurige Nachricht übermitteln. Dein Onkel Josef hatte einen Herzanfall und ist vor einer Woche gestorben. Gestern haben wir ihn beerdigt. Alle waren da. Sogar Tante Hilde aus Wien ist angereist.

Alle lassen grüßen. Dein Vater erzählte jedem, wie stolz er auf dich ist und hat mit Onkel Karl gewettet, dass du noch vor dem Jahreswechsel das Eiserne Kreuz bekommst.

Pass bitte gut auf dich auf.

Leider muss ich dir noch etwas mitteilen. Nachdem du zum Militär gegangen bist, hat sich deine Freundin Edeltraud Eder als Krankenschwester an die Front gemeldet. Sie kam auch nach Russland. Gestern traf ich ihre Mutter. Sie erzählte mir voller Trauer, dass Edeltraud bei einem Luftangriff schwer verwundet wurde und ihren Verletzungen erlag.

Pass bitte auf dich auf. Gott schütze dich, mein Sohn. Bitte schreib mir, ob es dir gut geht und ob ich dir etwas schicken soll.

Deine dich liebenden Eltern.

Sie hat den Brief kurz vor der Einkesselung geschrieben.
Gedanken rasten durch meinen Kopf. Fragen tauchten auf.
Warum hat sie sich an die Front gemeldet? Edeltraud. Meine große Liebe. Ob sie es wegen mir getan hat oder wegen ihm?
Ich war verwirrt und der gefühlte Schmerz breitete sich immer weiter aus. Es war wie eine unsichtbare Hand, die nach meinem Hals griff und zudrückte.
Nein! Es war aus zwischen uns. Sie hat sich für den anderen Kerl entschieden.
Gedanken überschlugen sich, sprangen hin und her.
Sie erlag ihren schweren Verwundungen nach einem Luftangriff, wiederholte ich schließlich ein paarmal im Stillen.

Dem Schock folgte eine Leere. Ich weiß nicht, wie lange ich einfach nur auf meinem Strohlager saß und vor mich hin starrte. Es müssen etliche Minuten gewesen sein. Vielleicht sogar eine halbe Stunde.

Bilder aus glücklichen Tagen rauschten vorbei. Ich sah Edeltrauds Lachen, hörte ihre Stimme, dann plötzlich rumste es in meinem Kopf und sie lag blutüberströmt auf dem Boden. Ich schloss die Augen, verdrängte die Gedanken und spürte eine unbändige Wut in mir aufkommen. Sie drang nach oben wie die Lava eines brodelnden Vulkans.

„Die Russen haben meine große Liebe getötet!"

„Was?"

Ich wurde aus den Gedanken gerissen. Der Spieß hatte mit mir gesprochen. Weil ich darauf nicht reagierte, wiederholte er seine Frage.

„Müller, ich rede mit dir. Was hast du gesagt? Ich habe dich nicht verstanden."

„Äh …", stammelte ich. „Schon gut. Ich habe nur laut gedacht."

„Schlechte Nachrichten aus der Heimat? Ist alles in Ordnung?"

„Meine Eltern", entgegnete ich etwas monoton, „Sie sorgen sich um mich. Und ein Onkel von mir ist gestorben."

„Tut mir leid!"

„Schon gut. Ich kannte ihn kaum", antwortete ich schnell und wollte damit weiteren Fragen ausweichen. Am liebsten wäre ich aufgesprungen und davongelaufen. Meine Edeltraud war tot. Mein ohnehin schon gebrochenes Herz verfiel zu Staub und Asche.

Meine Eltern mussten seit Wochen leiden. Mein Gott! Ich hatte überhaupt nicht daran gedacht, ihnen zu schreiben. Ich saß in einem Kessel und sie bangten jeden Tag um mein Leben. Sie hatten den Brief vor der Einkesselung geschrieben und abgegeben. Ein Wunder, dass er überhaupt bis zu mir durchkam.

Ein Hoch auf unsere Luftwaffe und die Piloten der Ju 52.

Ich musste ihnen unbedingt schreiben. Wenigstens in paar Zeilen. Mitteilen, dass es mir gut geht.

Wenn Briefe in den Kessel rein kommen, dann kommen auch welche raus.

Ich griff meinen letzten Gedanken auf und stellte dem Spieß eine Frage: „Funktioniert die Feldpost auch in die andere Richtung?"

„Blöde Frage. Natürlich! Jede *alte Tante Ju*, die hier landet, hebt auch wieder ab."

Ich setzte mich zurück an den Tisch. „Was glaubt ihr? Wie lange wird es dauern, bis Manstein den Kessel von außen aufsprengt?"

„Hm…", der Spieß überlegte. „Schwer zu sagen."

„Vor Weihnachten! Da bin ich mir ganz sicher", warf Maraczek ein.

„Ja, vor Weihnachten. Und sie haben bestimmt jede Menge Proviant und Marketenderware dabei", lachte der junge Hofer.

Er war der einzige Landser unter uns, in dessen Gesicht keine Bartstoppeln sprießten. Das lag aber nicht daran, dass er sich gründlich pflegte, sondern war lediglich der Ursache geschuldet, dass sein Bartwuchs im Allgemeinen sehr spärlich war.

Es klopfte.

„Ja", polterte Wohlleben hinaus.

Die Tür wurde geöffnet und ein Junge stand in der Tür.

„Komm rein Nikolai!"

Ich starrte den kleinen Kerl an. Er war nicht älter als acht oder neun Jahre. Etwas an ihm kam mir bekannt vor, doch ich konnte in diesem Moment nicht sagen, was es war. Der Junge schloss die Tür, ging zu Wohlleben und salutierte. Dann sagte er in gebrochenem Deutsch: „Chäff möchtää sähen…, Herrn Oberfeldwääbel!"

„Wer ist das denn?", fragte ich neugierig.

„Nikolai. Er lief uns vor ein paar Tagen zu. Seine Familie ist tot. Er ist nett und erledigt allerlei kleinere Aufgaben", erklärte Maracek.

„Und er ist ein helles Köpfchen. Lernt schnell unsere Sprache. Hätte ich diesem Bolschewikenvolk gar nicht zugetraut", schob Pfefferlein nach.

Irgendwie kam mir der Bursche bekannt vor.

„Dann geh´ ich mal rüber", sagte Wohlleben und erhob sich. „Wir sehen uns zu Mittag. Ich hoffe, die Suppe mit Pferdefleischeinlage ist bald fertig."

„Für seine Dienste bekommt er was zu Futtern. Viel braucht der Kleine nicht", meinte Zerbi.

Jetzt fiel es mir wieder ein. Ich erkannte den Mantel mit den vielen verschiedenfarbigen Flicken. Er gehörte einem der beiden Jungs, die ich beim Plündern der Leichen gesehen hatte. Allerdings trug ihn damals der Größere der beiden Kinder. Ich sah noch das Bild vor mir, wie sich beide beim Fund der Fischdose gefreut hatten.

„Wo ist dein Bruder?", fragte ich.

Der junge Russe sah mich an.

„Kennst du ihn?", wollte Maracek sofort wissen.

„Ich habe ihn mal gesehen. Da waren sie aber zu zweit."

„Nix verstähen …", antworte Nikolai und zuckte mit den Schultern.

„Lass gut sein, Alfred. Nicht, dass er uns noch melancholisch wird, wenn du ihn an seinen Bruder erinnerst. Sind schwere Zeiten."

Ich nickte und lächelte Nikolai an. „Ist schon gut, Junge", sagte ich. Wohlleben ging raus, Nikolai folgte ihm.

Die Suppe enthielt tatsächlich reichlich Pferdefleisch. Über Geschmack lässt sich bekanntlich streiten. Früher hätten wir diese Suppe wohl stehen gelassen und uns beim Küchenbullen beschwert. Aber in diesen Hungertagen glich der Suppeneintopf einem Festmahl. Zwar wies das spärlich vorhandene Gemüse in der Suppe dunkle Flecken auf, doch wir ignorierten es. Wenn man richtig Hunger hat, ekelt man sich nicht vor leicht verdorbenen oder angeschimmelten Lebensmitteln. Man verschlang alles, was man fand.

Der Spieß redete pausenlos und schüttete uns mit Neuigkeiten zu. „... und außerdem hat es auch Hauptmann Greiner erwischt. Die Ruhr hat ihm so zugesetzt, dass er im Lazarett starb. Unser Leutnant Hübner ist zum Oberleutnant befördert worden. Und stellt euch vor, der Wangendurchschuss von Weinberger hat sich entzündet. Sie mussten dem armen Kerl ein ganz schön großes Stück herausschneiden."

„Um Gottes Willen. Er ist so jung und dann so entstellt", schlug Zerbi die Hände zusammen. „Er kann einem erbarmen."

„Hätte er uns können", sprach Wohlleben mit gedämpfter Stimme weiter. „Leider war er von der Entzündung so geschwächt, dass er trotz des operativen Eingriffs im Lazarett starb."

Für einen kurzen Moment trat Stille ein. Man dachte an die verstorbenen Kameraden, doch der Tod war für uns zum ständigen Begleiter geworden und ließ uns abstumpfen. Sterben gehörte genauso zum Alltag, wie Zähne putzen oder der Gang zur Toilette.

„Stalingrad – Massengrab! Der Iwan hat Recht. Wir werden hier alle verrecken", hauchte Holler aus.

„Spinnst du?", stieß ihn Maracek in die Seite. „Sieht doch gut aus!"

Holler hatte den Mantelkragen hochgeschlagen und die Mütze tief über die Ohren gezogen. Seine braunen Augen wirkten müde. „Wir reden uns alles schön. Wir fressen ein notgeschlachtetes Pferd in einer wässrigen Brühe, angereichert mit verfaultem Gemüse. Wir hocken in einem Erdloch ohne Ofen, haben uns seit Tagen nicht mehr gewaschen und die Läuse fressen uns auf. Es sterben mehr Kameraden im Lazarett als auf dem Schlachtfeld. Das dort draußen ...", er hob die Hand und deutete zum Ausgang des Bunkers, „… ist keine Stadt mehr, das ist die Hölle!"

Wohlleben ging zu Holler und legte eine Hand auf dessen Schulter. „Du solltest dich ein wenig hinlegen, Kamerad. Es gibt Tage, da wird einem einfach alles zu viel! Ich kenne das. Maracek kennt das und alle anderen haben es auch schon mitgemacht."

„Zu Hause machen sie jetzt Holz. Wir schlagen zu dieser Zeit die Bäume", sprach Holler weiter, ohne auf die Worte des Spießes einzugehen.

„Nächsten Winter bist du wieder mit dabei. Das verspreche ich dir. Da wirst du Bäume fällen, den Weihnachtsbaum aussuchen und wenn du nach Hause kommst, wird es nach Plätzchen duften."

Holler bekam einen Tunnelblick, reagierte nicht auf die tröstenden Worte seines Kameraden. „Ich weiß nicht, wie viele Iwans ich schon getötet habe und trotzdem scheinen sich ihre Reihen nicht zu lichten. Es werden mehr und mehr. Ich habe das Gefühl, dass für jeden toten Iwan zwei neue Russen kommen. Das muss ein Ende haben. Ich will nach Hause."

Zerbi flüsterte mir ins Ohr: „Er bekommt einen Frontkoller. Wir müssen auf ihn aufpassen."

Noch während der Obergefreite sprach, stand Holler auf. „Ich ersticke hier drinnen. Ich muss mal an die frische Luft", kam es monoton.

„Gute Idee", grinste Wohlleben.

Es klopfte. Nikolai rief von draußen. „Herr Feldwääbel …!"

„Ich komme."

Holler öffnete die Tür, betrachtete den jungen Russen, zog seine Pistole 08 aus dem Holster, richtete den Lauf der Waffe auf Nikolai und drückte ab. Der Knall des Schusses dröhnte in den Ohren. „Wieder ein Iwan weniger."

„Neiiiiiin!"

„Hooooo…ller!"

Das Projektil durchschlug Nikolais linkes Auge und trat aus der Schädeldecke wieder aus. Blut spritzte. Der Junge sackte augenblicklich zusammen.

Der MG-Schütze drehte sich zu seinen Kameraden um. Sein Blick war leer. Wohlleben stürmte auf ihn zu, doch bevor der Spieß den völlig verwirrten Landser erreicht hatte, schob sich Holler den Lauf der 08 in den Mund und drückte ab. Ein blutiger Batzen Mütze, Knochen und

Hirn klatschte gegen das Holz der offen stehenden Tür. Holler brach tot zusammen.

Alle waren aufgesprungen.

„Verdammte Scheiße!"

„So ein Arschloch!"

Im Nu kamen weitere Kameraden angelaufen. Auch die Tür des Gefechtsstandes flog auf. Zwei Nachrichter und Oberleutnant Hübner kamen herausgelaufen, sahen den Pulk Soldaten und rannten hin.

Wohlleben versuchte mit möglichst wenigen Worten die Sachlage zu erklären. Hübner nickte bei jedem zweiten Wort. Als der Spieß fertig war, herrschte betroffenes Schweigen.

„Sorgen Sie dafür, dass die beiden Leichen bestattet werden."

„Jawohl, Herr Oberleutnant."

Der Offizier wendete sich den Männern zu. „Ist noch jemand unter euch, dem es genauso schlecht geht wie Holler?"

Keiner meldete sich.

„Ich frage noch einmal. Wem geht es nicht gut? Ist noch einer unter euch, den die Schwermut gepackt hat?"

Keiner meldete sich.

„Männer! Wir sind alle am Ende unserer Nervenkraft angelangt. Wir stemmen uns gegen einen übermächtigen Feind, dessen Reserven nicht zu verebben scheinen, aber glauben Sie mir, die Rettung naht! Wir binden so viele russische Truppenverbände, dass der Ring von außen kinderleicht aufgesprengt werden wird. Es dauert nur noch wenige Tage und General Hoth´s Panzer schlagen den Iwan in die Flucht. Haltet aus! Nur noch ein paar Tage!"

„Warum laufen wir Hoth nicht entgegen und brechen aus?"

Hübners Antwort kam wie aus der Pistole geschossen. „Weil diese Stadt den Namen des russischen Oberchefs trägt. Und wenn Stalingrad fällt, fällt auch Russland. Wir sitzen seit Wochen und Monaten hier fest und wir haben viele tapfere Männer verloren. Ihr Tod soll nicht umsonst gewesen sein. Im Namen aller Gefallenen sage ich euch, dass wir uns hier festsetzen und aushalten, bis der Entsatz da ist. Wir zermürben den Feind!"

Gemurmel.

Zwei Sanitäter kamen angelaufen.

„Zu spät. Beide tot", wurde ihnen zugerufen, woraufhin sie ihren Schritt verlangsamten.

Auf Befehl Wohllebens hoben sie Holler auf die Bahre und legten den Jungen oben drauf. Ein kurzer Hinweis der Aufklärung folgte. Dann trugen sie die Leichen weg. Zurück blieben die blutigen Flecken auf der Erde und Blutspritzer auf dem Holz der Tür.

Hübner trat näher an Wohlleben heran, beugte sich an sein Ohr und flüsterte: „Ich habe drüben noch eine halbe Flasche Schnaps. Die holen Sie und teilen es mit den Männern hier. Und danach brauche ich Müller. Wir haben eine Meldung über verstärkte Scharfschützentätigkeit herein bekommen.“

„Verstanden.“

An diesem Tag entschloss ich mich dazu, keinen Brief nach Hause zu schreiben. Ich wollte weder die tatsächlichen Umstände schildern, noch darüber hinweg das Blaue vom Himmel lügen. Stalingrad ist und blieb das, was es war. Eine Stadt der Toten, eine Stadt zum Sterben und eine Stadt ohne Gnade. Hier ging der Teufel ein und aus, säte Unglück und Verderben und der Tod ritt als Erlöser durch die Straßen.

„Viel kann ich Ihnen nicht mitgeben, Müller, aber zumindest haben sie, vorausgesetzt Sie gehen sparsam damit um, Verpflegung für drei Tage.“

„Danke, Herr Oberleutnant. Ich weiß das zu schätzen.“

„Mir wäre es lieber, Sie würden als Dank dafür sorgen, dass die russischen Scharfschützen sich zurückziehen. Die erste Kompanie ist am Verzweifeln. Drei Essensträger, zwei Melder und ein Wachposten in nur zwei Tagen. Das ist selbst für Stalingrad zu viel!“

Ich nickte.

„Unsere Kompanie wird morgen Nacht die Stellung besetzen und die dortigen Kameraden herauslösen. Ich weiß, morgen ist Heiligabend, aber es hilft alles nichts. Wir müssen dort raus. Seit die Wolga zugefroren ist, können die Sowjets mehr Nachschub über den Fluss bringen als zuvor mit den Booten. Wenn es Ihnen gelingt, erst den oder die russischen Scharfschützen zu erledigen, die an unserem Abschnitt wüten und danach beim Feind für Unruhe sorgen, werde ich Sie sofort nach der Öffnung des Kessels in Urlaub schicken! Ausgestattet mit dem Eisernen Kreuz. Das verspreche ich Ihnen.“

„Vielen Dank, Herr Oberleutnant.“

Mir kam der Einsatz gelegen. Ich musste raus aus dem Bunker, weg von meinen Kameraden. Ich brauchte die Einsamkeit. Während sie in den Stellungen liegen würden, wollte ich abseits von ihnen in Ruhe trauern, meine Gedanken in die Vergangenheit schweifen lassen und die Realität, nach und nach, als solche akzeptieren. Ich brauchte Zeit. Zeit für mich allein. Zeit um zu begreifen, dass Edeltraud tot war.

Zudem stellte sich etwas Neues ein. Eine unbändige Wut auf die Russen. Sie töteten meine Edeltraud und ich sann nach Rache. Ich wollte sie in meinem Schmerz jagen. Ich machte sie dafür verantwortlich, was geschehen war. Über die eigentliche Schuld, an der in ganz Europa herrschenden Misere, machte ich mir keine Gedanken. Das verdrängte ich. Nur hin und wieder kamen Fragen auf, wie:

Wer ist in wessen Land eingedrungen? Warum muss ich Menschen töten, die ich noch nie in meinem Leben gesehen hatte? Was mache ich hier?

Ich zog mich an und ging raus. Die eisige Kälte machte mir in diesem Moment nichts aus. Die Wollmütze tief über die Ohren gezogen, marschierte ich los. Egal wo ich hinsah, ich konnte nichts Euphorisches mehr erkennen. Der Glanz der einstigen unbesiegbaren Wehrmacht war längst verblasst. Wohin ich auch blickte, ich sah nur Elend.

Verfluchter Krieg! Verfluchtes Stalingrad! Was hast du nur aus mir gemacht? Was hast du aus uns gemacht?

Ich schlenderte ohne Ziel umher. Überall Trümmer und zerstörte Gebäude. Manche Ruinen waren bewohnbar, andere dienten als Müllhalden. Hin und wieder durchsuchten Landser ein paar unbewohnbare Ruinen und suchten nach allem, was brannte. Zwei Pioniere waren dabei, einen großen Schrank zu zerschlagen und das Holz auf einen Schlitten zu legen.

Etwas weiter weg räumten russische Hilfswillige eine Straße frei. Drei Lastwagen warteten mit laufenden Motoren. Einer der Fahrer war ausgestiegen und betrachtete einen der Reifen.

„Scheißdreck, verreckter. Jetzt verliert er Luft!", hörte ich ihn lautstark schimpfen.

Der Beifahrer kam hinzu und beide begutachteten das Rad. Einer griff in seine Manteltasche und kramte etwas hervor. „Willst du ´ne Papirossi? Habe ich vorhin einem toten Iwan aus der Tasche gezogen."

„Das Zeug kannst du selber rauchen. Davon wird mir nur schlecht. Mach dir lieber Gedanken um den Reifen. Ich hoffe, wir schaffen es mit dem Ding hier bis hinten. Ich habe wenig Lust, die Leichen abzuladen."

Als ich die letzten Worte aufschnappte, blickte ich auf die Ladeflächen der Lastwagen. Ein grausiges Bild bot sich mir. Es brannte sich

147

unauslöschlich in meinen Gedanken fest. Sie waren mit Leichen beladen. Augenscheinlich alles gefallene, deutsche Landser. Bizarr ragten gefrorene Arme oder Beine hervor. Der Anblick von blutig roten Stümpfen und zerschlagenen Gesichtern jagten Schauer des Ekels über meinen Körper. Mein Magen drohte zu rebellieren. Man konnte noch so viel Leid und Elend gesehen haben. Man konnte zwischen Leichen und Leichenteilen vorwärtsstürmen oder sie mit dem Fernglas beobachten, wenn man auf Lauer lag, doch an sie gewöhnen würde man sich nie.

Drei Lastwagen voller toter Kameraden. Drei Lastwagen voller Einzelschicksale.

Wie viele werden es wohl sein? Fünfzig? Fünfzig Familien werden trauern. Fünfzig Kameraden nicht mehr leiden müssen.

Ich ging weiter. Obwohl ich nicht mehr hinsehen wollte, drehte ich nochmal meinen Kopf. Ich stellte fest, dass einigen Männern die Stiefel fehlten.

Da brauchten andere wohl warme Winterstiefel, war mein erster Gedanke. *Wir sind geschlagen und warten auf den Tod*, der Zweite.

Irgendwann kannte ich mich nicht mehr aus. Ich beschloss zurück zu gehen. Feldgendarmen verstanden keinen Spaß, wenn sie einen fern der Truppe erwischten. Ganz schnell wurde man der Fahnenflucht angeschuldigt und von einem eilig aufgestellten Standgericht zu Tode verurteilt. Zumindest im schlimmsten Fall. Um mich nicht zu verlaufen, wählte ich den gleichen Weg zurück. Die Lastwagen waren weg, die Straße wieder passierbar. Ich spürte zwischenzeitlich die Kälte und wollte so schnell wie möglich in den Bunker.

Kurz vor der Balka standen zwei Kameraden. Sie sprangen immer wieder auf der Stelle hin und her, um sich aufzuwärmen. Dabei schienen sie sich zu unterhalten. Einen von ihnen kannte ich. Als er mir zunickte, fiel mir wieder ein, wer er war.

„He, Kamerad", rief er mir zu und winkte mich zu sich.

Er war ursprünglich beim Tross und gelernter Friseur. Ich ließ mir mal die Haare von ihm schneiden. Das war kurz bevor wir nach Stalingrad kamen. Damals gab es für jeden von uns als Marketenderware Zigaretten. Als Nichtraucher tauschte ich meine immer gegen nützliche Dinge ein. Ihm schenkte ich eine Packung für den Haarschnitt. Lediglich an den Namen konnte ich mich nicht mehr erinnern, also begrüßte ich ihn mit: „Servus, du bist doch der Friseur."

„Ja. Brauchst du einen Haarschnitt? Kannst du mir etwas dafür anbieten?"

Ich schüttelte den Kopf. „Tut mir leid."

„Hast du Zigaretten oder Schnaps oder so etwas in der Art?", fragte der andere Kamerad.

„Ich habe leider gar nichts."

„Wir könnten dir da einen richtig heißen Hinweis geben", meinte nun der Friseur.

Der andere unterstützte ihn. „Und zwar etwas, das dir was wert sein sollte."

„Was denn?"

Sie blickten sich kurz um. „Wir wissen, wo du etwas für deinen Schwanz findest. Eine gut aussehende Russin. Sie macht es dir für ´ne Scheibe Brot oder zwei Zigaretten."

„Wir wissen wo sie wohnt. Sie ist garantiert sauber. Keine Geschlechtskrankheiten oder so."

„Und bildhübsch. Richtig große Möpse."

„Na, hast du Lust?"

Ich sah beide an. „Wie viele Kameraden habt ihr denn schon zu eurer Dame geschickt?"

„Komm mit, wir unterhalten uns mal in Ruhe darüber", schlug der Friseur vor. „Wenn du hier in den Wehrmachtspuff gehst, holst du dir nur den Tripper oder Sackratten. Selbst der Offizierspuff ist …"

„Kein Interesse. Verkauft eure Hure an jemand anderen", unterbrach ich. Mir war die Sache nicht geheuer. Irgendetwas im Blick des Landsers, den ich nicht kannte, gefiel mir nicht.

„Du hast doch garantiert etwas einstecken. Komm, leer mal deine Taschen aus."

Ich zog meine Handschuhe aus und öffnete den Mantel. Als der Friseur dem anderen voller Vorfreude auf eine Beute angrinste, griff ich an das Pistolenholster und zog die 08 heraus. Ich hielt den Lauf der Waffe an den Kopf des mir unbekannten Soldaten. „Ihr seid zwei riesige Arschlöcher! Wir sitzen alle zusammen in diesem Drecksnest hier fest und ihr wollt eure eigenen Kameraden bestehlen! Ich sollte euch beiden eine Kugel durch den Kopf jagen oder euch den Feldgendarmen übergeben, dann habe ich für die Russen zwei Patronen mehr."

„Warum hast du als einfacher Landser eine Pistole unter dem Mantel?", stammelte der Friseur.

„Weil ich mein Scharfschützengewehr nicht überall mitschleppe!"

„Das ist ein Irrtum. Wir wollten dir bestimmt nichts wegnehmen", kam es mit leiser Stimme von dem, der den Lauf meiner Waffe an der Stirn hatte.

„Ihr beide kotzt mich an!"

„Die Russin gibt´s wirklich. Ich sage dir wo du sie findest. Komm, ich führ dich hin. Ich habe sogar noch zwei Zigaretten. Die gebe ich dir!", winselte der Friseur.

„Erstens habe ich keine Lust darauf, mir irgendetwas zu holen und zweitens habe ich vorhin erfahren, dass meine Braut tot ist. Gefallen für Großdeutschland. Sie war Krankenschwester an der Ostfront! Und dann kommt ihr zwei Arschlöcher und bietet mir an, es mit eurer russischen Hure zu treiben! Widerlich! Oder zwingt ihr sie dazu? Ich denke, ich werde euch melden!"

„Nein! Bitte nicht! Wir zwingen sie nicht! Ehrlich. Ich schwöre es!"

„Er hat Recht. Natascha macht es mit jedem, der ihr etwas gibt!"

„Verpisst euch! Verpisst euch und lasst euch nie wieder in meiner Nähe sehen!"

Beide drehten sich augenblicklich um und liefen weg. Ich steckte die Pistole wieder ein, knöpfte den Mantel zu, zog die Handschuhe an und ging schnurstracks zum Bunker. Ich war sehr wütend und dachte darüber nach, ob ich dem Spieß von dem Vorfall erzählen sollte oder nicht. Als ich den Unterstand erreichte, überschlugen sich jedoch die Ereignisse und der unangenehme Zwischenfall wurde zur Belanglosigkeit.

„Alfred, gut, dass du schon da bist. Wir haben dich gesucht. Heute Vormittag hat der russische Scharfschütze schon wieder zugeschlagen. Er hat Kremer erschossen!"

„Was?", reagierte ich geschockt. „Was hatte er dort vorne verloren?"

„Im Auftrag von Hübner hat er die Stellungen und Wege dorthin erkundigt."

Der Verlust meines Gruppenführers traf mich hart. Kremer war ein feiner Kerl, der die Gruppe stets so geführt hat, als wären wir alle seine jüngeren Brüder.

„Wo war das?"

„Na dort, wo wir morgen hin sollen."

„Geht das noch genauer?"

„Da musst du Maracek fragen."

Wortlos ging ich zu meinem Platz und packte alles zusammen. Die Ration, die für drei Tage reichen sollte, reicht kaum aus, um einen erwachsenen Mann für einen Tag zu sättigen. Obwohl der Hunger pausenlos präsent war, spürte ich ihn in diesem Augenblick nicht mehr. Der Hass auf die Russen war ins Unermessliche gewachsen.

„Was hast du vor?", fragte Zerberich.

„Zerbi, lass mich einfach in Ruhe."

„Wenn du wütend bist, machst du Fehler", warnte der Obergefreite.

„Ich habe von Hübner ohnehin den Auftrag erhalten, mich um die Scharfschützentätigkeit der Russen zu kümmern."

„Ja, aber doch erst morgen, wenn wir alle in die Stellungen müssen."

„Ist doch egal!"

„Morgen ist Heiligabend. Wenn wir Glück haben, lässt uns der Russe in Ruhe. Wir werden es uns gemütlich machen. Egal, wie es dort aussieht."

„Gemütlich?", lachte ich höhnisch und wandte mich ab.

„Alfred, mach keinen Blödsinn."

Ich antwortete nicht, suchte aber im Gedanken nach den richtigen Worten. Erst als ich meine Sachen gepackt hatte, wendete ich mich Zerberich zu. „Zerbi, du musst dir keine Sorgen machen. Ich fühle mich wohler, wenn ich etwas Vorsprung habe. Ich kann dann schon den Weg für euch absichern. Verstehst du? Ich gehe jetzt rüber zu Maracek und lasse mir die Stellen zeigen, an denen unsere Leute erschossen wurden. Dann gehe ich raus, suche mir einen geeigneten Standort und lege mich auf die Lauer."

Pfefferlein räusperte sich. „Also, ich fühle mich wohler, wenn ich weiß, dass Alfred dort in Stellung liegt, wenn wir vorgehen."

Zerbi klopfte mir auf die Schulter. „Es sind die härtesten Zeiten, die wir jemals mitgemacht haben, in diesem Scheißkrieg. Wir müssen nur noch ein, zwei oder drei Tage durchhalten, dann sind unsere Panzer da und der Russe wird davon laufen. Ich habe noch etwas Schnaps gebunkert. Den gibt's morgen. Komm zu uns, wenn wir uns eingerichtet haben."

„Das mache ich", sagte ich und drückte die Hand des Obergefreiten.

Als die Dämmerung einsetzte, marschierte ich los. Ein paar Kameraden vertrugen den Suppeneintopf mit Pferdefleisch nicht und bekamen Durchfall. Ich hatte glücklicherweise keine Probleme.

„Wir sehen uns morgen. Pass gut auf dich auf", verabschiedete mich Zerbi.

Es war eisig kalt und unter meinen Stiefeln knirschte der Schnee. Die Kälte kroch schon nach den ersten Metern unter meine Winterjacke. Mir war klar, dass ich unbedingt eine wettergeschützte Stellung brauchte, zumindest aber einen warmen Unterschlupf, in den ich mich zurückziehen konnte.

Unsere Lage war fatal. Während unser versprochener Nachschub durch die deutsche Luftwaffe so gut wie gar nicht stattfand bzw. gerade mal ein Fünftel von dem abdeckte, was wir benötigten, verhielt es sich bei den Sowjets umgekehrt.

Die Meldungen kamen tropfenweise von der Division bis zu uns herunter. Ein Teil der Nachrichten mehr inoffiziell und unter der Hand. Allerdings aus Quellen, denen man glauben konnte. Andererseits auch genauso gesteuert, dass man die Nachrichten auch als unbegründete Latrinenparolen abtun konnte. Je nachdem, wie einem zumute war.

Es hieß, dass die Russen diesseits der Wolga so gut wie ausgehungert sind und kaum mehr über Munition verfügen. Sozusagen das gleiche Schicksal erleiden wie wir. Das lag daran, dass die Wolga aufgrund der vielen Eisschollen kaum mehr schiffbar war. Dann allerdings, vor gut einer Woche, fror die Wolga zu. Die wintergewohnten Russen legten mehrere Eisstraßen an und seither funktionieren die Nachschubwege besser denn je. Verwundete kamen auf die andere Seite des Stromes, Nachschub und neue Soldaten auf unsere Seite herüber. Während wir immer schwächer werden, erstarkte der Gegner.

Ich wollte mir selbst ein Bild davon machen. Sobald ich die Scharfschützen erledigt hatte, war es mein Ziel, bis zu Wolga vorzudringen und dort für Unruhe zu sorgen.

Einzig und allein die Hoffnung sowie das Wissen, dass General Hoth und dessen Panzer kurz vor Stalingrad standen und den Ring binnen ein oder zwei Tagen sprengten, gab uns die Kraft uns gegen den übermächtigen Gegner und das Wetter zu stemmen.

Die Kämpfe in der Stadt waren grausam geworden. Unsere Soldaten sahen verwegen aus und erinnerten mich mehr an einen verlorenen Haufen von Söldnern als an die Landser der glorreichen 6. Armee.

Momentan hatte sich ein Tunnelkrieg herauskristallisiert. Die orts-kundigen Russen krochen durch die Kanalisation und Tunnel im Indust-rieviertel, drangen so in Häuser ein und schlugen zu. Viele Häuser wech-selten an manchen Tagen mehrfach den Besitzer. Zurück blieben immer einige Tote und Verwundete. Die Leichen ließ man im kalten Schnee liegen. Dieser Rattenkrieg zehrte mehr an den Nerven der Männer als eine offen ausgetragene Schlacht. Der Feind konnte immer und überall zuschlagen. Man war nirgends mehr sicher.

Stalingrad – Massengrab!

„Die Heckenschützen haben an exakt drei Stellen zugeschlagen", erklärte mir der Feldwebel.

Der Unterstand war relativ groß. Pioniere hatten beim Ausbau mit-geholfen. Ein paar Stahlträger stützten die Decke der Ruine vor dem Ein-sturz. Die Fenster waren soweit zugeschüttet oder verbaut, dass sie als Schießscharten dienen konnten. Die Öffnungen waren mit Karton zuge-stellt.

Ein paar Hindenburglichter spendeten dämmriges Licht. Es war sti-ckig, aber warm. In einem alten Kanonenofen wurde alles verbrannt, was man verbrennen konnte. Man legte allerdings immer nur dann etwas nach, wenn das Feuer auszugehen drohte. So wollte man Heizmaterial sparen. Viel war nicht mehr und ich nahm mir fest vor, dass ich mich unterwegs nach Brennmaterial umsehen würde. Dann hätten Zerbi und die anderen eine warme Unterkunft.

Wenn uns der Russe in Ruhe lässt, könnten wir sogar einen netten Heiligabend feiern, dachte ich, während der Feldwebel weiterredete.

„Die ersten beiden wurden vorne bei Haus 56 erschossen. Dann fielen zwei im Laufgraben vom VB und unserem Unterstand und der Rest wurde auf dem Pfad nach hinten erschossen, den Melder und Es-senträger benutzen. Das beunruhigt uns am meisten. Denn das bedeu-tet, dass jeder Gang zur Latrine, jeder Gang zum Essenholen und jeder Gang zur Ablöse der Posten, der letzte sein kann. Dort draußen sitzt ein gewiefter russischer Scharfschütze und den musst du erwischen, Kame-rad."

Ich ließ mir die Stellen auf der Karte zeigen. Hierzu zündete der Feldwebel eine Petroleumlampe an und drehte den Docht so hoch, dass eine ziemlich detailgetreu gezeichnete Karte gut lesbar war.

„Wir haben nicht mehr viel Petroleum. Schau dir die Stellen schnell an, dann muss ich die Lampe wieder löschen."

Ich achtete auf die Stellen, die mit seinem Finger markiert wurden. Als nächstes machte ich mir ein Bild über die Laufwege des Russen und überlegte, ob er allein oder mit Beobachter arbeitete. Dann dachte ich darüber nach, ob es sich um einen oder mehrere Schützen handelte.

„Wo hat der Russe zuletzt zugeschlagen?"

„Hier, auf dem Pfad nach hinten."

Er hat sich bis hierher vorgearbeitet. Er oder beide kennen entweder einen Schleichpfad oder er hat sich hier versteckt. Dann allerdings hat er nicht aufgepasst, als ich kam.

Bei diesem Gedanken wurde mir etwas mulmig in der Magengegend.

„Ich werde mich jetzt hinlegen und morgen, vor Sonnenaufgang, rausgehen."

Der Feldwebel nickte. Erst jetzt erkannte ich, dass er hinkte.

„Verletzt?", fragte ich und deutete auf sein rechtes Bein.

„Nein! Diese Scheißkälte. Ich habe mir wohl zwei Zehen abgefroren. Morgen gehe ich sofort ins Lazarett."

„Warum nicht gleich? Damit ist nicht zu spaßen!"

„Morgen!"

Ich merkte die Entschlossenheit und schwieg.

Wumm

Rrrrt rrrrt

Eine krepierende Handgranate, gefolgt von einer Maschinenpistolensalve, beunruhigte mich. Instinktiv griff ich an die Seite. Meine Faust umfasste den Griff der Pistole 08.

„Das spielt sich im Nachbargebäude ab. Wir liegen seit drei Tagen auf Lauer", erklärte der Feldwebel.

„Klingt so, als ob sie sie haben", grinste ein Obergefreiter mit Vollbart. Er hatte ein lückenhaftes Gebiss und eine kleine Schwellung am Mund.

Gedanklich formierte ich diese Indizien zu einem Bild. *Schlag mit einem Kolben. Nahkampf! Er lebt, also ist der Russe, der ihm die Zähne ausgeschlagen hat, tot.*

Weitere Salven, vermischt mit lautem Geschrei, brachten mich unverzüglich in die Realität zurück. Allerdings war schlagartig Ruhe eingekehrt.

Wenige Minuten später flog die Tür auf. Zwei Landser stützten einen verletzten Kameraden. Zwei weitere schleppten einen verwundeten Russen in den Unterstand.

„Du hattest den richtigen Riecher, Harry. Die Iwans sind durch den Kanal gekrochen und wollten uns im Schlaf überraschen.

„Wir brauchen Verbandszeug. Schnell! Gustav hat´s erwischt."

Hektik kam auf.

„Wir haben einen von ihnen lebend erwischt. Karl packte ihn am Kragen, haute ihm eines über die Rübe und zog ihn aus dem Loch, bevor ich die Handgranate rein kullern ließ."

„Wie ist das mit Gustav passiert?"

„Ein Splitter. Er hatte sich nicht richtig abgeduckt!"

Der Tisch wurde frei gemacht, die Petroleumlampe angezündet. Der Feldwebel holte die Tasche eines Sanitäters. Ihm fiel mein Blick auf. „Den Sani haben die Russen geholt", meinte er kurz.

Dem Verwundeten wurden Mantel und Feldbluse ausgezogen, dann schoben sie Hemd und Unterhemd zur Seite. Ein Geruch von Ungewaschen und Ungepflegt strömte vom Körper weg. Wanzen und Läuse hatten ihre Spuren hinterlassen. Die Schulter war vorn und hinten blutig. Mit einem nassen Lappen wusch der Obergefreite um die Wunde herum das Blut weg.

„Ahh…"

„Geht's?"

„Macht schon! Verdammt, tut das weh", stöhnte der Verwundete.

„Ein- und Austrittswunde. Der Splitter ist durchgeschossen. Du hast Glück."

„Nähzeug?"

„Her damit! Schnell!"

„Viel ist nicht mehr da, aber dafür könnte es noch reichen."

Ich wendete mich ab. Der gefangene Russe saß auf dem Boden und starrte vor sich hin. Er war etwa 20 Jahre alt und zitterte vor Angst. Neben ihm stand ein Gefreiter.

„Hast du es im Griff?", hörte ich die Stimme des Feldwebels.

„Kein Problem."

„Ahh...! Kannst du nicht aufpassen! Das sind höllische Schmerzen!"

„Wer jammert, lebt!"

„Haben wir noch Jod?", fragte ein anderer.

„Nein! Gustav muss entweder noch heute Nacht zurück oder bis morgen warten, wenn wir herausgelöst werden."

„Er soll warten. Morgen liegt unser Scharfschütze auf Lauer. Das ist sicherer!"

Der Feldwebel ging derweil zu dem Russen. „Sprichst du Deutsch?"

Keine Antwort. Ein Faustschlag landete im Gesicht des Gefangenen. Blut rann aus dessen Nase über die Lippen und tropfte nach unten. Langsam bewegte er die rechte Hand nach oben, wischte mit dem Handrücken über das Gesicht und hielt seinen Daumen an das betroffene Nasenloch.

„Und jetzt?"

Es folgten ein paar Worte in russischer Sprache. Der Russe stieß sie schnell aus. Man merkte sofort, dass er große Angst hatte.

„Welche Schuhgröße hat der Bolschwik?", fragte der Obergefreite. Er hatte die Wunde des Verwundeten versorgt und putzte sich die Hände an einem schmutzigen Lappen ab.

„Schau selbst!"

Er ging hin und zeigte auf die wattierten Stiefel. „Ausziehen!"

Die Zeichensprache war deutlich. Als die Stiefel vor ihm standen, nahm sie der Obergefreite und prüfte die Größe.

„Die stinken genauso wie unsere Latschen! Mann, ist das ein verfluchtes Nest. So ein heißes Bad und ´ne Entlausung wären schon was wert."

Ich erkannte auf Anhieb, dass die Stiefel für den Landser zu klein waren.

„Wie viele seid ihr und wo führt dieser verdammte Tunnel hin? Wie oft kommt ihr da durch und wie viele Tunnels gibt es in diesem Drecksloch?"

Frage auf Frage wurde gestellt, doch der Russe schien nichts zu verstehen. Erneut schlug der Feldwebel zu. Zweimal klatschte die Faust ins Gesicht des Gefangenen. Diesmal auf Augenhöhe. Ein Schlag war so heftig geführt, dass man zusehen konnte, wie der Bereich um das Auge anschwoll.

„Wenn er dich nicht versteht, wird er nicht antworten", sagte der Gefreite, der sich nun hinter den Russen gestellt hatte.

Der Feldwebel hob seinen rechten Fuß an und klatschte die Stiefelsohle auf die Zehen des Rotarmisten.

„Ahh ...", schrie dieser auf und bäumte sich nach unten, woraufhin der Feldwebel mit dem Knie zustieß. Die Lippen des jungen Soldaten platzten auf. Er jammerte.

„Willst du ihn totschlagen?", fragte ich.

Der Feldwebel drehte sich zu mir um. „Scharfschütze, hast du ein Problem damit, wie ich meine Verhöre durchführe?"

„Ich meine ja nur. Wenn er tot ist, kann er gar nicht mehr reden. Wieso bringst du ihn nicht irgendwohin, wo jemand Russisch spricht? Die können ihn vernehmen."

„Weil ich diese Drecksäcke hasse. Ich habe etliche meiner Kameraden verloren und ich habe eine Stinkwut in meinem Bauch. Diese Kanalratten kämpfen nicht mehr wie Soldaten! Sie kriechen durch die Tunnel, kommen aus den Löchern und massakrieren uns. Sie rauben uns den Schlaf und dann macht mich dieses Lautsprecher-Gelaber noch wütender. Bevor ich abtrete, werde ich so viele Iwans wie möglich mit über den Jordan nehmen! Und wenn ich diesen Mistkerl, der meinen Leuten die Kehle durchschneiden wollte, totprügeln muss, um etwas zu erfahren, dann werde ich es tun!"

„Dann wirst du nichts erfahren!"

„Weißt du, was sie mit dir machen, wenn sie dich finden, Scharfschütze? Sie werden dir die Haut bei lebendigen Leib abziehen und dir den Lauf deines Gewehrs soweit in den Arsch rammen, bis die Mündung aus deinem Mund herausschaut! Hast du etwa Mitleid?"

Stille.

Ich hatte das Gefühl, dass in diesem Moment alle im Unterstand befindlichen Augen auf mir ruhten. Mich alle Landser anstarrten.

„Meine Braut war unterwegs zur Ostfront. Sie wollte als Krankenschwester uns Landsern helfen. Die Russen haben sie getötet. Ich töte die Russen. Und ich weiß, was sie tun, wenn sie mich gefangen nehmen und als Scharfschützen identifizieren", antwortete ich mit ruhigem Ton. Ich dachte, je gelassener ich wirke, desto mächtiger werden meine Worte ankommen.

Immer noch Stille. Keiner sagte etwas. Scheinbar dachte der Feldwebel tatsächlich über meine Worte nach. Seine zur Faust geballte Hand öffnete sich.

Ich rollte mein Schaffell aus, legte mich hin und zog meine Wolldecke bis zum Kinn hoch. „Schlag bitte leiser zu. Ich möchte noch etwas schlafen. Morgen muss ich die russischen Scharfschützen ausfindig machen. Das ist anstrengend."

„Mir passen die Stiefel", jubilierte einer der Männer. „Und sie sind viel wärmer als ich dachte."

„Behalte sie, der hier wird keine mehr brauchen", entgegnete der Feldwebel mit gedämpfter Stimme.

„Gib ihm deine", meinte der Obergefreite.

Der Landser, der die wattierten Stiefel des Rotarmisten trug, ging zu dem Gefangenen und stellte seine Knobelbecher ab.

„Anziehen", deutete der Feldwebel an.

Der Gefangene kam der Aufforderung nach.

„Heinz, bring ihn nach draußen."

Der Gefreite packte den Russen und schob ihn zur Tür. Der Feldwebel folgte. Eine Minute später knallte ein Schuss. Die beiden Landser kamen zurück. „Auf der Flucht erschossen."

Was macht dieses Stalingrad aus uns, fragte ich mich und versuchte einzuschlafen.

Ich war zeitig aufgestanden und losmarschiert. Anhand der Skizze, die mir der Feldwebel gegeben hatte, orientierte ich mich durch das Trümmergewirr. An jeder Gebäudeecke und hinter jedem Schutthaufen hielt ich an, verharrte und beobachte die Gegend. Schließlich fand ich eine gute Stelle. Eine umgestürzte Gebäudewand hatte einen Laternenmast mitgerissen. Er fungierte wie der Dachbalken eines Hauses. Es war zwar ein bisschen umständlich dort hinein zu kriechen, aber dafür war man sehr gut getarnt. Unter dem Mast hatte sich ein kleiner Hohlraum gebildet, der groß genug war, dass ich liegen und hocken konnte. Zwar musste ich in der Hocke den Kopf noch ein wenig einziehen, aber ich konnte mich bei längerem Aufenthalt soweit bewegen und ausstrecken, dass mein Blut zirkulieren konnte.

Das Sichtfeld vor mir war ideal. Die Stelle war eine von zwei neuralgischen Schlüsselpunkten, an denen der Gegner vorbeikommen, besser gesagt, in meinem Schussfeld auftauchen musste. Außer er bewegte sich durch die Kanalisation, aber das glaubte ich nicht.

Der Schnee bewirkte zusätzlich eine Art Dämmeffekt. Es war zwar nicht annähernd so warm wie in einem Iglu, aber immerhin spürte ich einen angenehmen Temperaturunterschied.

Gut, dass der Ostwind nicht eindringt!

Ich rollte das Fell aus und begann meinen Rucksack auszupacken. Drei leere Konservendosen waren für die Toilette gedacht. Ich legte die Munition zurecht.

Noch zwei von den Explosivgeschossen.

Dann legte ich die 08 neben mir ab. Ich wollte sie im Notfall sofort griffbereit haben. Als nächstes setzte ich das Zielfernrohr auf das Gewehr. Der Lauf war mit einem schmutzig-weißen Laken umwickelt. Ich schob es durch meinen Sichtspalt und ließ einmal meinen Blick über das mögliche Schussfeld kreisen. Danach stellte ich die Visierung auf die gedachte Entfernung ein. Ich legte die Waffe ab, nahm das Fernglas und begann zu beobachten.

Mein Unterschlupf war nicht allzu weit vom Unterstand entfernt, in dem Zerbi und die anderen den Feldwebel herauslösen würden. Links von uns standen ein paar völlig zerstörte Fabrikhallen, rechts war ein größeres Gelände. Offensichtlich Niemandsland.

Schienen, zerstörte Waggons, eine ausgebrannte Lok. Ein paar Ruinen.

Ein Scharfschütze kann sich überall verstecken.

Ich zog die Skizze des Feldwebels hervor und legte sie vor mich hin. Dann betrachtete ich das Gelände vor mir, drehte die Skizze um, so dass ich die Sichtweise der Russen hatte und versuchte mir das Gebiet, das ich nicht einsehen konnte, vorzustellen.

Ich legte den Bleistift auf die Stellen, an denen der Scharfschütze unsere Kameraden erschossen hatte und zog einen Radius. Diesen verglich ich mit den tatsächlichen Begebenheiten und den dortigen Unterschlupfmöglichkeiten.

Ich plante und überlegte pausenlos. Nach einer Stunde hatte ich den Schluss gezogen, dass der Russe überall liegen konnte. Meine Idee war sinnlos. Auf diese Art und Weise konnte ich definitiv nicht herausfinden, wo er sich verbarg. Zumal dürfte er, so wie wir deutschen Scharfschützen auch, nach jedem Schuss die Stellung wechseln oder aber in seinem Loch bleiben und sich für eine Zeitlang unsichtbar machen.

Sie arbeiten zu zweit, war mein nächster Gedanke, doch auch der brachte mich nicht viel weiter. Möglicherweise waren es auch ein Beobachter und zwei oder drei Schützen. Die Russen waren wahre Meister im Scharfschützenwesen.

Bei diesem Gedanken überkam mich Unbehagen. Sollten es tatsächlich mehrere Schützen sein, würden sie mich mit hoher Wahrscheinlichkeit schon beim ersten Schuss ausfindig machen oder im ungünstigeren Fall sogar schon vor meinem ersten Schuss.

Meine Position war gut. Sehr gut sogar. Ich sah das Niemandsland, die russische Seite und einen kleinen Teil unserer Stellungen. Daran, dass ich möglicherweise zur rechten Flanke hin ganz dicht an russisch besetzten Häusern lag, habe ich bei Bezug des kleinen Hohlraumes nicht gedacht. Ich kroch nach hinten und suchte etwas, um den Zugang zu verstellen. Ich entdeckte etwas, das wie Dachpappe aussah und zog daran.

Da es angefroren war, stemmte ich mich dagegen und riss förmlich daran. Schließlich rollten ein paar Steine nach unten weg, ich kippte nach hinten und hielt die Pappe in der Hand. Sie hatte ursprünglich einen Leichnam verdeckt. Das Gesicht des Toten war an einer Seite bis zu den Knochen angefressen. Mäuse, Ratten, verwilderte Katzen oder Hunde, sofern diese Tiere nicht längst in Kochtöpfen gelandet waren, hatten sich daran gelabt. Ekel überzog mich. Ich deckte den Zugang von hinten ab und fühlte mich dabei sicherer.

Der Winter sorgte dafür, dass die herumliegenden Leichenberge noch nicht verwesten.

Bei einsetzendem Tauwetter wird diese Stadt zum größten Friedhof der Erde, durchfloss es mich. Den Gestank wird man schon von weitem riechen und Schwärme von Mücken und Ungeziefer werden Stalingrad beherrschen. Hoffentlich schaffen wir es noch im Winter, die Russen über die Wolga zu schicken!

Als ich wieder in Stellung lag und mir das Gelände genauer betrachtete, erkannte ich die Vielzahl von herumliegenden Gefallenen. Es bot sich ein Bild des Schreckens.

Bis zum Nachmittag tat sich nichts. Absolut nichts. Mein Magen begann sich langsam vom Ekelschock der angefressenen Leiche zu erholen und knurrte. Ich packte ein paar Trockenkekse aus und begann zu essen. Ich biss immer nur kleine Stücke ab und kaute äußerst langsam.

Je mehr ich aß, desto hungriger wurde ich. Ein Blick auf meine Ration sagte mir, dass ich jeden Tag zwei dünne Scheiben Brot zur Verfügung hatte. Dazu verfügte ich über eine Büchse Ölsardinen und eine kleine Dose Schinkenwurst.

„Drei Tage", murmelte ich und hoffte, dass General Hoth mit den Panzern auch jede Menge Proviant mit nach Stalingrad bringen würde.

Mit den Stunden, die ich in der Stellung verbrachte, wurde mir klar, dass ich nicht dauerhaft hier bleiben konnte. Ich musste definitiv zum Aufwärmen zurück in den Unterstand. Ich legte mir ein Zeitfenster zurecht, sah auf meine Armbanduhr und ging, nachdem der letzte Keks verzehrt war, wieder in Position.

Das Prozedere war immer gleich. Ich teilte das Gelände gedanklich in kleine Raster und betrachtete Ausschnitt für Ausschnitt, um etwaige Änderungen festzustellen, die auf Verstecke von Scharfschützen hinwiesen.

Während des Wartens gingen mir viele Dinge durch den Kopf. Sinnloses und Sinnvolles wechselten sich dabei immer wieder ab. So erinnerte ich mich daran, wie ich mit meinen Klassenkameraden Fußball spielte und der Ball im Garten unseres Lehrers landete. Er gab ihn uns nicht zurück, sondern sperrte ihn in seinen Schuppen. Sonntagvormittags ging er immer ins Wirtshaus und spielte Karten. Wir verabredeten uns, kletterten über den Zaun und gelangten in den Schuppen, indem wir zwei marode Holzlatten der Seitenwand herausbrachen. Nachdem wir den Ball wieder hatten, brachten wir die Latten wieder an. Anschließend pinkelten wir in den Karpfenteich des Lehrers, kletterten wieder über den Zaun und rannten so schnell wir konnten zum Bolzplatz. Wir lachten und feierten unseren Sieg. Allerdings ging uns allen der Hintern auf Grundeis, als wir am Montag wieder zur Schule mussten. Nun, er hatte nichts bemerkt und wir waren die mutigsten Kerle der ganzen vierten Klasse. Bei den Gedanken an damals huschte ein Lächeln über mein Gesicht. Mein Herz erwärmte sich für einen kleinen Augenblick.

Ich sinnierte auch darüber, wie es mich zur Ostfront verschlug und warum ich mit einem Scharfschützengewehr Menschenleben auslöschte. Noch vor einem Jahr hätte ich Haus und Hof verwettet, dass ich, Alfred Müller, so etwas niemals tun könnte.

Gefühle sind schon eine komische Sache. Sie lassen dich in einem Moment hochleben und in den Himmel fliegen und nur einen Augenblick später ziehen sie dich runter in die Hölle. Bei mir war es der große Liebeskummer, der mich an die Front verschlug. Im Nachhinein betrachtet hatte Mutter Recht. Es war völliger Unsinn, sich wegen so etwas freiwillig zum Militär zu melden. Jetzt war es zu spät. Ich war hier. Hier in Stalingrad.

Wer weiß, wo ich sonst wäre. Der Einberufungsbefehl wäre ohnehin früher oder später gekommen. Hm ... vielleicht wäre ich ja in Frankreich oder Afrika. Egal. Ich bin jetzt hier und ich habe eine Aufgabe zu erfüllen. Dort drüben schleicht irgendwo ein russischer Scharfschütze herum, der meine Kameraden der Reihe nach erschießt.

Irgendwann kam ich auch an dem Punkt an, an dem mir unsere Lage absolut bewusst wurde. Ich brauchte mir nichts vorzumachen. Bei aller Euphorie, die wir uns selbst vorgaukeln, ich musste eingestehen, dass wir am Ende waren. Ich fühlte mich so, als wäre ich bezüglich der Lebensmittelrationen leicht bevorteilt behandelt worden. Dennoch hatte ich massiv abgenommen und Hunger war zum täglichen Begleiter geworden. Würde ich mich im Spiegel betrachten, was würde ich da sehen? Einen spindeldürren Kerl oder einen kräftigen Soldat?

Denk an was anderes, redete ich mir ein.

Die Zeit verging an diesem Tag nur sehr langsam und ich erwischte mich dabei, wie ich in immer kürzeren Abständen auf meine Armbanduhr sah.

Der Abschnitt vor mir war ruhig. Selbst nach ein paar Stunden hatte sich immer noch nichts bewegt. Das war für einen Frontabschnitt in dieser Höllenstadt untypisch. Ich spürte, dass sich da etwas zusammenbraute. Für diese Stille gab es zwei Möglichkeiten. Entweder die Russen bereiteten einen Angriff vor oder ein Scharfschütze wartete auf seinen Schuss. Die unsägliche Ruhe war ein unverkennbares Zeichen.

Ruhig, viel zu ruhig, dachte ich wiederholt und verharrte länger in meiner Stellung als ich ursprünglich geplant hatte. *In Stalingrad gibt es keinen Quadratmeter, der nicht pausenlos umkämpft wird. Hier stimmt etwas nicht. Sie hocken irgendwo dort draußen und warten. Ich kriege euch!*

Die Kälte war längst durch alle Ritzen meiner kleinen Stellung gekrochen und fraß sich unaufhaltsam durch meine Winteruniform. Als es zu dämmern begann, war ich vom konzentrierten Auflauern erschöpft. Hunger und Kälte forderten ihren Tribut. Dennoch rappelte ich mich noch einmal auf und versuchte mich ein letztes Mal für diesen Tag ein paar Minuten lang zu konzentrieren.

In der Dämmerung verlassen die Rehe den schützenden Wald, um auf den Wiesen und Auen zu äsen. Das ist der Moment, in dem der Jäger zuschlägt.

Mit diesem Gedanken zog ich das Fernglas hervor und begann mein Raster visuell abzutasten. Allerdings selektierte ich das Gelände und legte mein Augenmerk auf ein paar Örtlichkeiten, die meines Erachtens besonders gut für Scharfschützen geeignet waren.

Wo bist du?

Ich hatte den Minustemperaturen lange trotzen können, doch nun war es soweit. Ich fror und entsprechend zitterte ich. Mir war klar, dass ich wohl keinen gezielten Schuss mehr abgeben konnte.

Nachdem ich bereits mehr als die Hälfte der neuralgischen Punkte abgesucht hatte, hörte ich etwas. Es klang so ähnlich wie das Poltern eines Steines, der einen Geröllhaufen hinunter rollte. Danach trat Stille ein. Es war absolut ruhig. Gespenstisch ruhig. Es war nichts mehr zu hören. Ich legte das Fernglas zur Seite und lauschte angestrengt.

Vieles kann diesen Stein ins Rollen gebracht haben.

Immer noch diese trügerische Stille.

Der Horizont war bereits grau und kurz vorm nahtlosen Überschwappen ins Dunkel der Nacht.

Also gut, ein allerletzter Blick, dann ziehe ich mich für heute zurück.

Ich nahm den Feldstecher, suchte die Stelle, an der ich vorhin meine Suche unterbrochen hatte und erschrak. Ich erkannte eine Bewegung. Etwas war zur Seite bugsiert worden. Sofort stellten sich meine Nackenhaare auf und ein Schauer lief vom Genick bis zu den Fußspitzen. Mein Herz begann zu rasen. Das Restlicht war gerade noch ausreichend, um genug zu erkennen. Ich hatte ihn. Er lag im ersten Stock einer Ruine. Die vordere Hauswand der ehemaligen Halle war so gut wie nicht mehr existent. Schnee war in das zerstörte Gebäude geweht worden. Bislang war alles in diesem Bereich auch weiß bedeckt. Nun war etwas Dunkles erkennbar. Beim genauen Hinsehen vermutete ich, dass es sich um ein großes Rohr handelte. Vielleicht war es aber auch ein Hohlraum, ähnlich wie der, in dem ich lag. Allerdings mit dem gewaltigen Unterschied, dass meine Öffnung nach vorne permanent offen war, die meines Gegenübers musste zugestellt gewesen sein.

Ein Brett, ein Pappkarton oder ein Regenschirm. Er kann alles dafür benutzen. Zum Beobachten reicht ein kleines Loch und für den Schuss muss er diesen Sichtschutzschild zur Seite legen.

Wie dem auch sei, erst jetzt, mit der einsetzenden Dunkelheit, hatte es der Scharfschütze gewagt, die Luke, den Deckel oder was immer es auch war, beiseite zu schieben.

Es ist nur eine von deinen Stellungen. Du hast von hier aus schon einmal zugeschlagen, mein Freund, doch diesmal wird es dein letzter Schuss sein. Zeig dich!

Ich spürte mit einem Mal weder Kälte noch Hunger. Ich hatte den ganzen Tag ausgeharrt und war endlich am Ziel. Das Jagdfieber hatte mich gepackt.

Ob du auch stundenlang dort gelegen hast? Nein, du hast mit Sicherheit einen gut versteckten Zugang und kriechst von hinten in die Stellung.

Ich nahm mein Gewehr, schob es in Position, stemmte den Kolben gegen meine Schulter und blickte durch die Optik. Eine winzige Korrektur folgte, dann war ich im Ziel. Ich musste mich für den Schuss zusammenreißen. Mir war klar, dass es nur einen einzigen Versuch gab. Danach musste ich mich zurückziehen. Nur so konnte ich mein Versteck unter Umständen auch weiterhin nutzen. Abgesehen davon hielt ich diese einbrechende kalte Nacht sicherlich nicht aus, ohne mich zu erkälten oder mir Erfrierungen zuzuziehen. Beides konnte das Ende meiner Scharfschützentätigkeit bedeuten. Unter Umständen sogar meinen Tod.

Konzentriere dich!

Obwohl ich wusste, wo er lag, war das Ziel in der Dämmerung nur sehr schwer auszumachen. Vor mir lag wohl der schwierigste Schuss meines bisherigen Scharfschützen-Daseins.

Ich zog den rechten Handschuh aus. Unter den dicken Fäustlingen trug ich noch wollene Fingerhandschuhe. An der Schusshand hatte ich beim Handschuh den Zeigefinger abgeschnitten. Vor mir lag ein schwieriger Schuss und aufgrund dessen überlegte ich, ein Explosivgeschoss zu laden. Ich schätzte die Entfernung zu meinem Ziel auf gute 400 Meter. Vielleicht zwanzig Meter mehr oder weniger. Ich fror und ein exakter Schuss war schwierig. Noch während ich nachdachte, wanderte meine Hand automatisch zu meiner Manteltasche. Ich fummelte umständlich eine meiner letzten Explosivgeschosse hervor. Eile war angesagt. Bald war es dunkel und das Ziel kaum mehr auszumachen. Trotz der klammen Finger war die Patrone im Nu geladen und befand sich im Lauf. Ich presste den Kolben gegen meine Schulter. Mein rechtes Auge starrte durch die Optik, der Zeigefinger lag am Druckpunkt des Abzugsbügels.

Plötzlich hörte ich Stimmen. Leises Flüstern. Es waren unverkennbar Wortfetzen in russischer Sprache. Unbeachtet der Außentemperatur lief es mir eiskalt den Rücken hinunter. Wieder rollten ein paar Steine den Schutthaufen hinab. Wieder folgte ein Flüstern, dann waren Stiefelschritte zu hören. Keuchen und metallen klingendes Klappern.

Sie greifen an. Sie sind direkt bei mir. Der Scharfschütze gibt ihnen Deckung!

Ich hatte Angst. Todesangst. Was sollte ich tun? Würde ich den Scharfschützen erledigen, wäre es nur eine Frage der Zeit, wann sie mich finden und massakrieren würden. Schieße ich nicht, säße ich in ihrem Rücken, aber das Leben meiner Kameraden wäre in Gefahr.

Vielleicht ist es einer der Trupps, die Häuser ausräuchern, dann haben sie einen Flammenwerfer dabei und setzen den Geröllhaufen, in dem ich liege, in Brand. Ich will nicht verbrennen!

Ich zitterte wie Espenlaub, aber nicht aufgrund der Kälte, sondern aus purer Todesangst. Meine Hand suchte die Pistolentasche.

„Die letzte Patrone ist für dich", hallten die Worte vom Waffenmeister durch meinen Kopf.

Schießen oder nicht schießen?

Panische Gedanken rasten durch mein Gehirn. Hatte ich den Zugang zu meinem Versteck auch gut verstellt? Gingen die Rotarmisten daran vorbei? Kann mich der russische Scharfschütze sehen, wenn ich hinten rauskrieche und zurück zu den eigenen Stellungen gehe? Komme ich überhaupt an den Russen vorbei?

Verdammt. Sie haben den Vorposten erledigt!

Ich war mir sehr sicher, dass es zwischen mir und den russischen Stellungen noch einen Vorposten gab. Der Feldwebel hatte ihn doch erwähnt.

Sie haben den beiden Männern die Kehlen durchgeschnitten, vermutete ich.

Wut mischte sich unter meine Todesangst. Was sollte ich tun? Weitere Überlegungen folgten. Konnten sie einen einzelnen Schuss zuordnen?

Wenn sie meine Kameraden überfallen und die Stellung einnehmen, laufen Zerbi und die andern womöglich in eine Falle. Oder sie geraten schlichtweg in das Visier des russischen Scharfschützen.

Wie auch immer. Ich wäre im Feindgebiet. Ich müsste hier ausharren, bis meine Kameraden die Stellungen zurückerobern würden. Das konnte Tage dauern oder auch gar nicht erfolgen. Eine Sache war definitiv klar. Würden mich die Sowjets in ein oder zwei Tagen hier finden, würden sie mich zu Tode foltern.

Ich war wie gelähmt vor Angst. Dennoch musste ich eine Entscheidung fällen. Ein Blick durch die Optik folgte. Das Restlicht reichte gerade noch für einen guten Schuss aus. In ein paar Minuten konnte das vorbei sein. Dann wäre das Loch, indem sich der Russe versteckt hielt, kaum mehr zu erkennen. Außer, er würde schießen und das Mündungsfeuer mir den Weg weisen.

Durch meine Adern raste pures Adrenalin. Ich musste eine der schwersten Entscheidungen meines Lebens fällen und das binnen weniger als einer Minute. Mein Herz raste, der Puls trommelte. Schweißperlen bildeten sich auf meiner Stirn. Ich spürte Achselnässe. Und das alles trotz der eisigen Kälte.

Ich konnte mich in meiner Stellung nicht drehen. Sollte ich sie verlassen müssen, dann müsste ich rücklings hinaus kriechen. Die Russen konnten mich an den Stiefeln packen, rausziehen und mich langsam massakrieren.

Stirb wie ein Held oder stirb wie ein Feigling!

Ich verfluchte dieses dumme Heldengeschwafel.

Es gibt keine Helden, sondern lediglich Männer, die ihr Handeln aufgrund ihres Könnens mit vorsichtiger Berechnung anwenden oder lebensmüde sind und mit allem abgeschlossen haben.

Ich presste den Kolben des Mosin Nagant gegen meine Schulter und visierte den Bereich an, in dem ich den russischen Scharfschützen entdeckt hatte.

Es ist beinahe zu dunkel. Verflucht! Ich habe wohl zu lange nachgedacht! Ob ein Schuss angebracht ist? Ich bin ein Idiot! Egal! Ich muss es versuchen. Nein! Ich muss es nicht versuchen, ich muss es tun. Ich muss es schaffen. Ich muss ihn erledigen!

Das Rohr, besser gesagt die Öffnung, in der sich der Scharfschütze verbarg, war kaum mehr zu erkennen. Trügerische Stille herrschte in diesem Augenblick. Jede Straße, jedes Haus in Stalingrad wurde umkämpft oder bekämpft. Flugzeuge beider Seiten flogen Angriffswelle auf Angriffswelle. Die Rohre der Kanonen und Panzer standen kaum still und dennoch hörte ich in diesem Frontabschnitt keinen Kampflärm, so sehr war ich auf mein Ziel fixiert. Instinktiv hatte ich im Unterbewusstsein wohl alles um mich herum ausgeblendet.

In der Kammer steckte das Explosivgeschoss. Ich war bereit, diesen Heckenschützen, der schon so viele meiner Kameraden erschossen hatte, zu erledigen. Hochkonzentriert visierte ich sein Versteck an. Ich glaubte, eine Bewegung wahrgenommen zu haben, blieb stur im Ziel. Mein Zeigefinger krümmte sich. Ich spürte den Druckpunkt.

Zeig dich! Zeig dich endlich!

Die Zeit arbeitete für ihn. Ich atmete flach, war bereit, sofort abzudrücken.

Zeig dich!

Ich hatte mich nicht getäuscht. Ich sah ihn. Er war nur schemenhaft zu erkennen. Wie ein Schatten, der an einer dunklen Wand entlang huscht und dennoch durch die Bewegung erkennbar ist. Vermutlich hatte er ein Ziel ausgemacht und ging in Position. Der letzte Widerstand des Abzugsbügels wurde überwunden. Ich drückte ab. Der Schuss durchbrach die Stille und hallte als Echo zurück. Der Kolben schlug gegen meine Schulter. Der Mündungsblitz hatte meine Stellung verraten. Entgegen aller Scharfschützenvernunft zog ich mich und die Waffe nicht zurück. Ich blieb liegen und starrte weiterhin gebannt durch die Zieloptik.

Sollen sie mich doch erschießen. Das geht wenigstens schnell.

Kein Schuss fiel. Niemand schoss auf mich. Ich erkannte, dass mein Ziel ruhig da lag. Ich hatte ihn erwischt. Wirkungstreffer!

Ich habe den Jäger gejagt und erledigt.

In diesem Moment fühlte ich mich als Sieger. Ich war für einen kurzen Augenblick ein Gewinner.

Poltern. Stimmen! Hektisch gezischte Befehle.

Ein Maschinengewehr ratterte los. Eine Leuchtkugel zischte nach oben und grelles Magnesiumlicht zuckte flackernd am Himmel. Ich zog das Gewehr zurück und kroch selbst auch etwas zurück. Mein Herz raste vor Aufregung. Die Front erwachte. Schusswechsel und Kampflärm nahmen zu. Erst wollte ich zusammenpacken und mich zum Unterstand durchkämpfen. Ich wäre der Gruppe Rotarmisten in den Rücken gefallen und hätte sicherlich ein paar von ihnen erledigen können, doch ich wäre nicht nur ihren Schüssen, sondern auch dem Feuer meiner eigenen Leute ausgesetzt gewesen.

Wenn sie mein Versteck ausgemacht hätten, dachte ich mir, *hätten sie mich längst ausgeräuchert.*

Ich beschloss, liegen zu bleiben und abzuwarten. Mein Herzschlag begann sich zu normalisieren. Die Kälte kam zurück. Eigentlich war sie nie weg, ich hatte sie aber nicht mehr registriert. Jetzt kroch sie durch alle Nähte, fraß sich durch die Uniform und legte sich über meine Haut. Ich zitterte, bewegte immer wieder meine Finger und Fußzehen.

Nach etwa einer guten halben Stunde war der Kampflärm wieder verebbt. Die Russen, die an meinem Versteck vorbei gegangen waren, sind nicht mehr zurückgekommen.

Entweder gefallen oder sie haben einen anderen Weg gefunden.

Ich verharrte wie geschockt, als mir eine dritte Möglichkeit durch den Kopf schoss.

Oder sie haben meine Kameraden überwältigt und sitzen statt deren in dem beheizten Unterstand.

Ohne weiter nachzudenken, packte ich zusammen. Als ich fertig war, horchte ich für ein paar Minuten angestrengt nach draußen. Alles schien in Ordnung zu sein. Ich wartete noch einen kurzen Moment, zog es noch ein letztes Mal in Erwägung, ob ich nicht doch hier bleiben sollte, doch die eisige Kälte ließ mir keine Wahl. Meine Sehnsucht nach der Wärme des beheizten Unterstandes überwog die Gefahr, umherstreifenden Rotarmisten in die Arme zu laufen.

Mit klammer Faust hielt ich die Pistole 08 und kroch rücklings, mehr aus Angst als vor Kälte schlotternd, nach draußen. Ich erwartete, dass mich jemand an den Beinen packte und gewaltsam rauszog oder auf mich schoss. Ich rechnete auch mit einem Spatenhieb auf das Rückgrat und überlegte, ob ich dann die 08 gegen meinen Kopf richten und abdrücken sollte.

Nichts dergleichen geschah. Ich war draußen, blickte mich um und stand auf. Sofort hängte ich Rucksack und das Gewehr um und ging los. Den Weg hatte ich mir für den Fall eines möglichen schnellen Rückzugs sehr gut eingeprägt. Geduckt schlich ich mich in Richtung der nächsten

Ruine. Ich befürchtete, dass sich die Rotarmisten hinter einer dieser Trümmerwände eingenistet haben könnten.

Irgendwohin müssen sie ja gegangen sein.

Mich trieben eine Mischung aus Todesangst und Euphorie, bezüglich meines Erfolges und der Drang nach einer warmen Unterkunft, voran. Ich bewegte mich äußerst vorsichtig und achtete auf meine Schritte. Der verfluchte, eisige Wind nahm zu. Er klatschte gegen die frei liegende Haut und fühlte sich an, als ob man mit einem scharfen Messer die Oberfläche aufschneiden würde.

Ich huschte von Deckung zu Deckung und von Ruine zu Ruine. Als ich glaubte, etwas zu hören, verkroch ich mich hinter einem Mauerstück. Kaum hatte ich mich abgeduckt, erschrak ich zu Tode. Neben mir lag ein Rotarmist. Ein Maschinengewehr hatte ihm das rechte Bein unterhalb des Oberschenkels beinahe abgesägt. Aus der durchsiebten Uniform quoll ein Brei aus Blut, rotem Fleisch und Knochen. Der Boden war rot eingefärbt.

Der Sterbende zuckte noch ein paarmal mit dem Stumpf. Das Gesicht blieb jedoch unverändert. Es zeigte einen schmerzverzerrten Ausdruck. Instinktiv hielt ich den Lauf der 08 auf den Russen, doch schnell stellte ich fest, dass dieses Zucken nichts weiter als der letzte Reflex seiner Nerven war.

Er hat eine gewisse Ähnlichkeit mit Weinberger, stelle ich fest.

Nachdem der erste Schock überwunden war, durchsuchte ich sofort die Taschen des Rotarmisten.

Leer! Verdammter Mist! Seine Kameraden haben genauso Hunger wie wir, schoss es durch meinen Kopf.

Ich wartete noch eine kurze Weile und sah meinem Feind beim Sterben zu.

Warum sind wir eigentlich Feinde? Wir sehen uns im Leben zum ersten Mal. Irgendwo in Russland wird demnächst eine Mutter weinen und ein Bruder hasserfüllt auf die Deutschen in den Krieg ziehen.

Die Fragen und Feststellungen wiederholten sich. Ich schloss die Augen, schnaufte tief durch und ging schließlich weiter. Das Wetter setzte mir zu. Die Kälte begann mich beinahe zu lähmen. Sie fraß sich gänzlich durch meine Kleidung und begann unerträglich zu werden. Ich war froh, als ich endlich in die unmittelbare Nähe des Unterstandes kam. Ein Warnruf ertönte: „Halt!"

Ich erschrak. Damit hatte ich nicht mehr gerechnet. Posten! Ich hatte Glück. Es gab genügend Kameraden, die riefen nicht, sondern schossen gleich.

„Nicht schießen! Ich bin es. Müller! Der Scharfschütze!"

„Parole?"

„Du Vollidiot! Ich habe keine Parole! Aber welcher Iwan spricht schon im steirischen Dialekt?", pulverte ich wütend entgegen.

„Dann komm langsam her!"

Ich stand auf und ging auf den Posten zu.

„Wenn du rein gehst, sag dem Feldwebel, wir müssen die Ablösezeiten halbieren. Ich bin kurz vorm Erfrieren."

„Ich richte es aus."

Der Mief, der mir entgegenschlug, war enorm, aber er störte mich nicht. Es war warm. Ich ging sofort zum Ofen, zog meine Handschuhe aus und hielt die Hände reibend über die warme, ausströmende Luft. Immer wieder musste ich vom Abschuss erzählen. Ich wurde mehrfach gefragt, ob ich mir aufgrund der Dunkelheit auch sicher war, tatsächlich den gesuchten russischen Scharfschützen ausgeschaltet zu haben. Geduldig beantwortete ich jede Frage und beruhigte meine Kameraden durch präzise Angaben und untermauerte dies durch genannte Indizien. Ich trank einen Becher mit warmen Wasser und wurde müde. Ich bekam noch mit, wie der Feldwebel sich mit seinen Männern über die Postenzeiten besprach. Dann kippte ich ins Land der Träume.

Wenn man an Weihnachten denkt, denkt man an Gänsebraten, geschmückte Tannenbäume, brennende Kerzen und bunt eingepackte Geschenke. Man sieht Lachen in den Gesichtern und es duftet nach Plätzchen.

Weihnachten 1942 in Stalingrad war alles andere als romantisch. Unter dem Kommando von Oberleutnant Hübner war unser ganzer Haufen nach vorn verlegt worden. Selbst Tross und Lazarette waren abermalig durchkämmt worden, um eine, auf dem Papier, einigermaßen vertretbare Zahl präsentieren zu können. Die ganze Kompanie bestand aus 40, vielleicht auch 50 kampffähigen Männern. Diese Landser waren allerdings auch schon am Ende ihrer Kräfte. Sie wirkten ausgemergelt, unternährt und müde. Die Blicke der Soldaten waren leer. Nur wenigen war das Lachen und Scherzen nicht vergangen. Vielleicht taten sie es, weil sie nicht anders konnten und es ihr Gemüt war, vielleicht aber auch nur, um der Realität zu entfliehen und in Anbetracht unserer Lage nicht durchzudrehen.

Hofer und Zerbi hatten mich bei ihrer Ankunft herzlich begrüßt. Pfefferlein nickte mir ebenfalls höflich zu. Die drei neuen mit dem MG waren schweigsam. Dann waren noch zwei neue Männer in der Gruppe, die ich nur vom Sehen kannte. Einer war ein kantiger Bursche, der mich an den bulligen Pionier erinnerte. Die beiden hätten direkt Brüder sein können. Der andere war eher das Gegenteil. Er wirkte etwas schmächtig und sehr jung. Vermutlich war er mit Hofer zur Truppe gestoßen. Jedenfalls unterhielten sich beide ständig.

Voller Freude, dass der Bunker über einen Kanonenofen verfügte, waren Gründel, Holler und Schneider, die drei MG-Schützen, schon am Vormittag losgezogen, um Holz zu organisieren.

Gegen Mittag kamen sie zurück. Die Männer zitterten vor Kälte und Anstrengung. Auf einer zum Schlepp-Schlitten umfunktionierten Tür hatten sie jede Menge Brennmaterial geladen. Auf ihren Mänteln hatte sich eine kleine Eisschicht gebildet. An Mützen und Bärten hingen Eiskristalle. Das Thermometer war auf minus 30 Grad gefallen.

Ich musste schmunzeln, als ich das beladene schlittenähnliche Gefährt sah und freute mich. Wir hatten zwar nicht viel zu essen, aber wenigstens würden wir nicht frieren. Der Fund des Heizmaterials war als großer Erfolg anzusehen. Stalingrad war zerstört und Brennmaterial war bei diesem arktischen Winter ebenso wertvoll wie Lebensmittel. Wärme bedeutete Leben. Entsprechend freudig begrüßten wir die drei Landser.

Im Nu war die Beute in den Unterstand verfrachtet worden.

„Die lackierten Teile werden ordentlich stinken“, bemerkte Gründel, einer der drei MG-Schützen.

„Lieber erstunken als erfroren“, kommentierte Zerbi und schürte aus Trotz gleich mit einem der mit Farbe bestrichenen Holzteile nach.

„Verrät uns denn der Rauch nicht?“, wollte Hofer wissen.

Sein Blick zeigte Furcht. Mir war bei der Ankunft meiner Kameraden aufgefallen, dass Hofer sich verändert hatte. Nicht nur, dass ihm ein paar Kilo Gewicht fehlten, sondern der freudige Ausdruck, dieses jugendhafte, sorglose Strahlen war verschwunden. Hofer wirkte leer, angespannt und am Ende seiner physischen und psychischen Kräfte. Ich sorgte mich um ihn.

„Pi pa po … hier qualmt es aus allen Ecken und Enden. Der Russe ballert sowieso blindlings auf alles. Wir könnten ebenso Öl verbrennen und schwarze Wolken in den Himmel jagen, sie würden uns nicht als primäres Ziel wählen", beruhigte Zerbi.

Eine gute halbe Stunde später saßen wir zusammen. Das brennende Holz im Ofen knisterte. In der Ruine war es zwar verhältnismäßig warm, doch durch etliche Fugen und Ritzen drang permanent die beißende Kälte ein. Wir zogen unsere Mäntel nur aus, um sie kurz am Feuer zu wärmen und hin und wieder von den Läusen zu befreien.

Pfefferlein hatte so etwas wie einen künstlichen Weihnachtsbaum gebastelt. An einem Holzpfahl hatte er fünf unterschiedlich lange Latten genagelt. Unten war die Längste, oben die Kürzeste. Links und rechts waren mit Wachs kleine Kerzenstummel befestigt.

„Nachher kommen Oberleutnant Hüber und ein paar andere vorbei. Der Spieß hat durchklingen lassen, dass es für heute etwas Besonderes gibt", sagte der Obergefreite, nachdem er sein Gebilde aufgestellt hatte und voller Stolz begutachtete. „Da dachte ich, sorge ich doch mal für weihnachtliche Stimmung."

Ich ging zum Ofen und schenkte mir etwas heißes Wasser in meinen Trinkbecher. Einerseits freuten wir uns alle auf Weihnachten. Es war wohl die Hoffnung auf eine kurze Flucht aus der Realität. Wir bildeten uns dieses Fest so ein, wie wir es kannten und liebten. Doch wenn die Bemühungen auch noch so groß waren, es kam hier im Unterstand keine besonders andächtige Weihnachtsstimmung auf.

Ein paar Männer hockten herum und kümmerten sich um die Läusevernichtung, die anderen starrten müde und ausgelaugt vor sich hin. Draußen grollten dumpf die Geschütze.

„Ob der Iwan heute angreift? Die Russen wissen, dass wir Weihnachten feiern. Sie könnten das ausnutzen."

Zerbi machte eine verächtliche Bewegung. „Der Iwan wird schwitzen, weil General Hoth mit seinen Panzern immer näher kommt. Die Bolschewisten werden an ihren Fluchtplänen arbeiten."

Pfefferlein lachte. „Das ist ein Wunsch, den ich gern als Geschenk unter den Baum legen und später sinngemäß auspacken möchte."

Ich wärmte meine Hände an der Tasse und setzte mich wieder auf mein Lager. Hofer stand auf und kam zu mir.

„Kann ich mich ein wenig zu dir setzen?"

„Klar", antwortete ich.

„Wann musst du wieder raus auf Pirsch?"

171

Ich überlegte. „Hm … so genau kann ich das gar nicht sagen. Ich habe den russischen Saukerl erwischt. Jetzt denken sie, ich liege auf Lauer. Sie werden sich wohl äußerst vorsichtig bewegen."

„Das ist gut."

Hofer sprach mit gedämpfter Stimme. Ich merkte sofort, dass uns keiner zuhören sollte und begann deshalb ebenfalls zu flüstern. „Dich bedrückt doch irgendwas. Raus mit der Sprache. Heute ist Heiligabend, da kann man sich ruhig von allen Lasten befreien."

„Ich habe neulich etwas gesehen."

„Was denn?"

„Wir waren auf Rundgang. Suchten die Ruinen ab. Da fanden wir den Unterschlupf der Russen. Nur Weiber und Kinder."

„Und?"

„Pfefferlein hat sich eine der Frauen ausgesucht und sie in eine Ecke gedrängt. Er hielt ihr die Waffe an den Kopf und griff ihr unter den Rock."

„Diese Drecksau!"

„Dann begann er seine Hose zu öffnen. Die Kinder weinten und die anderen Weiber jammerten. Ich sagte, er soll aufhören, doch er lachte nur und meinte, dass die Russenweiber darauf stehen würden."

Ich dachte sofort an die deutschen Krankenschwestern und an die Russinnen, die sich unter den Wehrmachtssoldaten Freunde gesucht hatten. Das war zwar seitens unserer Führung verpönt und nicht gern gesehen, aber es kam sehr häufig vor.

Was wird ihnen blühen, wenn die Russen uns besiegen?

„Hat er sie vergewaltigt?"

„Nein. Zerbi rief uns. Wir mussten sofort raus und zurück zur Unterkunft. Pfefferlein hat geflucht und geschimpft. Dann hat er der Russin vor lauter Wut mit der Faust ins Gesicht geschlagen. Ich habe das alles sofort Zerbi erzählt, doch der hat nur abgewunken und gesagt, dass das menschlich sei und man sich sein Zeug nicht rausschwitzen könne …", er schluckte, „… ich glaube, dass das an der Tagesordnung steht. Dieses Stalingrad hat uns zu wilden Tieren gemacht", fuhr er fort.

Ich war schockiert. Von Zerberich hätte ich eine andere Reaktion erwartet. Was war nur mit uns geschehen. Wortlos stand ich auf und ging zu Pfefferlein. Ich grinste ihn an und zeigte auf den Baum. „Schön gemacht. Erinnert dich das an zu Hause?"

Mit breitem Grinsen nickte er. „Für meine Frau und meine Kinder hole ich immer dir prächtigste Tanne aus dem Wald."

„Nun, wenn du wehrlose Russinnen vergewaltigst, denkst du dann auch an deine Frau und deine Kinder? Und wenn die Russen uns besiegen und sich deine Frau vornehmen, sollen dann deine Kinder dabei zusehen?"

Pfefferlein wurde kreidebleich im Gesicht. Er sprang hoch, ballte die Fäuste und brüllte: „Du elendiger Hund! Ich werde dich melden. Das ist Wehrkraftzersetzung! Der Russe wird nicht siegen. Und wenn du meine Frau ...", er stand jetzt vor mir und packte mich am Kragen.

„Halt!"

Die gewaltige Stimme von Zerberich ertönte. Zeitgleich waren Holler und Schneider aufgesprungen und hielten Pfefferlein fest. Im Unterstand herrschte Tumult.

„Habt ihr beide einen totalen Vogel? Was geht hier vor?"

Pfefferlein suchte Hofer. Sein Blick war hasserfüllt.

„Wenn du ihm auch nur ein einziges Haar krümmst, dann kenne ich mein nächstes Ziel schon."

„Ihr haltet beide die Schnauze!", schimpfte Zerbi. „Reicht euch die Hände. Heute ist Heiligabend! Und merkt euch eines. Wir brauchen jeden einzelnen Mann. Wenn wir anfangen, uns selbst zu zerfleischen, hat der Russe gewonnen. Wir müssen nicht mehr lange aushalten. Der Kessel wird bald aufgesprengt. Also, jetzt reißt euch am Riemen und macht euch wegen ein paar Russenweibern das Leben nicht schwer."

Ich erstarrte vor Schreck. Zerbi sah mich an. Er erkannte meine Enttäuschung.

„Es ist nichts passiert."

„Und wenn es passiert wäre, wie hättest du dann reagiert? Ihn wegen Vergewaltigung vors Standgericht gebracht oder auch gesagt, dass wir jeden Mann brauchen?"

„Das hättest du schon gesehen. Und jetzt vergessen wir die ganze Sache."

Ich ging wieder zu meinem Platz. Erst jetzt wurde mir bewusst, dass ich Hofer übergangen hatte. „Tut mir leid. Mir ist nur der Kragen geplatzt!"

Der junge Soldat schnaufte tief durch.

„Ist in Ordnung. Jetzt ist es wenigstens angesprochen und die Männer wissen Bescheid."

Er stand auf.

„Wenn du das in meinem Beisein wieder versuchst, schieße ich auf dich!"

Pfefferlein grinste, wollte antworten, doch Zerberich ergriff sofort das Wort. „Wenn ich noch eine Sache darüber höre, hat derjenige die ganze Nacht Wache. Und wenn der Chef nachher kommt, möchte ich kein Wort darüber hören. Sonst werde ich unangenehm. Habt ihr verstanden?"

Keiner sagte etwas.

„Ich möchte es hören. Habt ihr mich verstanden oder möchte einer sofort auf Posten gehen?"

„Ja", brummte Pfefferlein.

„Und ihr?"

„Verstanden", sagte ich.

Hofer nickte ebenfalls. „Es ist alles gesagt, was gesagt werden musste."

Die Stimmung blieb gedrückt. Selbst als Wohlleben in den Unterstand kam und für jeden Mann eine halbe Tafel Schokolade und eine extra Scheibe Brot als Weihnachtsüberraschung verteilte, kam keine rechte Freude auf.

„Wenn ihr denkt, dass das alles ist, habt ihr euch getäuscht", freute sich der Spieß. „Maracek und der Chef bringen für jeden nochmal zehn Zigaretten mit. Der Alte musste nur noch mal zurück zum Kompaniegefechtsstand. Ein Melder hat ihn eilig dorthin bestellt. Vermutlich gibt´s Neuigkeiten."

Die Stummelkerzen am gebastelten Baum brannten und vier oder fünf Kameraden summten und sangen ein paar Weihnachtslieder. Idylle war etwas anderes. Während die Menschen zu Hause der Meinung waren, wir würden hier in Lagerfeuerromantik zusammen sitzen, Weihnachten feiern und lachend Geschenke auspacken, starrten in Wahrheit unrasierte, hungrige Gesichter einander an und hofften auf baldige Rettung aus dieser elendigen Hölle Stalingrad.

Wohlleben, Zerbi, Maracek und einer der MG-Schützen spielten Karten. Mich wunderte ihre Gelassenheit. Aber so hatte wohl jeder von uns seine eigene Art, mit dieser Extremsituation fertig zu werden.

Ich saß mit Hofer in einer Ecke und wir beschlossen, auf Pfefferlein acht zu geben. Wir trauten ihm nicht. Nachdem wir uns den Ärger gegenseitig von der Seele gesprochen hatten, passierte etwas Unerwartetes. Pfefferlein, der die letzte halbe Stunde allein neben seiner Baumattrappe gesessen hatte, kam zu uns herüber. Sein Blick war nicht mehr wütend. Er wirkte eher etwas zerstreut.

„Ich weiß nicht, was mit mir passiert ist, aber das was ich getan habe, bin nicht mehr ich. Diese Stadt, dieses Töten, diese Aussichtslosigkeit, das alles hat mich zum Tier werden lassen. Ich muss mich bei euch entschuldigen. Heute ist Heiligabend. Ich denke, das ist der richtige Zeitpunkt, um sich zu besinnen."

Kaum ausgesprochen, drehte er sich um und ging zurück zu seinem Baum. Wir sahen uns an. Hofer beugte sich zu meinem Ohr und flüsterte. „Denkst du, man kann ihm trauen? Meint er das wirklich ernst?"

Ich überlegte, wusste nicht, was ich selbst glaubte. „Ich kann es nur hoffen."

Schweigend saßen wir nun da. Ich nahm meine Schokolade und begann sie zu essen. Genüsslich brach ich Stück für Stück ab und ließ jedes einzeln auf meiner Zunge zerschmelzen. Wenn es fast weg war, schob ich ein kleines Stück Brot hinterher. Ich schloss dabei die Augen und dachte an zu Hause.

Als Oberleutnant Hübner zu uns in den Unterstand kam, war sein Blick alles andere als fröhlich. So eiskalt wie der Wind war, der mit seinem Kommen von draußen herein wehte, so eiskalt war die Nachricht, die er unverblümt und nur allzu deutlich mitbrachte. Der Offizier zog die Handschuhe aus und ging zum Ofen. Er rieb seine Hände in der warmen ausströmenden Luft. Hübners Maschinenpistole hing am Gurt über dem Rücken. Das Eis, das sich an der Waffe festgesetzt hatte, taute auf und tropfte herunter.

Er wird Öl brauchen, damit sich kein Flugrost bildet, dachte ich und starrte unseren Kompaniechef an.

„Kameraden, Soldaten …", begann er mit rau klingender, leicht brüchiger Stimme. Es war deutlich zu spüren, dass er uns etwas Unangenehmes mitteilen musste. Entsprechend hoch war die Aufmerksamkeit. Alle Blicke ruhten auf Oberleutnant Hübner. „… wir sehen einem ungewissen Schicksal entgegen!"

Wohlleben legte die Spielkarten zur Seite. „Verflucht und zugenäht! Ich ahne nichts Gutes", murmelte er.

Hübner räusperte sich und kam ohne Umschweife auf den Punkt. „General Hoth musste mit seinen Panzern umkehren. Der Kessel wird nicht von außen geöffnet. Es wird keinen Entsatz geben und wir werden auch selbst nicht ausbrechen, sondern den Kessel bis zum bitteren Ende halten. So lautet der Befehl des Führers."

Betroffenes Schweigen.

„Die lassen uns doch hier nicht verrecken? Herr Oberleutnant, das war doch gerade nur ein böser Scherz von Ihnen, oder?", schimpfte Gründel.

Hübners Blick ließ keinen Zweifel zu. Er meinte definitiv genau das, was er sagte. Gänsehaut bildete sich in meinem Nacken und verteilte sich über den ganzen Körper. Der Funke Hoffnung, der uns Landser bis zu diesem Tag trug und uns alle Strapazen hinnehmen ließ, dieser Funke Hoffnung platzte, löste sich auf und verglühte im Nichts. Zurück blieben Tod und Elend.

„Nein, meine Herren, das ist leider kein Scherz. Das ist die bittere Wahrheit."

„Na habe die Ehre, jetzt wird's zappenduster!", kommentierte Wohlleben. „Ein fantastisches Weihnachtsgeschenk, das uns der Führer macht. Dieser …", der Oberfeldwebel wurde vom Kompanieführer unterbrochen.

„Wohlleben, schimpfen nutzt nichts. Und es gelten immer noch unsere Gesetze. Sie sind ein Vorbild für die Männer. Vergessen Sie das nicht."

„Mit Verlaub, Herr Oberleutnant. Ich habe einen Schwager aus Braunau. Das ist das größte Rindvieh unter Gottes Himmel. An diesen Trottel und die anderen Volldeppen aus diesem gottverdammten Kaff habe ich gerade gedacht."

Hübner griff in einen mitgebrachten Beutel. „Hier … fröhliche Weihnachten", sagte er mit unverkennbar sarkastischem Tonfall und knallte zehn Packungen Zigaretten der Marke *Juno* auf den Tisch. „Was anderes haben wir nicht mehr."

Wohlleben, der seit Beginn des Kessels immer noch voller Selbstbewusstsein gescherzt und gelacht hatte, wirkte von einem auf den anderen Moment völlig überfahren. Er griff zu der Meldetasche, in der er die Schokolade transportiert hatte und holte einen Block heraus. Dann riss er für jeden von uns ein Blatt ab. Danach kramte er abermals in der Tasche herum. Kurz darauf lagen drei Bleistifte in seiner Hand. Diese legte er zu dem Papier. „Ich weiß nicht, wie ihr es seht, Kameraden, aber ich werde einen Brief nach Hause schreiben. Die Luftwaffe wird uns versorgen. Noch lief das nicht so gut, aber wenn wir hier bleiben sollen und ein Entsatz von außen nicht möglich ist, werden sie uns über den Winter bringen und im Frühling rollt Manstein mit seinen Panzern vor. Die gleiche Luftwaffe, die uns versorgt und unsere Verwundeten aus dem Kessel fliegt, nimmt Feldpost mit. Also schreibt euren Familien, damit sie wissen, dass ihr lebt!"

Mich wunderte es, woher dieser Mann seinen Optimismus nahm. So, wie er nur eine Minute zuvor reagierte, bezweifelte ich, dass er es ernst meinte, aber sein Spruch wirkte auf die Männer. Sie griffen nach dem neuen Funken Hoffnung. Sie hatten nichts anderes, an dem sie sich festhalten konnten.

Hübner blickte in die Runde. „Die Plätze auf den Flugzeugen sind begrenzt. Ich erinnere daran, dass Selbstverstümmelung ein Todesurteil zur Folge hat. Wir stehen unseren Mann! Wir sind Soldaten der Wehrmacht und Angehörige der 6. Armee. Sie werden uns nicht im Stich lassen. Und wir werden aushalten. Also Männer, wenn ihr auch nur einen einzigen Gedanken an Selbstverstümmelung hegt, dann vergesst das ganz schnell wieder."

Zerbi räusperte sich. „Nun ich denke, es ist an der Zeit, dass ich euch mein Geschenk überreiche."

Der Obergefreite stand auf, ging zu seinem Schlafplatz und suchte zielstrebig nach etwas, das er gut verborgen gehalten hatte. Schließlich hielt er eine Flasche Schnaps in der Hand.

„Wodka! Den habe ich von einem Bauern gekauft, bevor wir nach Stalingrad eingerückt sind. Eigentlich wollte ich ihn selber saufen, aber es war nie die Gelegenheit dazu da. Holt eure Becher!"

In dieser Nacht wurde mir bewusst, dass wir in dieser Stadt sterben würden. Ich glaubte nicht im Ansatz daran, dass wir bis zum Frühling aushalten konnten. Der Russe hatte den Kessel so eng und dicht geschnürt, dass er weder von außen und erst recht nicht von innen aufgesprengt werden konnte. Die Luftversorgung funktionierte nicht. Die Lebensmittelzuteilung hatte seit der Kesselbildung drastisch abgenommen und die Ausfälle, infolge des eisigen Winters und mangelnder Ernährung, stiegen unaufhörlich an. Wenn man uns genau musterte, sahen wir nicht wie Soldaten aus, sondern wir waren ein zerlumpter, stinkender Haufen von ausgelaugten, abgekämpften und verratenen Männern.

Und dennoch wollte man sich dem Feind nicht ergeben. Zu groß war die Angst vor dem gehassten Feind.

Oder ist es die Angst vor der Rache des Feindes aufgrund der von uns begangenen Gräueltaten? Wir sind im Land der Russen. Wir sind die Invasoren. Wir haben den Schrecken und das Feuer in dieses Land getragen. Der Russe wird uns dafür zur Verantwortung ziehen.

177

Edeltraud fiel mir wieder ein. Ich sah ihr Lachen und wie sie fröhlich tanzte. Dann kam mir im Halbschlaf ein Bild in den Kopf, welches mich wieder Hass empfinden ließ. Obwohl es nicht so stattgefunden hatte, sah ich einen Russen, der Edeltraud vergewaltigte, von ihr stieg und ihr dann in den Kopf schoss. Zitternd vor Angst und Wut öffnete ich die Augen. Ich hatte die Realität mit der Erzählung von Hofer bezüglich Pfefferlein und der Russin vermischt. Wir waren keinen Deut besser als die Russen. Was sollte ich tun?

Jemand war aufgestanden und hatte ein Stück Holz in den Ofen gelegt. Für einen kleinen Moment schimmerte rot-oranges Licht im Unterstand. Dann wurde das Türchen wieder geschlossen. Knisternd fraßen sich die Flammen hinein und strömten weiter die lebenswichtige warme Luft ab. Einer der Männer schnarchte ziemlich laut, ein anderer stöhnte und ein dritter schien im Schlaf zu sprechen. Vielleicht führte er aber auch nur Selbstgespräche. Ich zog die Decke bis über meine Nase, drehte mich zur Seite und versuchte einzuschlafen.

Am nächsten Morgen wurden wir ruppig geweckt.

„Raus! Alles raus!", brüllte ein Melder. Er kam vom Kompaniegefechtsstand. Wohlleben hatte ihn zu uns geschickt. „Der Iwan ist mit starken Stoßtrupps unterwegs. Wir haben schon zwei Häuser verloren. Wir müssen einen Gegenstoß machen! Alle sofort zum Kompaniegefechtstand kommen!"

Mit der offen stehenden Tür schob sich schlagartig eisige Kälte in den Raum. Schüsse und Detonationen waren dumpf zu hören.

„Tür zu! Verdammt!", fluchte Zerbi und sprang auf.

Der Melder verschwand genauso schnell, wie er hereingeplatzt war.

„Ihr habt es gehört. Raus! Ihr habt genau fünf Minuten. Wer bis dahin seine Morgentoilette noch nicht erledigt hat, muss das unterwegs tun!", brüllte der Obergefreite und griff zu seinem Stahlhelm. Er setzte ihn über die Wollmütze und zurrte den Lederriemen unter dem Kinn fest. Dann griff er zur Maschinenpistole und prüfte das Magazin. Als er nach dem Koppel griff und es sich um den Mantel legte, stand ich auf.

Fluchend und schimpfend quälten sich auch die anderen Landser von ihren Lagern hoch. Hier nahm einer noch hastig einen Schluck Wasser, dort schob sich ein anderer einen letzten, aufgesparten Bissen in den Mund.

Schüsse und krepierende Handgranaten waren zu hören.

178

„Schneller, ihr faulen Säcke! Oder wollt ihr den Iwan zum Kaffee einladen!"

„Er schafft es nicht", rief Gründel und deutete auf Schneider.

Pfefferlein kniete sich neben Schneider und fasste an dessen Stirn. „Fieber. Der Kerl zittert am ganzen Leib. Er muss sofort ins Lazarett!"

„Verdammte Scheiße!", fluchte Zerbi. „Ausgerechnet jetzt", schob er nach. Der Obergefreite ging zu seinem Platz und holte ein kleines Tablettenröhrchen. „Ich habe noch drei ASS. Hier, nimm eine davon. Das senkt das Fieber. Du bleibst hier liegen und wenn wir zurückkommen, bringen wir dich ins Lazarett."

Schneider schien verstanden zu haben. Schlotternd versuchte er seinen Oberkörper zu heben. Gründel zerbrach die Tablette in zwei Teile und schob sie in Schneiders Mund. „So kannst du sie besser schlucken."

Pfefferlein hatte zwischenzeitlich etwas Wasser in Schneiders Becher geschüttet. „Hier."

Holler legte die letzten Holzstücke in den Ofen. „Wir müssen unbedingt neues Brennmaterial besorgen."

„Raus jetzt!"

Der Russe hatte sich am äußersten Rand im Abschnitt unseres Bataillons zu Stoßtruppunternehmen entschieden und zwei Gebäude eingenommen. Eines davon lag an einer strategisch wichtigen Stelle. Der Feind hätte von dort aus einen unserer wichtigsten Nachschubwege einsehen und beschießen können. Zudem befürchtete man, dass er sich sukzessiv Gebäude für Gebäude schnappt und uns einschließt. Wir mussten ihn wieder rauswerfen.

„Er gibt nicht mal am Weihnachtstag Ruhe."

Keiner antwortete. Die Temperaturen schienen noch einmal gefallen zu sein. Der Ostwind war unerträglich eisig. Wir lagen zwischen den Ruinen und warteten auf den Angriff der Sowjets. Ich sollte mit meinem Gewehr den Feind nach rechts drücken und vor den Lauf unseres Maschinengewehrs bringen. Zudem war es meine Aufgabe, russische Scharf- oder MG-Schützen ausfindig zu machen und zu eliminieren. Ich hatte einen Platz unter einem ausgebrannten Panzerwrack gefunden. Der Koloss war auf einen Trümmerberg gefahren, diesen hochgerollt und dort wohl Opfer einer Granate geworden.

Wir waren zu einem erbärmlichen Haufen zusammengeschmolzen. Ich spürte, wie mich der Hunger und die Strapazen schwächer werden ließen. Oder bildete ich mir das nur ein? Wie lange konnten wir unter diesen Umständen noch aushalten?

Eine Woche? Zwei Wochen? Starben wir nicht im Kugelhagel des Russen, würden wir verhungern, erfrieren oder an Krankheiten verrecken! Wenn wir schon nichts zu fressen haben, was bekommen dann die russischen Gefangenen?

Ich musste die Augen schließen.

Denk an etwas anderes. Konzentriere dich auf deine Aufgabe! Es wird eine Lösung geben.

Der Angriff wurde mit leichtem Granatwerfer-Beschuss eingeleitet.

Wumm Wumm

Ich hatte das Gelände bereits mehrfach mit dem Fernglas abgesucht, jedoch nichts Auffälliges entdecken können.

Wir hatten Glück. Bis auf ein oder zwei Granaten krepierten alle im Niemandsland zwischen Trümmern. Lediglich die umhersurrenden Splitter brachten Gefahr.

Dann kamen sie. Ich war erstaunt. Da die ganze Zeit nur von Stoßtrupps die Rede war, hatte ich nicht mit so vielen Rotarmisten gerechnet. Ich schätzte sie auf mehr als vierzig oder fünfzig Mann.

Verdammt, das ist kein Stoßtrupp, die führen was im Schilde!

„Urähhhh!", hallte es durch die kalten Straßen. Plötzlich ratterten zwei oder drei schwere russische Maschinengewehre los. Eines davon hatte sich in einem der oberen Stockwerke eines hohen Gebäudes eingenistet. Auf dieses legte ich an.

„Lasst sie näher kommen! Sie rechnen nicht mit uns!", wurde durchgegeben.

Noch schlug ihnen kaum Feuer entgegen. „Urähhh!"

Ich visierte den Schützen I an. Deutlich war sein Gesicht zu erkennen. Ich hielt die Luft an, presste den Kolben gegen meine Schulter und drückte ab. Noch bevor ich das Hallen meines Schusses wahrnahm und den Rückstoß der Waffe spürte, kippte der russische MG-Schütze mit einem Kopftreffer weg. Ich repetierte und schoss sofort auf den Mann, der sich ängstlich auf die Position des Getroffenen wagte. Er griff sich an den Hals. Durch die Optik der Waffe sah ich, dass intervallartig Blut aus dem Hals spritzte.

Wirkungstreffer!

Ich wusste, dass dieses Maschinengewehr vorerst nicht mehr abgefeuert werden würde und schwenkte den Lauf um. Im gleichen Moment ertönte der Feuerbefehl: „Feuer!"

Die russischen Angreifer rannten gegen eine Wand aus Stahl. Zehn oder zwölf von ihnen stürzten getroffen zu Boden. Die anderen gingen in Deckung.

Ich suchte das nächste russische Maschinengewehr und entdeckte es am Gebäuderand. Mein Schusswinkel war nicht so ideal wie zuvor, dennoch legte ich an. Ich erzielte einen Treffer in die rechte Körperseite des Schützen.

„Angriiiiiffff!"

Es war soweit. Der Gegenangriff war befohlen worden. Die Landser erhoben sich. Das Uräh-Geschrei der Russen war verstummt. Stattdessen erklang das „Hurra!" der deutschen Soldaten.

Ich erkannte Zerbi. Er peitschte die Männer aus ihren Stellungen und stürmte mit ihnen nach vorn. An der Mündung seiner Maschinenpistole blitzte es auf. Jetzt erhoben sich die Rotarmisten. Einige liefen mit ausgetreckten Gewehren und aufgepflanzten Bajonetten meinen Kameraden entgegen. Andere verharrten dort, wo sie waren und schossen. Und ein paar drehten sich um und liefen weg.

Ich schoss mein Magazin leer und lud nach. Als ich wieder durch die Optik blickte, sah ich, wie Zerbi zwei Russen gegenüber stand. Einem jagte er eine Salve in den Bauch, der andere rammte Zerbi das Bajonett in die Seite. Ich schoss diesem Russen sofort in den Kopf. Panik durchströmte mich. Zerbi ging in die Knie. Er ließ die Maschinenpistole fallen und fasste sich an die Wunde.

Ich erschoss noch zwei weitere Russen, die sich in seiner Nähe befanden. „Wo bleibt denn der verdammte Sanitäter?", rief ich aus Angst um meinen Kameraden.

Das russische Maschinengewehr feuerte wieder. Ich visierte an und schoss auf einen Helm. Das Gewehr schwieg. Ob ich getroffen oder den Schützen nur erschreckt hatte, weiß ich nicht. Ein russischer Offizier tauchte kurz auf. Er bellte Befehle und fuchtelte mit einer Pistole in der Hand herum. Ich zielte auf seinen Bauch und drückte ab. Schreiend und mit schmerzverzerrtem Gesicht lag er auf dem Boden.

Ich suchte wieder Zerbi, fand ihn nicht.

Stattdessen sah ich unsere MG-Schützen. Sie hetzten über das Trümmerfeld. Sie liefen geduckt und dicht beieinander. Holler war etwas größer und breiter als Gründel. Er trug die Tasche mit dem Zubehör und eine Kiste Munition, Gründel das Maschinengewehr. Beide warfen sich ziemlich gleichzeitig in Deckung. Jemand feuerte auf sie. Fieberhaft suchte ich den Schützen und fand etwas, das mir das Blut in den Adern gefrieren ließ. Ich sah einen Russen mit Fernglas. Er beobachtete das Schlachtfeld, machte mit der Hand eine Bewegung und zeigte damit jemandem etwas an.

Scharfschützen!

In dem Augenblick, als er mich entdeckte und registrierte, dass ich auf ihn zielte, drückte ich ab. Die Kugel durchschlug sein Fernglas und bohrte sich in den Schädel.

Stellungswechsel, mahnte ich mich und zog unverrichteter Dinge die Waffe zurück. Unter dem Wrack liegend, lud ich noch einmal nach. Zitternd vor Aufregung atmete ich ein paarmal tief durch. Dann kroch ich aus dem Versteck und rücklings den kleinen Schuttberg hinunter, um im Schutz des Trümmerhaufens zur angrenzenden Ruine zu laufen. Dort wollte ich eine neue Stellung beziehen. Ich lief so schnell ich konnte, blieb an einem Stein hängen und geriet ins Stolpern. Noch im Fallen dachte ich: *Nicht schon wieder!* Plötzlich spürte ich einen heftigen Schlag an meiner Seite. Es wurde unverzüglich brennend heiß. Es war, als ob mir jemand eine glühende Stricknadel zwischen den Rippen in die Lunge einführte. Der Schmerz war so heftig, dass ich den Aufprall auf dem Boden nicht mehr spürte. Keuchend blieb ich liegen. Alles hörte sich mit einem Mal so dumpf und weit entfernt an. Vor meinen Augen begann alles zu verschwimmen. Sterne tanzten umher. Dieser Schmerz. Jeder Atemzug löste ihn aus. Mir kam es vor, als ob ich mit jedem heben und senken meines Brustkorbes ein Stück meines Lebensgeistes aushauchte.

Ob ich Ziel und Opfer eines russischen Scharfschützen wurde oder nur in ein verirrtes Projektil rannte, würde ich wohl nie erfahren.

So werde ich also sterben. Einsam. Verloren in den Trümmern Stalingrads. Ich erwartete den Tod als Erlösung.

Ich spürte die Kälte nicht mehr. Der Schmerz überdeckte alles. Irgendwann öffnete ich wohl den Mund begann ihn hinauszuschreien. Ich schmeckte Blut. Das Gefühl von Raum und Zeit schwand.

Irgendwann fielen Schatten über mich. Fernab jeglicher Realitätswahrnehmung hörte ich Stimmen. Hände packten mich. Man drehte mich herum. Wieder dieser stechende Schmerz. Ich schrie oder versuchte es zumindest.

„Er lebt! Es ist der Scharfschütze."

„Los! Nach hinten!"

Als sie mich packten und auf eine Bahre hievten, glaubte ich vor Schmerzen sterben zu müssen. In meinem Kopf lief alles zusammen.

Schmerz, Kälte, Angst. Eine dunkle Wand fiel auf mich herunter und begrub mich. Ich wurde ohnmächtig.

Als ich wieder zu mir kam, lag ich inmitten eines Haufens verwundeter Landser. Jammern und Stöhnen. Schreien und Wimmern. Ich öffnete die Augen. Diffuses Licht. Die Decke des Raumes war schmutzig weiß. Mich umgab ein ekelerregender Gestank. Es war eine Mischung aus Blut, Eingeweiden, Urin und Kot. Alles war übertüncht von Wolkenschwallen aus Karbol. Ich würgte, doch mein Magen war leer. Selbst wenn ich gewollt hätte, es war nichts zum Erbrechen in meinem Körper.

Man hatte mir einen Druckverband angelegt. Die Decke, die über mir lag, war blutverschmiert und voller Läuse. Die Biester suchten sich sofort einen neuen Körper. Waren sie eine gewisse Zeit ohne lebenden Wirt, starben sie.

In regelmäßigen Abständen wurden Verwundete geholt. Entweder brachte man sie in den Operationsraum oder legte sie zum Sterben irgendwo auf die Seite. Manchmal entschied ein Arzt darüber, manchmal aber auch eine Krankenschwester oder ein Sanitäter.

Ich wollte nicht sterben. Sobald ich an der Reihe war, wollte ich unbedingt kräftig genug wirken, damit sie mich operierten.

Jemand kam. Ich erkannte, dass es ein Arzt war. Er trug eine gummierte, blutverdreckte Schürze. Der Arzt ging mit einer Schwester die Reihe der Verwundeten entlang. Hin und wieder sagten er oder sie: „Der nach links. Den machen Sie mir bitte fertig. Der hat noch Zeit …"

Vor mir blieben sie stehen. Ich wollte sprechen, doch ich konnte nicht. Der Arzt musterte mich. „Erste Diagnose Lungensteckschuss? Bringen sie ihn zu den anderen."

„Das ist der Scharfschütze. Bei ihm wurde mitgeteilt, dass er kriegswichtig ist. Sein Bataillonsführer hat explizit nach ihm gefragt", erklärte die Krankenschwester.

„Wenn die Kugel zu viel Gewebe zerstört und er zu viel Blut verloren hat, wird er sterben. Wir verfügen …", er hielt inne, sah mich an. „Hm … das ist doch der, bei dem das Geschoss von der Rippe abgeprallt ist. Vielleicht hatte er ja Glück. Gut, dann machen Sie ihn klar. Wenn er noch nicht zu viel Blut verloren hat und die Kugel tatsächlich nicht tief eingedrungen ist, schaffen wir es vielleicht."

Die Krankenschwester winkte zwei Sanitäter her. „Fertig machen zur Operation."

Sie gingen weiter. Keine Minute später kamen zwei Sanitäter zu mir. Als sie mich in den Operationsraum brachten, wurde mir todschlecht. Zwischen zwei Tischen standen Eimer und Wannen, gefüllt mit menschlichen Körperteilen. Alles war voller Blut. Ich wollte von der Bahre springen und weglaufen. Ich wollte hier raus, nach Hause oder zumindest an einen Ort, an dem es menschlich zuging. Doch ich war nicht in der Lage mich zu bewegen, geschweige denn von der Bahre zu springen und wegzulaufen. Also schloss ich die Augen und versuchte im Gedanken zu flüchten. Ich stellte mir die Heimat vor. Die Steiermark im Frühling.

„Verband abnehmen und auf die Seite legen. Den brauchen wir dann noch."

Eine andere Stimme fragte: „Betäubung?"

Jemand fuchtelte an mir herum. Es tat weh.

„Haben wir ein Röntgenbild?"

Eine weibliche Stimme war nun zu hören. „Er wird es schaffen. Sein Puls ist kräftig und er hat kein Fieber."

Ein Schreien übertönte alles. „Nein!"

„Haltet ihn! Und verdammt nochmal, wo ist die Säge?"

Sofort wusste ich, was auf dem Operationstisch neben mir im Gange war. Sie waren dabei, einem Kameraden ein Körperteil abzusägen. Jemand würde es nehmen und in eine der Wannen werfen.

Oh mein Gott! Stalingrad, du Hölle auf Erden!

In diesem Moment wusste ich, dass mein Leben nur dann zu Ende war, wenn ich mich selbst aufgeben würde.

Weglaufen! Lauf davon, Alfred, forderte ich mich selbst auf.

Bilder von der Heimat schossen mir wieder durch den Kopf. Ich wollte sie wiedersehen, diese vermeintliche heile Welt. Ich kippte weg.

Wie lange ich geschlafen hatte, wusste ich nicht. Das Grollen und Donnern der russischen Artillerie hat mich geweckt. Ich fühlte mich erschlagen. Auf meiner Brust schien ein tonnenschwerer Stein zu liegen. Zeitgleich schienen mich tausende von Läusen auffressen zu wollen. Ich fühlte mich etwa so, als wäre ich gegen einen Panzer gelaufen. Aber ich atmete. Ich lebte. Ich versuchte mich zu erinnern.

Operation! Sie haben mir die Kugel raus geholt und ich lebe!

Nach und nach kehrte ich in die Realität zurück.

Huiiittt Wumm

Es war wieder einmal soweit. Der Russe deckte uns mit seiner Artillerie ein. Immer wieder hämmerten die Haubitzen der Roten Armee in die ohnehin schon tote Stadt. Die Granaten pflügten wieder einmal Ruinen, Steine und Trichterfelder um.

Huiiittt Wumm

Ein Beben war zu spüren. Der Boden und die Wände wackelten. Staub und Kalk rieselte von der Decke. Der Einschlag einer schweren Granate lag nicht weit weg von dem Gebäude, in dem wir lagen.

„Das waren nur die Ausläufer eines schweren Koffers. Wir liegen nicht im Zentrum des Beschusses. Die Iwans bestreifen uns mit ihren Geschützen nur am Rand."

Die Stimme klang vertraut. Ich versuchte meinen Oberkörper zu heben, doch ich schaffte es nicht. Jemand drückte mir einen Brief in die Hand.

„Stecken Sie diesen Brief ein, Müller. Ich habe Sie über das Bataillon zur kriegswichtigen Person deklarieren lassen. Ihre Leistungen habe ich notiert und gemeldet. Ob es in diesem Wahnsinn hier funktioniert, weiß ich nicht. Ich kann es nur hoffen. Sie werden mit einer der nächsten Maschinen aus dem Kessel geflogen. Bitte nehmen Sie diesen Brief und schicken ihn zu Hause an meine Frau. Ich denke, wenn ich ihn zur Feldpost bringe, wird er meine Familie wohl nie erreichen."

Es war Oberleutnant Hübner, der mit mir sprach. Ich wendete den Kopf. Der Offizier saß neben mir auf dem Boden. Die Uniform war mit verkrustetem Blut übersät. Er trug einen Verband um den Kopf. Die Augen waren eingebunden.

„Was … was ist …"

„Ruhig. Müller. Sie sind schwach. Ich habe mich zu ihnen bringen lassen. Beim letzten Gefecht hat mir ein Russe sein Bajonett quer über die Augen gezogen. Das Linke habe ich verloren. Die Ärzte hoffen, dass sie mein rechtes Auge retten können."

„Zerbi?", kam es kratzend und schwach aus meinem Mund.

„Obergefreiter Zerberich hat zu viel Blut verloren. Er hat es nicht geschafft."

Schweigen.

„Ihre warme Unterkunft existiert auch nicht mehr. Volltreffer! Es war, als ob die Russen auf den Rauch des Ofens ein Zielschießen veranstaltet hätten. Das komplette Gebäude ist nur noch ein einziger Trümmerhaufen."

Ich war zu schwach für eine Unterhaltung. Oberleutnant Hübner sprach noch eine ganze Weile. Es tat mir gut. Irgendwann war ich wieder eingeschlafen. Als ich dann mitten in der Nacht wach wurde, war er weg. Der Brief des Offiziers steckte in meiner Hose.

Die Versorgungslage wurde immer dramatischer. Die deutschen Soldaten waren unterernährt. Kälte, Krankheit und Hunger sorgten für mehr Verluste als die permanenten Häuserkämpfe und Scharmützel. Die Schlinge des Todes zog sich immer weiter zu.

General Paulus lehnte dennoch am 08. Januar 1943 eine Kapitulation ab.

Eine Woche nach der Operation meines Lungensteckschusses war ich so weit zu Kräften gekommen, dass ich den begehrten Zettel mit dem roten Streifen angeheftet bekam.

„Der hier ist transportfähig", hatte ein Arzt kurz davor gesagt.

Obwohl ich hier im völlig überfüllten, nach Exkrementen, Blut und Eiter, vermischt mit Karbol, stinkendem Loch lag und nicht wusste, ob nicht eines Morgens die Tür aufging und Rotarmisten hereinstürmen und uns die Schädel einschlagen würden, spürte ich Hoffnung. Zum ersten Mal seit langer Zeit trug mich der Gedanke nach Rettung aus dem emotionalen Loch, in das ich gefallen war. Man heftete mir einen Zettel an, der Leben bedeutete. Ich war transportfähig und galt als *lohnenswert* ausgeflogen zu werden.

Als mich die Sanitäter auf eine Bahre legten und hinaus trugen, sah ich vor dem Lazarett-Bunker ein Bild des Schreckens. Links und rechts lagen die eingefrorenen Leichen etlicher Kameraden. Ich glaubte sogar Zerbi erkannt zu haben, war mir aber nicht ganz sicher. Eis und Schnee bedeckten einen Großteil des Gesichts der Leiche, die ich für den Obergefreiten Zerberich hielt.

Wie stolz waren wir in diese Metropole an der Wolga eingerückt. Und wie elend sahen wir jetzt aus. Ich hatte das wahre Gesicht des Krieges gesehen. Ich konnte in die Fratze des Teufels blicken und bald würde er mich ausspucken. Ausspucken, weil ich einen Platz in einem der Flugzeuge bekam, die den Kessel verließen.

Der Lastwagen war völlig überfüllt. Feldgendarmerie begleitete uns. Ich schüttelte innerlich den Kopf. Man war am Verrecken, aber die militärische Zucht und Ordnung wurde bis zum Schluss aufrechterhalten.

Auf dem Weg zum Flugplatz Gumrak hörte ich viele Rufe.

„Kameraden, nehmt mich mit!"

„Ihr Dreckschweine, lasst mich nicht zurück!"

„Ich will nach Hause!"

Einmal feuerte einer der Feldgendarmen sogar eine Salve aus der Maschinenpistole in die Luft.

Diese Fahrt war gefühlt die längste und grausamste, die ich jemals mitgemacht hatte. Jeder Stein, über den der Fahrer rollte, jedes Schlagloch in das er fuhr und jede Kurve, die gefahren wurde, schmerzten höllisch. Ich hatte Angst vor der russischen Luftwaffe und die eisige Kälte setzte mir immer mehr zu. Ich überlegte, wie lange es dauert, bis einem die Hand, ein Fuß, ein Zeh oder ein Finger abgefroren war.

Am Flughafen herrschte Tumult. Ich konnte nicht sehen, wie viele Landser es waren, die den Zugang zum Rollfeld belagerten. Feldgendarmen sicherten alles ab. Rufe, Schreie und Schüsse waren immer wieder zu hören.

Ruckelnd hielt der Lastwagen an. Die Klappe wurde geöffnet, die Plane zur Seite geschlagen. Akribisch wurde geprüft. Endlich war ich an der Reihe.

„Wohin?"

„Der hier muss raus aus dem Kessel! Die Anweisung kommt von oben!"

„Kein Platz mehr!"

Dieser Satz ließ mir das Blut in meinen Adern gefrieren.

„Wer sagt das?"

„Ich! Und jetzt zurück."

Ich hörte die laufenden Motoren der Flugzeuge, sah die Schatten ihrer Tragflächen. Ich war kurz vor dem Ziel. Als ich einmal kurz den Kopf anhob, erkannte ich einen Pulk von schreienden und rufenden Landsern. Es mussten Hunderte gewesen sein. Alle wollten hier weg.

Wer traf die Auswahl? Wem war es vergönnt? Warum gerade ich?

„Name?"

„Spinnst du?"

„Name, Kamerad! Ich habe den Auftrag, diesen Mann hier in ein Flugzeug zu setzen und das werde ich tun. Er ist ein Scharfschütze und wohl ein Kriegsheld. Ich möchte nicht in deiner Haut stecken, wenn ich melde, dass du ihn nicht durchgelassen hast."

„Dann geh durch und versuch doch, ob du ihn noch irgendwo reinpferchen kannst, du Großmaul. Es ist kein Platz!"

Sie trugen mich weiter. Ich hörte immer mehr Geschrei.

„Schneller!"

„Alle zur Seite!"

Sie trugen mich bis zum Rumpf einer Ju 52.

„Voll! Ihr müsst die nächste nehmen!", wurden wir abgewiesen.

Wieder fuhr uns ein Feldgendarm barsch an. „Weg hier oder ich schieße!"

„Er muss raus! Kriegswichtig! Kommt von ganz oben!"

„Nächste Maschine. Beeilt euch!"

Sie hetzten mit mir weiter. Wieder sah ich eine Tragfläche. „Zur Seite! Verdammt nochmal, macht Platz!"

Ich weiß nicht, was man dem Sanitäter über mich erzählt hatte, aber er wollte unbedingt, dass ich im Bauch eines dieser Flugzeuge verschwand.

„Halt! Hier ist noch ein wichtiger Transport. Der da muss unbedingt mit!"

„Los! Rein mit ihm!"

Die Bahre wurde ins Flugzeug geschoben.

„Gute Reise", brüllte mir der Sanitäter zu.

„Voll! Schließt die Tür!"

Eine Me 109 brauste vorbei. Sie würde gleich abheben.

Das ist bestimmt einer unserer Begleiter, dachte ich mir.

Kurz darauf rollte unsere alte *Tante Ju* in Position. Der Pilot gab Gas und wir nahmen Geschwindigkeit auf. Als er den Steuerknüppel zurück zog und die Nase des Flugzeugs sich nach oben hob, wähnte ich mich gerettet. Doch schon bald nach dem Abheben hörte ich kleinere und größere Detonationen.

Flak! Die Russen schießen auf uns. Hört das denn nie auf?

Der Steigflug hielt an. Die Angst vor einem Treffer ließ mich zittern. Ich schloss die Augen, fühlte mich schwach und wehrlos. Erst als wir unsere standardmäßige Flughöhe erreicht hatten, fühlte ich mich zum ersten Mal relativ sicher. Irgendwann hörte auch der Beschuss auf. Wir hatten es geschafft. Wir waren dem Kessel entkommen. Ich war einer der wenigen Glücklichen, die nicht in Stalingrad verrecken sollten. Ich war dem Kessel und damit dem sicheren Tod entronnen.

Am 10. Januar 1943 begann die letzte russische Großoffensive gegen die eingekesselte 6. Armee. Unter dem Decknamen *Operation Kolzo* wurde der Belagerungsring immer enger gezogen.

Die lebenswichtigen Flughäfen *Pitomnik* und *Gumrak* wurden erobert und Stalingrad in einen Nord- und Südkessel gespalten.

Am 30. Januar 1943 wurde Paulus zum Generalfeldmarschall befördert. Den von Hitler damit einhergehend gewünschten Freitod des Oberbefehlshabers der 6. Armee verweigerte dieser. Stattdessen ging Paulus nach der Kapitulation in russische Kriegsgefangenschaft.

Ab dem 31. Januar 1943 begannen die Kapitulationen der einzelnen Kesselabschnitte. Am 02. Februar 1943 kapitulierten die letzten deutschen Soldaten in Stalingrad. Von den geschätzten 100.000 Soldaten, die in russische Gefangenschaft gerieten, kehrten Jahre später nur noch rund 6.000 Männer nach Hause zurück.

Militärhistoriker sind sich bezüglich der Verlustzahlen während der Schlacht um Stalingrad nicht einig. Man geht jedoch davon aus, dass rund 700.000 Menschen den Tod fanden. Zwei Drittel davon Russen.

Führt man sich dieses grausame Schicksal der Stadt und der Opfer der Schlacht vor Augen, kann man nur einen einzigen Schluss daraus ziehen.

Nie wieder Krieg! Wehret den Anfängen!

Ende

Glossar zum Roman:

Arko	Artilleriekommandeur
Degtjarow DP 1928	sowjetisches Maschinengewehr Kaliber 7,62 x 54 mm, auffällig durch Tellermagazin (Füllung: 47 Patronen)
eiserne Ration	Die Überlebensration als Notverpflegung für deutsche Soldaten im Ersten und Zweiten Weltkrieg wurde offiziell eiserne Portion (eiserne Ration) genannt. Bei

	Ausfall der regulären Verpflegung sollte die besonders verpackte Notverpflegung nur auf ausdrücklichen Befehl des kommandierenden Offiziers geöffnet und verzehrt werden. Dieser Befehlsvorbehalt ließ sich im Verlauf des Krieges jedoch nicht aufrechterhalten.
	Pro Soldat wurden zwei eiserne Portionen auf der Feldküche oder einem Trossfahrzeug mitgeführt.
	Für die Wehrmacht bestand diese eiserne Portion standardmäßig aus 300 g Brot (*einer Packung Hartkekse, Knäckebrot oder Zwieback*), einer 200-g-Fleischkonserve (Leberwurst, Schinkenwurst u.a.), 150 g Fertiggericht (*z. B. eingedoster Gemüseeintopf oder Erbswurst*) und einem 20-g-Tütchen Kaffeepulver.
Geballte Ladung *(originär)*	vorgefertigtes Sprengmittel in Quaderform, Maße: 7,6 x 16,4 x 19,5 cm, Gewicht mit Tragering: 3 kg Sprengstoff
geballte Ladung *(mehrere Handgranatensprengköpfe werden um eine Stielhandgranate gebunden)*	Notbehelf zum Sprengen von Hindernissen, Unterständen oder zur Abwehr von Panzerfahrzeugen *(letzteres i.d.R. zum Absprengen von Ketten oder beim Angriff auf unbewegliche Fahrzeuge)*
He 111 *(Heinkel)*	Standardbomber *(neben der Ju 88)* der deutschen Luftwaffe im Zweiten Weltkrieg, Bombenlast: 2000

	kg, Bewaffnung: 3 MG, Besatzung: 5 Mann
HKL	Abk. für Hauptkampflinie
Jak	Jakowlew Jak-1 war ein einmotoriges, sowjetisches Jagdflugzeug
Reichsarbeitsdienst (Abk. RAD)	Gem. dem Gesetz für den Reichsarbeitsdienstes, waren alle jungen Deutschen beiderlei Geschlechts verpflichtet, ihrem Volk im Reichsarbeitsdienst zu dienen. I.d.R. wurden junge Männer vor ihrem Wehrdienst für die Dauer von 6 Monaten zum Arbeitsdienst einberufen. Frauen leisteten ebenfalls ihren Beitrag. Die Einsätze des RAD waren unterschiedlich. (z.B. in der Landwirtschaft oder im Straßenbau)
Me Bf 109 *(Messerschmitt)*	einsitziges deutsches Jagdflugzeug. Standardjäger der Luftwaffe. Gebaute Stückzahl: ca. 33.300 Stück
MP 40 *auch „Schmeisser" genannt, da der Name des Waffen-Konstrukteurs auf den Magazinen angebracht war.*	Maschinenpistole 40, Nachfolger der MP 38, Standardmaschinenpistole der deutschen Wehrmacht und Waffen-SS, Stangenmagazin, 32 Schuss, 9 mm Parabellum
Muckefuck	ugs. für Kaffee-Ersatz *(Getreidekaffee, Zichorienkaffee oder Malzkaffee)* bzw. für dünnen, gestreckten Kaffee
Pervitin	Aufputschmittel – Hersteller: *Temmler (1938 – 1988)*, Pervitin unterdrückt Müdigkeit, Hungergefühl, Schmerz und Angstgefühle. Nebenwirkung: Psychosen, Persönlichkeitsstörungen, Suchtgefahr.

	Anfangs oft in der Wehrmacht als Wundermittel an die Soldaten ausgegeben, wurde nach Bekanntwerden der Nebenwirkungen die Verteilung stark reduziert. Spitznamen: *Panzerschokolade, Stuka-Tabletten*
Politkommissar, Politoffizier in der Roten Armee	jedem Verband der *Roten Armee* wurde (*bis hinab zur Bataillonsebene*) ein Politkommissar zugeteilt, der die Autorität besaß, Befehle von Kommandeuren aufzuheben, die gegen die Prinzipien der KPdSU verstießen. Dies war zwar aus militärischer Sicht kontraproduktiv, stellte aber die politische Zuverlässigkeit der Armee gegenüber der Partei sicher.
PPSch 41 *(Pistolet-Pulemjot Schpagina)*	russische Maschinenpistole, (Einführungsjahr in der Roten Armee 12/1940), sehr zuverlässig, Kaliber 7,62 x 25 TT, Trommelmagazin (71 Patronen) und Kurvenmagazin (35 Patronen), entwickelt von *Georgii Semjonowitsch Schpagin*
PM 1910 *(Pulemjot Maxima obrasza 1910)*	Russisches Maschinengewehr, basierend auf der Entwicklung des Herstellers *Hakim Maxim*. Verwendung mit Schutzschild auf Radlafette. Gewicht: ca. 24 kg - mit Lafette: 66 kg Kaliber: 7,62 x 54 mm Kadenz: 500 – 600 Schuss min.
OKW	Oberkommando der Wehrmacht

Mosin Nagant	russisches Repetiergewehr, Kaliber 7,62 x 54 R, Magazinfüllung 5 Patronen mit Ladestreifen. Das Gewehr gab es auch in einer Version für Scharfschützen, Standardgewehr der Roten Armee.
K 98	Mauser Modell 98, deutsches Repetiergewehr, Kaliber 7,92 x 57 mm, 8 x 57 IS, Magazinfüllung 5 Patronen mit Ladestreifen. Das Gewehr gab es auch in einer Version für Scharfschützen, Standardwaffe der Wehrmacht und Waffen-SS.
Scho-ka-kola	koffeinhaltige, runde Schokolade, die in einer Blechdose verpackt war.
Sanka	Abk. für Sanitäts-Kraftwagen
Sturmovik	Iljuschin Il-2 „Sturmowik", ein- oder zweisitziges, einmotoriges, stark gepanzertes Schlachtflugzeug der sowjetischen Luftwaffe
TVPl	Truppenverbandsplatz
UvD	Abk. für: Oberjäger vom Dienst *(i.d.R. ein Sonderdienst zur Überwachung des Innendienstes, der UvD folgte den Anweisungen des Kompaniefeldwebels (Spieß) und sorgte nach Dienstende für die Einhaltung der soldatischen Ordnung. U.a. oblag das Wecken, er überwachte die Durchführung der Reinigungsdienste sowie die Einhaltung der Nachtruhe)*
WuG	Waffen- und Geräte-Oberjäger, *i.d.R. Angehöriger des Gefechtstrosses*
z.b.V.	militärische Abkürzung für: zur besonderen Verwendung

Aus dem allgemeinen Landser-Jargon:

Acht-Acht	deutsche Flugabwehrkanone (FlaK), Kaliber 88 mm, die auch für Bodenziele eingesetzt werden konnte
Alter	Spitzname für: Vorgesetzter (meist Kompanie-, Bataillons-, oder Divisionsführer)
Akja	Wannenschlitten (nordisches Wintertransportmittel)
Barras	Barras wird in der Soldatensprache ,das Militär' bezeichnet. Zum Barras müssen heißt, eingezogen zu werden (Wehrpflicht). Das Wort geht vermutlich auf den französischen Staatsmann *Vicomte de Barras (1755-1829)* zurück. Er war einer der Verantwortlichen, als Frankreich die Wehrpflicht einführte. Der Begriff ist vor allem im Süddeutschen Raum und in Österreich gebräuchlich. Aus diesen Landstrichen stammten etliche Soldaten aus Napoleons *Grande Armée* während dessen Russlandfeldzuges.
Beutegermane	saloppe Bezeichnung der Volksdeutschen *(Menschen deutscher Herkunft mit nicht-deutscher Staatsangehörigkeit)*
Donnerbalken	Latrine / Feldtoilette
Gefrierfleischorden	Ost-Medaille
Gulaschkanone	Feldküche
„Halsschmerzen"	jemand möchte eine Auszeichnung erhalten *(Ritterkreuz, Eisernes Kreuz u.a.)*
Hindenburglicht (benannt nach Paul von Hindenburg)	Mit Fett oder Talg gefüllte, kleine Schale, in die ein Docht gesteckt

	wurde. Es diente als Notbeleuchtung. Moderner Nachfolger ist das Teelicht.
Himmelfahrtskommando	besonders riskanter und gefährlicher Auftrag, dessen Ausführung mit hoher Wahrscheinlichkeit *(allerdings ungewollt)* zum Tod führt
Hitlersäge	MG 42 = leistungsstarkes deutsches Maschinengewehr
Hundemarke	Erkennungsmarke *(üblicherweise an einer Kette um den Hals getragen)*
Rollbahn	wichtige Straße/Nachschubweg z.B. zur Truppenversorgung, aber auch zum schnellen Vormarsch
Intelligenzstreifen	Biesen an den Hosen von Generalstabsangehörigen
Iwan	Spitzname für Rotarmisten *(russische Soldaten)*
KdF (Kraft durch Freude)	Nationalistische politische Organisation mit der Aufgabe, die Freizeit *(Wandern, Urlaub = Land- und Seereisen)* der deutschen Bevölkerung zu gestalten. Sitz der Gesellschaft war Berlin.
Kettenhund	Feldgendarm, erkennbar an seinem umgehängten Blechschild
Knobelbecher	genagelter Soldatenschaftstiefel
Koffer	schwere Granate
Kübel o. Kübelwagen	Leichter, geländegängiger Militär-Pkw (Volkswagen)
Küchenbulle	Koch
Landser	ugs. Bezeichnung des deutschen Soldaten *(Landsknecht = zu Fuß kämpfender Söldner 15./16. Jh.)*
Lametta	Orden/ferner auch Rangabzeichen
Latrinenparole	Gerücht

Napola	Nationalpolitische Lehranstalt = Internatsoberschule die zur Hochschulreife führte / Eliteschule zur Heranbildung von nationalsozialistischen Nachwuchsführungskräften
Spieß	Kompaniefeldwebel *(i.d.R. ein Oberfeldwebel in der Dienststellung eines Hauptfeldwebels – erkennbar an zwei angenähten Kolbenringen am Uniformärmel)*
Spiegelei	Kosename für: *Deutsches Kreuz in Gold.* Das *Deutsche Kreuz* war eine deutsche Militärauszeichnung und wurde am 28. 09.41 durch Adolf Hitler in den Abteilungen Gold und Silber gestiftet. Es hat die Gestalt eines achtzackigen Sterns aus grau getöntem Silber. Darauf befindet sich ein Lorbeerkranz aus Gold oder Silber, der ein Hakenkreuz umfasst. Silber: *(verliehen für: vielfach bewiesene außergewöhnliche Tapferkeitsleistungen oder vielfache hervorragende Verdienste in der Truppenführung)* Gold: *(verliehen für: vielfache außergewöhnliche Verdienste in der militärischen Kriegsführung)*
Stalinorgel	sowjetischer Raketenwerfer *(Eigenname in der Roten Armee: „Katjuscha")*
Strippenzieher	Nachrichtensoldat
S-Mine	Abk. für Schrapnell-Mine, Splitter-Mine oder Spring-Mine. Nach Auslösung durch Tritt oder Stolperdraht,

	wird der Minenkörper in etwa auf Hüft- bis Schulterhöhe hochgeschleudert und explodiert mit Splitterwirkung. Diese Waffe war so effektiv, dass sie bis heute viele Nachahmer fand.
Tante Ju	Kosename für die Junkers Ju 52, ein Flugzeugtyp der Junkers Flugzeugwerk AG, Dessau. Erfolgreichstes Modell war die dreimotorige Ausführung Junkers Ju 52/3m aus dem Jahr 1932, die aus dem einmotorigen Modell Ju 52/1m hervorging.
Zwölfender	Berufssoldat *(Dienstzeit betrug mind. 12 Jahre)*

Dienstgrade der Wehrmacht (Gebirgsjäger):

Mannschaften und Unteroffiziere (Oberjäger)

Soldat *(Pionier, Grenadier, Kanonier usw.)*	ohne Ärmelaufnäher
Obersoldat *(Oberpionier, Obergrenadier, Oberkanonier usw.)*	ein grauer viereckiger Stern (je nach Truppengattung unterschiedliche Ausführung)
Gefreiter	ein grauer Winkel
Obergefreiter	
Obergefreiter mehr als sechs Dienstjahre	ein grauer Winkel, darüber ein Stern
Stabsgefreiter	zwei graue ineinandergeschobene Winkel, darüber ein grauer Stern
Oberjäger *(bei den Gebirgstruppen=Oberjäger)*	U-förmige Trasse
Unterfeldwebel *(bei der Kavallerie und Artillerie = Unterwachtmeister)*	Tresse rund um die Schulterklappe
Feldwebel *(bei der Kavallerie und Artillerie = Wachtmeister)*	wie Unterfeldwebel, aber zusätzlich ein vierzackiger mattsilberner Aluminiumstern
Oberfeldwebel *(bei der Kavallerie und Artillerie = Oberwachtmeister)*	wie Unterfeldwebel, aber mit zwei mattsilbernen Aluminiumsternen
Stabsfeldwebel *(bei der Kavallerie und Artillerie = Stabswachtmeister) dieser Dienstrang wurde 1939 eingeführt*	wie Unterfeldwebel, aber mit drei mattsilbernen Aluminiumsternen
Hauptfeldwebel (Spieß) *= kein eigentlicher Dienstrang sondern eine Dienststellung*	erkennbar durch Kolbenringe an den Ärmeln der Feldbluse

Offiziere

Leutnant *(Sanitätsdienst = Assistenzarzt)*	Kragenspiegel: ein silberner Eichenlaubhalbkranz, eine aluminiumfarbene Doppelschwinge und silberne Paspelierung
Oberleutnant *(Sanitätsdienst = Assistenzarzt)*	Kragenspiegel wie Leutnant, aber zwei Schwingen
Hauptmann *(Sanitätsdienst = Stabsarzt)*	Kragenspiegel wie Leutnant, aber drei Schwingen
Major *(Sanitätsdienst = Oberstabsarzt)*	Kragenspiegel: silberne Paspelierung, ein silberner Eichenlaubkranz, eine silberne Doppelschwinge
Oberstleutnant *(Sanitätsdienst = Oberfeldarzt)*	Kragenspiegel: wie Major, aber zwei Schwingen
Oberst *(Sanitätsdienst = Oberstarzt)*	Kragenspiegel: wie Major, aber drei Schwingen
Generalmajor *(Sanitätsdienst = Generalarzt)*	Kragenspiegel mit einer Doppelschwinge
Generalleutnant *(Sanitätsdienst = Generalstabsarzt)*	Kragenspiegel mit zwei Doppelschwingen
General *(Sanitätsdienst = Generaloberstabsarzt)*	zwei silberne Sterne
Generaloberst	drei silberne Sterne
Generalfeldmarschall	wie Generaloberst, aber zusätzlich zwei gekreuzte Marschallstäbe in den Fängen des Reichsadlers.

Anmerkung:

Im Sanitätsdienst war auf den Schulterklappen zusätzlich ein Äskulapstab aufgebracht.

Offiziersanwärter

OA = Offiziersanwärter

Fahnenjunker (Oberjäger) OA	wie Oberjäger, dazu eine doppelte Oberjägertresse quer über das untere Ende der Schulterklappe
Fähnrich OA	wie Unterfeldwebel, dazu eine doppelte Oberjägertresse quer über das untere Ende der Schulterklappe
Fahnenjunker (Feldwebel) OA	wie Feldwebel, dazu eine doppelte Oberjägertresse quer über das untere Ende der Schulterklappe
Oberfähnrich OA	wie Oberfeldwebel, dazu doppelte Oberjägertresse quer über das untere Ende der Schulterklappe
Unterarzt (Sanitätsdienst im Heer und der Luftwaffe)	wie Oberfähnrich, jedoch aluminiumfarbene Tresseneinfassung mit kornblumenblauem Rand, Sterne und Äskulapstab waren aus Weißmetall gefertigt

Anmerkung:

Oberfähnrich und Unterarzt trugen bereits Offiziersuniform mit braunem Offiziers-Koppelzeug, Offiziers-Schirmmütze und Offiziers-Kragenspiegel.

Das Scharfschützenwesen der Wehrmacht und Waffen-SS in Stichpunkten:

Das Scharfschützenwesen wurde von der Wehrmacht bis zum Angriff auf die Sowjetunion sehr vernachlässigt. Erst als man im Russlandkrieg mit den abfällig als *Heckenschützen* oder *Baumschützen* bezeichneten russischen Scharfschützen konfrontiert war, besann man sich auf die alten Zielfernrohrgewehre der Reichswehr.

Anfängliche Einweisungen von Freiwilligen erfolgten lediglich auf Verbandsebene (Regiment, Bataillon, Kompanie). Parallel ging man daran, erste Lehrgänge zu bilden. Lehrgangsschulen wurden an diversen Truppenübungsgeländen (z.B. Seetaleralpe, Zossen) eingerichtet, Ausbildungspläne für Schießlehrer- und zur Scharfschützenausbildung erstellt.

Die Waffen-SS bildete ihre Freiwilligen bei den Divisions-Kampfschulen, den SS-Feld-Ersatz-Einheiten und den SS-Scharfschützen-Ausbildungs- und Ersatz-Einheiten aus. Ebenso wurden an den SS-Junkerschulen (z.B. Bad Tölz), SS-Unterführerschulen (z.B. Laibach) und SS-Panzergrenadierschulen (z.B. Kienschlag) entsprechende Lehrgänge durchgeführt.

Bei der Scharfschützenausbildung wurde generell auf Freiwilligkeit gesetzt, jedoch konnten gute Schützen (z.B. Jäger) auch von der Kompanie vorgeschlagen und abkommandiert werden.

Von den Anwärtern wurde viel erwartet. Neben exzellenten Schießfertigkeiten, einem tadellosen Charakter und gutem Sehvermögen, verlangte man zusätzlich schnelles Reaktions- und hohes Konzentrationsvermögen sowie vortreffliche Fähigkeiten im Tarnverhalten und in der Anwendung verschiedener Taktiken.

Gerade in der Anfangszeit erfolgte der Einsatz von Scharfschützen vermehrt z. b. V. auf Kompanie- oder Bataillonsebene, wobei die Waffen-SS zu wenig Soldaten ausbildete und sich zumeist auf einen Scharfschützen pro Kompanie beschränkte. Die Männer waren normal in ihre Gruppen eingegliedert, jedoch mit Zielfernrohrgewehren ausgestattet und wurden bei Bedarf für Sonderaufgaben herangezogen. An der Front wurde den Kommandeuren schnell klar, welche enorme Wirkung der Scharfschützeneinsatz hatte.

Wenige Schützen konnten einen gegnerischen Angriff zum Stocken bringen, Rückzüge abdecken, eigene Stoßtrupps begleiten (Flankendeckung) oder feindliche Stoßtrupps zur Rückkehr zwingen.

Die eingeführten Scharfschützenlehrgänge dauerten, je nach Art und Örtlichkeit, zwischen drei Wochen und zwei Monaten.

Gelehrt wurde i.d.R. (Analogausbildung Wehrmacht / Waffen-SS):

- Gebrauch des Zielfernrohrs (nachfolgend ZF abgekürzt), insbesondere Zielen und Zielfehler
- Aufbau und Wirkungsweise des ZF
- Feststellung von Mängeln
- Justieren von ZF
- Waffen- und Zielfernrohrpflege
- Schießlehre, insbesondere: Anschlagsarten, Zielerkennung, Entfernungsschätzen, Witterungs-, Beleuchtungs- und Temperatureinflüsse auf den Haltepunkt
- taktischer Unterricht, insbesondere: Gefechtsanschläge, Geländeausnutzung, Tarnung und Täuschung, Zusammenarbeit mit einem Beobachter, Waldkampf, Geländekampf und Häuserkampf, Stellungsbau, Pirsch- und Schleichübungen
- Nahkampf und Panzer-Nahbekämpfung
- Lehrfilme (eigene Ausbildungsfilme sowie sichergestellte Filme des Feindes) rundeten die Ausbildung ab

Anmerkung:
(Ausbildungspläne/Unterlagen befinden sich im Bundesarchiv Freiburg:
- RS 3-12/39 – 12. SS-Panzer-Division „Hitlerjugend"
- RS3-9/7 – 9. SS-Panzer-Division „Hohenstaufen)

Die Scharfschützenanwärter der Waffen-SS erhielten während der Lehrgänge wöchentlich auch Schulungen im Bereich „Weltanschauung".

Themen wie Nationalsozialismus, Internationalismus, Bolschewismus, Judentum sowie die SS als germanischer Sippenorden standen auf den Tagesordnungen. Auf diese Art und Weise wurde die verbrecherische Ideologie des Nazi-Regimes immer wieder gelehrt, damit diese sich in den Köpfen der jungen Deutschen festsetzt.

Erfolgreiche Lehrgangsteilnehmer erhielten eine Urkunde, die sie als Scharfschützen auswies. Die während der Ausbildung ausgegebenen Waffen mit ZF verblieben bei den (bestandenen) Schützen und gehörten ab diesem Zeitpunkt zu deren persönlicher Ausrüstung.

Ausrüstung der Scharfschützen (zusätzlich zur Standardausrüstung):

- Gewehr mit ZF
- Munition (siehe nachfolgenden Beitrag)
- Behälter für das ZF
- Werkzeug und Pflegeutensilien für das ZF (teils in Dienstvorschriften geregelt, z.B. für das ZF 39, D134 vom 22. Januar 1940)
- Reinigungsgerät für die Waffe
- Fernglas mit Behelfsblenden
- Kampfmesser
- Kompass
- Deckungsspiegel
- Tarnhelmüberzug
- Tarnschlupfjacke (Scharfschützenjacke)
- Tarn-Zeltbahn
- Tarnnetz mit Mückenschleier
- Tarnmaske
- Schnur (Bindfaden) und Nägel für die Tarnung
- Gabel (gepolsterte Astgabel) als Gewehrauflage
- wetterbedingt Wintertarnzeug

Gewehr

Die gängigste Waffe der deutschen Scharfschützen war der Karabiner 98 k. Er wurde auch dem späteren Gewehr 43 aufgrund der höheren effektiven Reichweite und besseren Präzision vorgezogen. Als ZF wurden verschiedene Modelle ausgegeben, die sich in Montage, Vergrößerung oder Lichtstärke unterschieden. Je nach Verfügbarkeit wurden die Zielfernrohre (z.B. ZF 39, ZF 41, ZF 4) von den Schützen nach deren Bedürfnissen und Vorlieben ausgewählt.

Verwendete Munition – 7,9 mm (8x57IS):

S.	Spitzgeschoss
l. S.	leichtes Spitzgeschoss
s. S.	schweres Spitzgeschoss
S. m. E.	Spitzgeschoss mit Eisenkern
S. m. K.	Spitzgeschoss mit Stahlkern
S. m. K. (H)	Spitzgeschoss mit Stahlkern gehärtet (s. Anmerkung)
S. m. K. L`spur	Spitzgeschoss mit Stahlkern und Leuchtspur (s. Anmerkung)
S. m. L`spur	Spitzgeschoss mit Leuchtspur (s. Anmerkung)
P. m. K.	Phosphor mit Stahlkern
Pr-Patrone	Phosphor / Brandgeschoss (s. Anmerkung)
B.-Patrone	Beobachtungspatrone (s. Anmerkung)
diverse Übungsgeschosse	

Anmerkung:

Mit der Beobachtungspatrone konnte der Treffer (Einschlag) beobachtet werden, da beim Aufschlag sowohl eine kleine Flamme als auch eine kleine Rauchwolke zu sehen waren. Hinter einer Phosphorladung befand sich eine Kapsel mit Bleiazid oder Nitropenta. Das Geschoss besaß meist eine silberfarbene Spitze.

Hinweis:

Die Verwendung der B-Patrone als Explosivgeschoss wird zwar immer wieder genannt, war aber mutmaßlich nicht allzu geläufig, da die wirkungsvolle Reichweite des Geschosses bei rund 600 Metern endete.

Als weiteres Brandgeschoss wurde die Pr-Patrone (Phosphor) verwendet.

Das Spitzgeschoss mit gehärtetem Stahlkern wurde aufgrund des Mangels an Wolfram nur bis 1942 hergestellt.

Bei der Leuchtspurmunition war das Geschoss mit einem Leuchtsatz kombiniert. Gezündet wurde dieser durch das Verbrennen von Nitropulver. Die Brenndauer reichte bis zu 900 Meter. Zu sehen war eine sog. Glimmspur.

Zielfernrohr (ZF)

Als ZF wurden verschiedene Modelle ausgegeben, die sich in Montage, Vergrößerung oder Lichtstärke unterschieden. Je nach Verfügbarkeit wurden die Zielfernrohre (z.B. ZF 39, ZF 41, ZF 4) von den Schützen nach deren Bedürfnissen und Vorlieben ausgewählt.

Beutewaffe

Die Scharfschützenausführung des russischen Mosin Nagant, ein robuster und zuverlässiger 5-schüssiger Repetier-Karabiner, war eine beliebte Beutewaffe der deutschen Scharfschützen an der Ostfront.

Entgegen den deutschen Scharfschützen verwendeten ihre russischen Gegenüber sehr wohl Explosivgeschosse. Diese wurde mit den Beutegewehren (sofern die entsprechende Munition aufgefunden wurde) von den deutschen Scharfschützen im Einzelfall bedarfsorientiert eingesetzt.

Scharfschützenabzeichen:

Das am 8. August 1944 von Adolf Hitler gestiftete Scharfschützen-abzeichen wurde in drei Stufen verliehen.

- Stufe 1 (3. Klasse) = 20 Abschüsse
- Stufe 2 (2. Klasse) = 40 Abschüsse
- Stufe 3 (1. Klasse) = 60 Abschüsse

Es war untersagt, Abschüsse, die im Nahkampf erfolgten, mitzurechnen. Der Feind durfte zudem weder die Absicht gezeigt haben überzulaufen noch sich gefangen nehmen zu lassen.

Alle Abschüsse mussten bestätigt werden. Scharfschützen führten mitunter ein Notizbuch, in dem sie ihre Erfolge eintrugen. Zu notieren waren: Abschuss-Nummer, Ort und Zeit, ein kurzer Sachverhalt sowie ein Zeuge.

Das Abzeichen ist aus grünlich-grauem Stoff gefertigt, mehrfach bestickt und oval. Es zeigt einen nach rechts gewandten schwarzen Adlerkopf mit weißem Gefieder, ockerfarbenem Auge und geschlossenem Schnabel. Der Korpus ist durch einen Eichenlaubbruch aus drei Blättern und einer links angeordneten Eichel verdeckt. Die Kanten des Abzeichens sind vernäht. Die einzelnen Stufen kann man anhand der umlaufend angenähten Kordel, in Silber für Stufe 2 oder Gold für Stufe 3, unterscheiden.

Scharfschützen waren beim jeweiligen Gegner verhasst und gefürchtet. Es kam an allen Fronten vor, dass Scharfschützen, die in Gefangenschaft gerieten, misshandelt oder gar zu Tode gefoltert wurden. Aus diesem Grund verzichteten die Präzisionsschützen zumeist auf das Tragen der Scharfschützenabzeichen. Notizbücher und Ausrüstungsgegenstände, die auf einen Scharfschützen Rückschlüsse geben konnten, wurden bei absehbar bevorstehender Gefangennahme entsorgt.

Erfolgreiche Scharfschützen der Waffen-SS und Träger der 3. Stufe des Scharfschützenabzeichens (1. Klasse):

- *SS-Untersturmführer Otto Willscher*, SS-Fallschirm-Jäger-Bataillon 600
- *SS-Rottenführer Elmo Scheffel*, SS-Fallschirm-Jäger-Bataillon 600

Erfolgreiche Scharfschützen der Wehrmacht und Träger der 3. Stufe des Scharfschützenabzeichens (1. Klasse):

- *Gefreiter Matthäus Hetzenauer*, 7. Kompanie, Gebirgs-Jäger-Regiment 144, 3. Gebirgs-Division
- *Obergefreiter Josef Allerberger*, 8. Kompanie, Gebirgs-Jäger-Regiment 144, 3. Gebirgs-Division
- *Obergefreiter Josef Roth*, 8. Kompanie, Gebirgsjäger-Regiment 144, 3. Gebirgs-Division
- *Gefreiter Bruno Sutkus*, Stab II. Bataillon, Grenadier-Regiment 196, 68. Infanterie-Division
- *Gefreiter Hans Gruber*, 5. Kompanie, Regiment Mohr

Quellen- und Literaturverzeichnis

Kriegstagebuch des Oberkommandos der Wehrmacht (Wehrmachtsführungsstab) 1940-1945 (1961 – 1965) Sonderausgabe, Berdard & Graefe Verlag, Bonn, Hrsg. Prof. Dr. Percy Ernst Schramm, erläutert von Prof. Dr. Andreas Hillgruber, Prof. Dr. Walther Hubatsch, Prof. Dr. Hans-Adolf Jacobsen und Prof. Dr. Percy Ernst Schramm, ISBN 3-7637-5933-6

Das Bundesarchiv, Potsdamer Straße 1, 56075 Koblenz, insbesondere: Bilddatenbank des Bundesarchivs sowie Freiburg (Militärarchiv), Wiesentalstr. 10, 79115 Freiburg

Wikipedia gem. den eingefügten Links.
Die Lizenzbedingungen sind unter folgendem Link einsehbar:
http://creativecommons.org/licenses/by-sa/3.0/deed.de

Infanteriewaffen Gestern (1918-1945) Band 1
Reiner Lidschun, Günter Wollert, Brandenburgisches Verlagshaus,
3. Auflage 1998, ISBN 3-89488-036-8

Infanteriewaffen Gestern (1918-1945) Band 2
Reiner Lidschun, Günter Wollert, Brandenburgisches Verlagshaus,
3. Auflage, 1998, ISBN 3-89488-036-8

Stalingrad, Antony Beevor, Pantheon Verlag,
2. Auflage 2010, ISBN 978-3-570-55134-9

Scharfschützen der Waffen-SS an der Ostfront – Im Fadenkreuz der Jäger, Information, Originalfotos und ein packender Roman, Books on Demand, ISBN: 978-3-7347-3984-2, Januar 2015, 132 S., € 8,90, Wolfgang Wallenda

Scharfschützeneinsatz in Woronesch - Information, Originalfotos und ein packender Roman, Books on Demand, ISBN: 978-3-7357-5629-9, Juli 2014, 120 S., € 8,90, Wolfgang Wallenda